【茨の魔女】

ラウル・ローズバーグ

植物の操作に長けた魔術師の名門、ローズバーグ家で五代目〈茨の魔女〉を襲名した現当主。王城の庭園の管理を任されているほか、植物や肥料の研究もこなす。現在のリディル王国において、最も保有魔力量が多い。

サイレント・ウィッチVI

沈黙の魔女の隠しごと

Secrets of the Silent Witch

〈沈黙の魔女〉
〈砲弾の魔術師〉
〈深淵の呪術師〉

〈結界の魔術師〉
〈星詠みの魔女〉
〈宝玉の魔術師〉
新年の〈翡翠の間〉にて——
七賢人、集結……？

口絵・本文イラスト
藤実なんな

装丁
百足屋ユウコ＋モンマ蚕（ムシカゴグラフィクス）

Contents

Secrets of the Silent Witch

プロローグ　冬至前、華麗なる悪役ファミリー劇場

リディル王国東部地方にあるケルベック伯爵領は、ウォーガン山脈から流れる雪解け水が領内の大河に流れている、水資源に恵まれた豊かな土地だ。作物の実りも良く、林業も盛んである。

整備された街道と宿場街は、国内外問わず貿易の要としても重要視されており、冬至休みが近い今でも、人の出入りは多い。

ケルベック伯爵領は東部地方の中でも屈指の、肥沃《ひよく》で恵まれた土地だ。だからこそ、他国の侵略にも、竜害にも常に神経を使わねばならない。

この土地を長年治めてきたノートン家は、リディル王国でも指折りの屈強な軍を所有しており、外交力も高く、周辺諸侯からも、中央貴族からも一目置かれていた。

殊に当代ケルベック伯爵アズール・ノートンは、民からも慕われている人格者というのが専らの評判である。

そんなケルベック伯爵が治める土地の、街道から外れた小道を、一人の男が歩いていた。

男は、さる令嬢に雇われた探偵だった。年齢は三〇代半ば。人の記憶に残りづらい地味な容姿をしており、ありふれた旅装を身につけている。

探偵は遠くに見えるウォーガン山脈を眺め、近くで畑仕事をしている農夫に声をかけた。

「やぁ、お寒いのに精が出ますねぇ」

「おぅよ。うちんとこは竜害がひでぇモンだからなぁ。竜がおとなしい冬の方が、畑仕事が捗《はかど》るんだがや」

「あそこに見えるのが、黒竜が出たと噂《うわさ》のウォーガン山脈ですか？」

「んだんだ、あん時は翼竜がバーッと湧いて出てなぁ。向こうのお空が真っ黒に染まって、えんらい恐ろしいもんだったがや」

農夫が身振り手振りを交えて語り出すと、話し相手に飢えていた他の農夫達もチラホラと集まり、話に交ざりだした。

「おぅ、旅人さん。あんたも鱗《うろこ》拾いに来たんかい？」

ケルベックでは、初夏にウォーガンの黒竜と呼ばれる竜が出没している。

ウォーガンの黒竜は七賢人が一人〈沈黙の魔女〉が撃退したが、山に落ちている黒竜の鱗を集めるために、騒動の後は多くの人々がウォーガン山脈を訪れたらしい。

竜の鱗はお守りや魔導具の材料として重宝されており、物によっては宝石並みに高く売れる。

探偵の目的は黒竜の鱗ではなかったのだが、農夫達に不審に思われぬよう、曖昧《あいまい》に肯定しておくことにした。

「ええ、まぁ、そんなところです」

「だども、もうめぼしい鱗は残ってねぇど思うど？　夏の内に狩人《かりうど》どもが軒並み拾い集めちまったかんなぁ」

「んだんだ、この時期に山登りはやめどけ。竜より、雪崩と猪《いのしし》の方がおっがねぇ」

「そうなんですか？　うーん、残念だなぁ。あぁ、そうだ。この辺りに良い宿はありませんか？

まだ、今夜の宿を決めていないんです」

探偵がそう言うと、農夫達はニコニコしながら、お勧めの宿を教えてくれた。

「宿を探してるんなら『金の雄鶏亭《おんどりてい》』にしとけ。塩漬け肉と豆のスープがうんめぇから」

「旅人さんが歌とか芸ができんなら、領主様のお屋敷に行ってみるのも、えぇんでねぇか？　領主様はそういうのお好きだがら、一泊させでくれるかもしんねぇど？」

お目当ての場所が農夫の口から出たので、探偵はしめたものだと胸の内でほくそ笑み、愛想笑いを浮かべた。

「そうなのですか？　私は歌には少し自信があるので……それでは行ってみようかな。ここの領主様は、どのようなお方なのですか？」

「伯爵様は、気の良いお人だで」

「んだな。祭りの時さ、誰よりも盛り上げてくれっし」

「いづも領民のこどさ考えでぐれる、えぇ領主様だで」

領主について語る領民達の顔は明るく、そして誇らしげだ。

どうやら下調べした通り、この土地の領主――ケルベック伯爵アズール・ノートンは、民から慕われているらしい。

だが、農夫の一人が不意に周囲をキョロキョロと見回すと、なにやら険しい顔で声のトーンを落とした。

「あぁ、あんた、領主様んとこさ行ぐんなら、絶対に馬小屋には近づいちゃあなんねぇぞ？」

「馬小屋に何かあるんですか？」

探偵が不思議そうな顔をすると、農夫達は一斉に口ごもる。

やがて、一番年長の男がボソボソと歯切れ悪く語りだした。

「何年か前、先代領主様の奥方様が、修道院から引き取った娘がおってなぁ。奥方様が生きておられる間は、それなりに可愛《かわい》がってもらってでだんだが、奥方様が亡くなってからは、そらぁ酷《ひど》いもんで……特に、イザベルお嬢様に苛《いじ》められとってなぁ。雑用を押しつけられて、仕事がねぇ時は、馬小屋に押し込まれてるんだど」

これだ、と探偵は胸の内で呟《つぶや》く。どうやら調査対象の娘は、領民達の間でも噂になっているらしい。

(やはり、あの少女は架空の人物ではないんだな。……念のため、直接確かめておくか)

そのための段取りを考えつつ、探偵はその顔に同情的な表情を浮かべた。

「それは……その娘さんも、お可哀想《かわいそう》に」

「領主様は、ええお人なんだども、あの娘っ子にだけは冷てぇからなぁ……まぁ、領主様のお屋敷さ行ぐんだったら、その娘のことは話題にしない方がえぇ」

「わかりました、肝に銘じておきます」

それから探偵は農夫達と少し会話をし、丁寧に礼を言って領主の屋敷へ向かった。

「……行っだでな」

「おぅ、行っだな」

旅人を装った男が立ち去った後、農夫達は声を潜めてそう言うと、各々動き始めた。

「ようし、おめぇら作戦開始だ。オレぁ領主様んとこさ馬出してくっぺ。おめぇは『金の雄鶏亭』の爺《じい》さんに連絡しで、旅人さんの足止めささせてけろ」

「おぅ、あの爺さんは話が長《なげ》ぇからな。足止めに最適だべ」

「んだんだ、そんじゃちょっくら行ってくるだ」

＊＊＊

探偵がケルベック伯爵の屋敷に辿《たど》り着《つ》いたのは、昼をだいぶ過ぎた頃だった。

本当はもう少し早めに着く予定だったのだが、途中で話好きの老人につかまったり、通りすがりのご婦人に焼き菓子を貰《もら》ったりしていたら、すっかり時間がかかってしまったのだ。

ケルベック伯爵の屋敷は広く立派だったが、西部地方の屋敷のように華やかな色合いの装飾は少なかった。

東部でも特に竜害の多い地域は、頑丈さに重きを置いた建築物が好まれる。それは、このケルベック伯例外ではないらしい。

(さて、芸を売りにしている旅人らしく、正面から屋敷に入っても良いが……その前に、直接例の娘の様子を見ておくか。普段は馬小屋にいるらしいが……)

男は門番に見つからぬよう屋敷の裏側に回った。馬小屋というのは大抵、屋敷の裏側にあるものだ。

途中、都合良く柵《さく》が壊れている場所があったので、探偵はそこから敷地内に入り込み、物陰に隠れながら馬小屋を目指す。

するとと馬の鳴き声に混じって、何やら若い娘の声が聞こえてきた。

「オーッホッホッホ！」

なんだなんだと思いつつ、探偵は馬小屋の小窓から中をこっそり覗《のぞ》き込む。

小屋の中では薄茶の髪の少女がへたりこみ、啜《すす》り泣《な》いていた。

そんな彼女を、侍女をつれたオレンジ色の巻き毛の令嬢が見下ろしている。

（あれは、ケルベック伯爵の娘のイザベル・ノートン……ということは、もう一人の方が）

イザベルの前にへたり込み、啜り泣いているのは、薄茶の髪の痩《や》せこけた少女だ。

俯《うつむ》いているので顔はよく見えないが、着ている服はみすぼらしく、擦り切れている。

薄茶の髪の少女は啜り泣きながら、か細い声でイザベルに懇願した。

「あぁ、イザベル様、おねがいです……なにか……たべるものを……」

「この小屋の馬よりも役に立たない家畜以下の分際で食事？　身の程知らずにも程があってよ？

あぁ、お祖母《ばあ》様は、どうしてこんな女を引き取ったりしたのかしら！」

「おねがいします……おねがいします……」

薄茶の髪の少女が哀れに懇願すると、イザベルは目を細め、いかにも意地が悪そうな笑みを浮かべた。

「そうね。水ぐらいは与えてあげるわ。……アガサ」

そう言って、イザベルは隣に立つ侍女に目配《めくば》せをする。

アガサと呼ばれた侍女は、馬の飲み水が入った桶《おけ》を手に取り、その水を哀れな少女の前にぶちまけた。

真冬の冷たい水が少女の服の裾《すそ》を濡《ぬ》らし、スカートにシミを作る。ただでさえみすぼらしい格好だった少女は、水浸しになったスカートに呆然《ぼうぜん》としていた。

そんな少女に、イザベルは邪悪に微笑《ほほえ》みながら告げる。

「ほら、這《は》いつくばってお飲みなさい。好きなだけ」

「……っ、ひぃっ、うっ、うぅ……」

薄茶の髪の少女がフルフルと震えながら、目の前の水たまりに口をつけるべく頭《こうべ》を垂れたその時、馬小屋に一人の男が入ってきた。

立派な毛織物のマントを羽織った口髭《くちひげ》の男。一目見て分かった。この人物こそ、屋敷の主人――ケルベック伯爵だ。

「おぉ、イザベル。可愛い我が娘よ。こんなところで何をしているのだね？」

ケルベック伯爵が口髭を弄《いじ》りながら訊《たず》ねると、イザベルは途端に悲しげな顔を作り、その目に涙を浮かべて父に抱きついた。

「お父様、聞いてくださいまし。この女が、わたくしに水をかけようと！」

薄茶の髪の少女は驚いたように顔を上げ、か細い声で「ち、ちがいます……っ」と否定する。

だが、ケルベック伯爵は哀れな少女の言葉になど、耳を貸さなかった。

「恥知らずな娘め！　屋敷に置いてやっている恩を忘れたか！」

低く重く響く怒声に、哀れな少女はブルブル震えながら平伏する。服がますます汚れるのも構わずに。

（なるほど、モニカ・ノートンが、この家の鼻つまみものというのは本当らしい）

そのやりとりを観察していた探偵は、屋敷の方から馬丁らしき少年が近づいてくることに気づくと、素早く馬小屋を離れ、来た道を引き返した。

ここまで確認できたのなら、もう充分だろう。旅人のふりをしてこの屋敷に滞在し、下手に疑われるのも馬鹿馬鹿しい。

さっさと雇い主のもとに戻って報酬を貰い、優雅な年越しといこうではないか。

＊＊＊

悪の伯爵父娘《おやこ》が哀れな少女を嘲笑《あざわら》う馬小屋に、馬丁の少年が入ってきた。

馬丁は伯爵に一礼して、キビキビと報告する。

「侵入者は、敷地の外に出て行ったようです」

その言葉に、伯爵は「ふむ」と頷《うなず》き、へたり込んでいた少女に声をかけた。

「ご苦労だったな、サンディ」

悪の伯爵父娘に見下されていた少女は、フハーッと息を吐き、顔を上げる。

そうして素朴な顔で微笑み、先ほどまでとは違う、訛《なま》りを隠さぬ口調で言った。

「オラ、ちゃんと、いじめられっこ役、できてましだがね？」

「うむ、素晴らしい演技であった。流石《さすが》、厳しいオーディションを勝ち抜いた実力者！」

「ええ、お父様。喋《しゃべ》り方、姿勢、表情、仕草、その全てが気弱さを醸し出していて、素晴らしいです。……サンディ、貴女《あなた》には女優の才能がありますわ！」

「えへへ……なんだか、こっぱずかしいですぅ～」

照れ臭そうに頬をかいているこの少女は、ニンジン農家の四女サンディちゃん（一二歳）。

ノートン家主催の厳しいオーディションを勝ち抜き、冬休み中のモニカ・ノートンの代役に選ばれた少女である。

ケルベック伯爵父娘は、〈沈黙の魔女〉モニカ・エヴァレットの任務に協力するため、モニカ・ノートンという架空の娘を引き取った、意地悪な父娘の役目を担っている。

ところが今から数日前、領内に複数ある修道院に不審な人物が現れた。その人物は「この修道院にモニカという娘はいたか」と訊《き》いて回っていたらしい。

モニカ・ノートンはケルベック前伯爵夫人が修道院から引き取った娘、という設定だ。

おそらく、モニカ・ノートンという娘の存在を不審に思った何者かが、ケルベック伯爵周辺を嗅《か》ぎ回っていたのだろう。

そこでケルベック伯爵は屋敷の周りの領民達に、不審な旅人が来たら、この屋敷に誘導するよう命じ、イザベル、アガサ、そして代役のサンディと共に一芝居打ったのだ。

モニカ・ノートンという娘が、この屋敷に本当に存在すると思わせるために。

「旦那《だんな》様、あの男、追いかけますか？」

侍女のアガサの言葉に、ケルベック伯爵はしばし考え、首を横に振った。

「いや、いい。できれば、間者の主人の正体を知りたいというのが本音だが、こちらから探りをいれたことがバレれば、今の演技が無駄になる」

今は間者に気づかぬ振りをしつつ、モニカ・ノートンの冬休みのアリバイ作りをする方が大切だ。

そのために、今自分達に必要なことは何か？　ケルベック伯爵は胸を張って宣言する。

「今後、同じように間者が来た時のために、より演技に磨きをかけねばならんな！」

「えぇ、お父様！　わたくしも、もっと悪役らしい振る舞いについて研究しなくてはいけませんわね」

「そういえば旦那様、もしかしてそのお髭は……このために伸ばされたのですか？」

アガサの言葉に、ケルベック伯爵はちょっぴりソワソワしつつ、得意げに口髭を指でしごいた。

「うむ、こんなこともあろうかと思ってな」

「流石お父様！　悪の伯爵と言えば口髭ですものね！」

口髭の伯爵なんていくらでもいるのでは、という無粋なツッコミをする者は、この場にはいない。

悪役父娘が、悪役の立ち振る舞いや、衣装に対するこだわりについて語り合っていると、馬丁の少年が控えめに口を挟んだ。

「旦那様方、ここは冷えますので、続きは中で……」

「おぉ、そうだったな。すまんすまん」

ケルベック伯爵は口髭を弄る手を下ろし、いじめられ令嬢役に抜擢《ばってき》された少女、サンディに向き直る。

領民である少女を見る目は穏やかで、民から慕われる領主としての威厳と優しさがあった。

「サンディよ。この度は、家族と過ごすべき冬至休みも拘束することになってしまい、すまなかったな」

「いえ、そんな……」

セレンディア学園の冬休み期間中、サンディはモニカ・ノートン役をしなくてはならない。

当然、家には帰れないし、冬至も新年もノートン家で過ごすことになる。そのことを、ケルベック伯爵は心苦しく思っていたのだ。

「その分、我がノートン家は、心を込めて君をもてなそう」

ケルベック伯爵は、竜害があれば臆《おく》することなく指揮を執る豪傑であり、村の祭りの舞台ではノリノリで飛び入り参加するお茶目さんであり、そして、なによりも民想《おも》いの領主であった。だからこそ、民からも慕われている。

不審な旅人を見つけたら、足止めをして領主の屋敷に報告せよ——という指示に、領民達が協力してくれているのも、ケルベック伯爵の人望あってこそなのだ。

サンディは、ケルベック伯爵を尊敬と感謝の眼差《まなざ》しで見上げ、「ありがとうございます」と頭を下げる。

そんな少女に、イザベルとアガサがニコニコと話しかけた。

「サンディ、どうぞ、我が家のように寛《くつろ》いでいってくださいましね。ご馳走《ちそう》もたくさん用意してますのよ」

「まずは、お風呂《ふろ》に入りましょうね。着替えも用意してありますよ」

「っはぁー……、オラ、こんなに良くしてもらって、夢みたいです……」

なお、いじめられ令嬢役は一日三食おやつ付き。衣装の貸与有り。

いじめられている演技の時以外は、素敵なドレスを着させてもらい、美味《おい》しいご飯を食べ、フカフカの布団で眠ることができ、ついでに高収入、ノートン家の料理人お手製焼き菓子のお土産つき、という素敵なお仕事である。

Not only being chant-free, but also accuracy of a hit

like going through the eye of a needle is terrifying.

無詠唱もさることながら、恐るべきは針の穴を通すような命中精度。

It's not a human act by any stretch of the imagination.

どう考えても、人間業じゃない。

サイレント・ウィッチ VI

沈黙の魔女の隠しごと

Secrets of the Silent Witch

一章　七賢人若手三人衆、結成

リディル王国城で行われた新年の魔術奉納は、〈砲弾の魔術師〉ブラッドフォード・ファイアストンの華やかな炎と、〈沈黙の魔女〉モニカ・エヴァレットの冬精霊の氷鐘《オルテリア・チャイム》の美しい音色で大いに盛り上がり、人々は七賢人の大魔術を口々に褒めちぎった。

魔術奉納を終えた七賢人達は、この後の式典が始まるまでの間、七賢人と国王のみが出入りを許される、〈翡翠《ひすい》の間〉で待機することになっている。

円卓の前に着席した〈結界の魔術師〉ルイス・ミラーは頬杖《ほおづえ》をつき、殊更明るい口調で言った。

「いやぁ、今年は前例のない、すごい魔術奉納でしたねぇ！」

彼は指先で片眼鏡を持ち上げ、その顔に薄ら笑いを貼りつける。

「なにせ、七賢人の一人は不在、一人は立ったまま失神していたんですから」

立ったまま失神した七賢人こと、〈沈黙の魔女〉モニカ・エヴァレットは両手で顔を覆い、「ごめんなさいごめんなさいごめんなさい」と涙声で謝った。

人前でも、ちゃんと振る舞えるようになりたい——その誓いを胸に、モニカは新年の魔術奉納で冬精霊の氷鐘《オルテリア・チャイム》を披露した。

……披露するまでは、良かったのだ。

冬精霊の氷鐘《オルテリア・チャイム》は、美しい音を奏でるためには膨大な計算が必要になる。だからこそ、モニカは魔術を使っている間は、人目を忘れて集中することができた。

問題は、魔術奉納を終えた後である。

冬精霊の氷鐘《オルテリア・チャイム》を解除すると同時に、割れるような拍手と歓声に包まれたモニカは、自分が大衆から注目されていることに気づいてパニックを起こし、結果、立ったまま失神した。

ルイスが言うには、「ぽひゅっ」という奇声をあげて、白目を剥《む》いていたらしい。

それに気づいたルイスとブラッドフォードが、モニカを左右から挟み、周囲にばれぬようモニカを引きずって退場したのである。

おまけにこの時、七賢人が一人〈茨《いばら》の魔女〉は遅刻をして不在。〈星詠みの魔女〉メアリー・ハーヴェイが幻術でその不在を誤魔化していた。

結果、七賢人は一人が幻、一人は立ったまま気絶という前代未聞の事態になったのである。

人々は七賢人の魔術を奇跡だと賞賛したが、七賢人達にしてみれば、この間抜けな事態を大衆に気づかれなかったことの方が、よっぽど奇跡であった。

今、〈翡翠の間〉には、〈茨の魔女〉以外の六人が円卓の前に着席している。

席順は部屋の入り口側から時計周りに就任順で、銀色の髪を結った年齢不詳の美女〈星詠みの魔女〉、黒髪顎髭《あごひげ》の大男〈砲弾の魔術師〉、全身を宝石で飾り立てた老人〈宝玉の魔術師〉、紫の髪の陰気な男〈深淵《しんえん》の呪術師〉。不在の〈茨の魔女〉を飛ばして、栗色《くりいろ》の髪を三つ編みにした〈結界の魔術師〉、小柄な〈沈黙の魔女〉の順番である。

七賢人のまとめ役であるメアリーが、彼女から見て右手に座るモニカとルイスを見て、おっとりと微笑《ほほえ》んだ。

「まぁまぁ、ルイスちゃん。そうカリカリしないで？　モニカちゃんの冬精霊の氷鐘《オルテリア・チャイム》、とっても素敵だったわよ～」

メアリーの称賛に、〈宝玉の魔術師〉エマニュエル・ダーウィンが早口で便乗した。

「ええ、ええ、咄嗟《とっさ》にあのような大魔術を使うなど、誰にでもできることではありません！　流石《さすが》は〈沈黙の魔女〉殿！」

どこか芝居がかった口調でそう捲《まく》し立《た》てたるエマニュエルは、さもたった今思い出したような様子でポンと手を叩《たた》く。

「そうそう、なんでも〈沈黙の魔女〉殿は、フェリクス殿下と共に呪竜を退治されたとか。実に素晴らしい！　同じ七賢人として、とても誇らしいですぞ」

「あの……その……」

「ウォーガンの黒竜に続き、レーンブルグの呪竜まで！　二大邪竜を退けた貴女《あなた》は、我が国の英雄です！」

露骨にモニカを褒めちぎるその態度には、モニカに取り入りたいという本音が透けて見えた。

〈宝玉の魔術師〉エマニュエル・ダーウィンは、クロックフォード公爵と懇意の第二王子派だ。

七賢人の中では第一王子派がルイス、第二王子派がエマニュエル。それ以外の五人は、ほぼ中立。

だからこそ、一人でも第二王子派が増えれば、パワーバランスが大きく変化する。

エマニュエルは、第二王子と共に呪竜と戦ったモニカを自陣営に引き込みたいのだ。

（こ、こういう時って、どう断ったらいいいんだろう……）

モニカがマゴマゴしていると、エマニュエルは声のトーンを落として、モニカに囁《ささや》いた。

「実はわたくし、反射結界を付与した魔導具の研究をしておりまして。どうです？　もし〈沈黙の魔女〉殿さえ良ければ、そのうち、食事をしながら詳しい話でも……」

「〈宝玉の魔術師〉殿」

冷ややかな声で遮ったのは、ルイスだった。

ルイスは長い三つ編みを弄《いじ》りながら、チラリと目だけを動かしてエマニュエルを見る。

「反射結界は消費魔力が激しい魔術です。それを魔導具に付与するとなると、相当な魔力量が必要になるのでは？」

「おや、気になりますかな。……まぁ確かに、この魔導具が完成したら、〈結界の魔術師〉である貴方《あなた》の立場が危うくなりますからねぇ」

反射結界は、その名の通り敵の魔術を反射する結界だ。非常に強力ではあるが、それだけに扱いが難しく、使い手も少ない。

反射結界は反射できる威力で等級が決まっており、〈結界の魔術師〉であるルイスは、二級反射結界まで使える、とモニカは以前耳にしたことがあった。

二級反射結界は、大抵の攻撃魔術を反射できる。だが、もしこれと同じことが、魔導具でできるようになったら――なるほど、結界を肩書きにしているルイスの立ち位置が危うくなる、と考える者もいるだろう。

だが、モニカはそうは思わなかった。〈結界の魔術師〉ルイス・ミラーの強みは、結界の強さだけではないからだ。

ルイスもそれを自覚しているのだろう。彼は余裕の笑みを崩さなかった。

「反射結界の魔導具ができたら、私も楽ができて嬉《うれ》しいですよ」

エマニュエルの煽《あお》りにルイスはクスクスと笑い、芝居がかった仕草で肩をすくめる。

「ただ、反射結界を魔導具にするには、莫大《ばくだい》な魔力が必要になるでしょう？　もし、魔力量の少ない〈宝玉の魔術師〉殿が無理をして、魔力欠乏症でポックリ……おっと失礼、体調を崩されたら、大変だと思いまして」

七賢人の中で最も魔力量が少ないのが、エマニュエルだ。気にしているところを突かれて、老人の顔がピクリと引きつった。

ルイスとエマニュエルのやりとりでギスギスしている空気に、モニカがこっそり胃を押さえていると、ブラッドフォードが顎髭を撫《な》でながら呟《つぶや》く。

「それにしても戻ってこないな、茨の。式典までには戻ってくると思ってたんだが」

新年初日は、王族のパレードと門前での魔術奉納が済んだ後、玉座で式典が行われる。今は、式典が始まるまでの待ち時間なのだ。

不在の〈茨の魔女〉も、流石にこの待ち時間の間に戻ってくるだろうと思いきや、まるでその気配がない。

メアリーが頬に手を当て、おっとりと言った。

「確かにちょっと心配ねぇ……。ねぇモニカちゃん。ちょっと、お散歩がてらあの子を探してきてくれない？　きっと庭園のどこかにいると思うのよぉ」

宝玉の魔術師
エマニュエル・ダーウィン

正直この気まずい空気に耐えられなかったので、モニカはメアリーの頼みに一も二もなく頷《うなず》いた。

メアリーはニッコリ微笑み、今の今まで机に突っ伏してうたた寝をしていた〈深淵の呪術師〉レイ・オルブライトにも声をかける。

「レイちゃんもお願い。ちょっとお散歩がてら日の光を浴びて、気分転換していらっしゃいな」

レイはノロノロと顔を上げると、虚《うつ》ろな目で宙を見つめて、口元に不気味な笑みを浮かべた。

「散歩……二人で散歩……女の子と二人で散歩をすることをお散歩デートと言うんだろう。いいな、お散歩デート。すごく健全だ。俺が、呪術師のこの俺が、健全に愛されてる感じがしてイイ。すごくイイ」

彼の愛されたがり癖は、今日も絶好調らしい。

レイの笑みに不穏な空気を感じなくもないが、二人きりで話ができるのは、モニカにとって都合が良かった。裏切りの呪術師に関する調査の進捗《しんちょく》について、訊《たず》ねるチャンスだ。

モニカは立ち上がり、レイにペコリと頭を下げた。

「え、えっと、〈深淵の呪術師〉様……ご、ご一緒して、いただけます、か？」

レイは椅子から立ち上がると、ギラギラと底光りするピンク色の目でモニカを見つめ、一歩、また一歩と距離を詰めた。その距離の詰め方が怖い。

「……俺のこと愛してる？」

「そ、尊敬してまひゅっ！」

「……敬愛は？」

「敬愛してますっ！」

「……じゃあ、純愛は？　友愛は？　親愛は？」

「えぅっ？　えっ、ぇっ？　……あ、愛って……愛って一体……？」

新年早々、愛とは何かについて悩むモニカに、他の七賢人達が憐憫《れんびん》の目を向ける。

滅多に一致団結しない七賢人年長組の心が、一つになった瞬間であった。主にモニカへの同情心で。

＊　＊　＊

馬車を降りたシリル・アシュリーは目の前にそびえ立つリディル王国城を見上げ、緊張と感動の入り混じった気持ちで石畳を歩く。

隣を歩く義父、ハイオーン侯爵はそんなシリルをチラリと見た。

「緊張しているのかね」

「……いえ、大丈夫です」

「右手と右足が同時に出ている」

義父の指摘に、シリルはギクリと顔を強張《こわば》らせ、動きを止める。

この新年の儀で、シリルは正式にハイオーン侯爵の後継者としてお披露目されるのだ。失敗は許されない——そう気負いすぎたせいで、シリルは表情も体もガチガチに強張っていた。

養子になってから、社交界に出たことは何度もあるが、城に来たのはこれが初めてだ。

贅《ぜい》の限りを尽くした屋敷はいくつも見てきたが、ただ豪奢《ごうしゃ》なだけではない、歴史を感じさせる荘厳な城に、シリルは気圧《けお》されていた。

義父は「ふむ」と何やら思案顔をしている。

呆《あき》れられてしまっただろうか、失望されてしまっただろうか……不安になるシリルに、義父は一つの提案をした。

「この城の庭園を、君はまだ見たことがなかったね」

「え、は、はい……」

「素晴らしい庭園だ。一度見てくるがいい。私はここで待っている」

庭を歩いて、すこし緊張をほぐしてこいと義父は言っているのだ。

気を遣われてしまったことを申し訳なく思いつつ、シリルはその言葉に甘えることにした。

「……申し訳ありません、義父上《ちちうえ》」

「君は若い。城に来たのなら、もう少し浮かれても良いぐらいだ」

低く穏やかな声が「行っておいで」と静かに促す。

シリルは一礼をして、庭の方へ歩きだした。


城の庭園に足を踏み入れたシリルは、グルリと周囲を見回し、感嘆の吐息を零《こぼ》した。

季節は冬、いつ雪が降ってもおかしくない寒さだというのに、庭園には色とりどりの花が咲いている。特に冬薔薇《ばら》の美しさといったら、素晴らしいという言葉では足りない。

秋冬に咲く薔薇は決して花数が多くなく、葉を落とした枝に一つ二つポツンと咲くのが常であるが、この庭園では夏の盛りのように大輪の薔薇がいくつも咲き誇っているのだ。

（なんと素晴らしい。季節を忘れてしまいそうだ）

花壇だけでなく、城壁側に植えられた色濃い緑の葉を茂らせる木にも、鮮やかな花が咲いている。さほど背の高くない木だが、赤みがかったピンクの花と、黄色の花芯《かしん》、そして濃い緑の葉のコントラストは冬の薄い空色の下で一際鮮やかだ。

初めて見る花に見惚《みと》れていると、どこからともなく声が聞こえた。

「綺麗《きれい》だろ。最近外国から入ってきた花で、椿《つばき》って言うんだ」

声は後方の木の上から聞こえた気がした。振り向き見上げると、背の高い木の上に一人の男が腰掛けている。年齢はシリルと同じぐらいだろうか。腕にクリーム色の毛並みの子猫を抱いている。

身につけているのは、見るからに野良着といった生成りのシャツにサスペンダー付きのズボン。首に手拭《てぬぐ》いを巻き、麦わら帽子を被《かぶ》っている。服装から察するに、この城の庭師なのだろう。

（何故《なぜ》、真冬に麦わら帽子を……）

不思議に思っていると、木の上の男は「なぁなぁ」と気さくに話しかけてきた。

「この猫を助けようと木に登ったはいいんだけどさ、下りられなくなっちゃったんだ。助けてくれない？」

木から下りられなくなる庭師とは一体。

密《ひそ》かに呆れつつ、シリルは口の中で短く呪文を詠唱し、男のいる木の枝から地面に向かって氷の坂を作ってやる。

木の上の男は「すごいなぁ」と感心したように呟き、氷の坂をつるりと滑り下りてきた。

「いやぁ、助かったよ。オレ、高いところ苦手でさ」

「……苦手なのに、木に登ったのか？」

「こいつを助けるために、無我夢中だったんだって」

そういって男は、腕の中の子猫を撫でる。

改めて近くで見ると、男はちょっと驚くぐらい整った顔をしていた。

シリルの知る限り、最も容姿の優れた男性と言えば、やはり敬愛するフェリクス・アーク・リディルだが、目の前にいるこの男はフェリクスと並んでも引けを取らぬ美しさだ。特に真紅の薔薇を思わせる鮮やかな巻き毛と、濃い緑の目が一際目を惹《ひ》く、まるで薔薇の化身のような男だった。

ただ、華やかな顔立ちに反して、その体は筋肉質だ。いくら鍛えても筋肉がつかないシリルにしてみたら、ちょっと羨《うらや》ましくなるぐらい立派な太い腕をしている。

シリルは男が被っている麦わら帽子を見た。

「何故、真冬に麦わら帽子を？」

「麦わら帽子を被ってるとさ、なんか親しみやすい気がしない？」

「いや、真冬に麦わら帽子は、おかしい」

シリルが率直に答えると、男は「そうかなぁ」と残念そうに呟き、被っていた麦わら帽子の縁をつまむ。麦わら帽子の下では、目に鮮やかな真紅の巻き毛がフワフワ揺れていた。

美しい顔に、筋肉質な体と野良着。なんともチグハグな印象の男である。

「新年の挨拶《あいさつ》に来たのかい？　どこの家の息子さん？」

とても庭師とは思えない口の利き方だ。シリルは少しムッとした。

「……ハイオーン侯爵ヴィセント・アシュリーの息子、シリル・アシュリーだ」

ぶっきらぼうなシリルの言葉に、男は「ハイオーン侯爵の！」と言って、パッと顔を輝かせた。

「ハイオーン侯爵には、いつも世話になってるんだ。たくさん出資してもらっててさぁ」

「義父上に？」

「君はもう、この庭の花を見たかい？　この城の庭は、代々オレんちが管理してるんだ」

男はどこか得意気に笑い、緑色の目で庭園を見回す。

「温室でもないのに、こんなに花が咲いてるなんて不思議に思うだろ？　実はこれ、全部肥料に秘密があるんだ。肥料に魔力を含ませてるんだよ」

「……？　動植物に魔力を付与することは、禁じられているのではなかったか？」

「正確には、人体等に害を与える量の魔力を、定着付与技術で付与することを禁じられてるって感じだな。だから、その一定量を超えないように、魔力付与するんだ」

人間が生まれつき一定の魔力を持っているように、動物や植物も微弱な魔力を有している。

男はその微弱な魔力量を増加させずに、魔力を構成する要素の比率を変えることで、植物を強化する研究をしているらしい。

「人間が持ってる魔力が一〇〇なら、この花は一ぐらいかな。この一という数字を超えないようにしつつ、魔力のバランスを肥料で調整してやるんだ。そうすると、こんな感じで寒さに強い品種ができたりする。今はこの庭の観葉植物だけだけど、ゆくゆくは他の植物でも同じことができるようにしたいんだ」

男の説明に、シリルは素直に感心した。なるほど、これは確かに義父が出資をするのも頷ける。

この品種改良によって、荒れた土地でも野菜や薬草が作れるようになったら、食料問題や薬不足の解決に大きく貢献するだろう。

「画期的だな」

「まぁ、実際は言うほど簡単なものじゃなくてさ。失敗の連続だよ。ちょっとでも配合を間違えると、含有魔力量が増えすぎて枯れちまうし、土も使い物にならなくなる。それに魔力量を弄った野菜を食べても人体に影響はないのか、ってのも研究していかないとだし。その辺の研究が、この国は遅れてるんだ」

魔力は一定量を超えて摂取すると人体に害をなす。そのことは魔力過剰摂取体質であるシリルも、身をもって知っていた。

食用の植物を作るとなると、安全性を確かめるために莫大《ばくだい》な時間と手間がかかることだろう。

それでもシリルは、素直にこの研究を応援したいと思った。

「非常に優れた研究だ。いずれ飢饉《ききん》などの食糧難が訪れた時、この研究は数万の命を救う」

「いやぁ、未来のハイオーン侯爵にそう言ってもらえると嬉《うれ》しいなぁ！」

男は白い歯を見せて快活に笑い、木の根元に置いていた斜めがけの鞄《かばん》からニンジンを取り出してシリルに差し出した。

「お近づきの印に、うちの畑で作った野菜やるよ！　あっ、普通の肥料で作ったやつだから、安心して食べていいぜ」

「……これから挨拶に行くので、それは遠慮する」

「この場で食べちまえばいいのに」

そう言って男は、生のニンジンをボリボリと菓子のように齧《かじ》る。

「まだ時間はあるかい？　良かったら庭を案内するよ」

「では、お願いしよう」

シリルは少し迷った末に、男の申し出を受けることにした。

男の話は非常に興味深いものであったし、何より気さくなこの男と話していると、緊張が解《ほぐ》れるのだ。

シリルの返事に男はニカッと笑って、猫を胸に抱き、ニンジンを齧りながら庭を歩きだす。

シリルは男の腕の中の子猫を見た。

「ところで、その猫だが」

「うん？」

「……撫《な》でても良いだろうか？」

「ほい、どーぞ」

クリーム色のフワフワな毛並みに、シリルは頬を緩めた。


シリルが出会った庭師の男は、お喋《しゃべ》りが好きらしい。

太い腕で猫を抱き、花壇の間を歩きながら、楽しそうに話をする。

「オレのご先祖様はすごくてさぁ、当時の王様も頭が上がらないぐらい、おっかない人だったんだ。この庭も、オレのご先祖様が王様に言って作らせたんだぜ」

国王が庭師に頭が上がらないなんてことがあったら、一大事である。

流石に誇張表現だろうと思いつつ、シリルは黙って話の続きに耳を傾けた。

「知ってるかい？　当時の貴族達はトイレで用を足す習慣がなくて、そういう時は花壇の陰で用を足してたんだ。ほら、女の人がよくトイレに行く時『お花を摘みに〜』なんて言うだろ？　あれの語源は、花壇の陰で用を足してたからって説もあるぐらいでさ」

何故、いきなりトイレの話になるのか。

品性の無さにシリルが顔をしかめても、庭師はお構いなしに言葉を続けた。

「その結果、排泄物《はいせつ》で庭は汚れ放題！　ご自慢の庭を汚されたオレのご先祖様はブチ切れて、城にそりゃあ立派なトイレを作らせたんだよ。でもって、庭を汚した奴《やつ》は粉砕して肥料に混ぜて埋めるって宣言したら、みんなきちんとトイレに行く習慣ができた」

「…………」

「そのうち、家のトイレを立派にするのが貴族達の流行《はや》りになってさ、貴族達はこぞって自分の屋敷のトイレを整備しだしたんだ。で、それが使用人経由で平民にも伝わっていって、一般家庭にもトイレ文化が根付いた」

そろそろ我慢の限界だったシリルは、ジトリと庭師を睨《にら》んだ。

「……それは、庭園案内をしながらするような話なのか？」

「まぁ、最後まで聞いてくれよ。リディル王国のトイレ文化が根付いて数十年が経《た》った頃、世界中で伝染病が流行ったんだ。だけどリディル王国では、この伝染病が殆《ほとん》ど流行らなかった。何故かって？　排泄物の管理がきちんとできていたからさ。こうして公衆衛生の概念ってやつがリディル土国を中心に浸透していき、世界的に広まりましたとさ、めでたしめでたし」

なるほど話の着地点は案外まともだった。

だが、トイレ。何故、花壇の話題からそこに飛躍してしまったのか。

なんとも言い難い顔をするシリルに、庭師の男は誇らしげに言った。

「つまり、花壇を守るために立派なトイレを作らせたうちのご先祖様は、〈トイレの魔女〉って呼び名の方が相応《ふさわ》しいんじゃないかと思うんだ。だから、オレのことは気さくに五代目〈トイレの魔女〉って呼んでもいいぜ！」

「五代目？　魔女？」

「城に行ったら、オレのご先祖様が作らせたトイレを見てくれよな。いや、ほんとすごいからさぁ。トイレの個室一つ一つがオレの研究室ぐらいの広さがあって、めちゃくちゃ豪華なんだ。オレも初めて城のトイレを使った時は感動したぜ」

トイレについて熱く語る庭師の男の腕の中で、子猫が何かに気づいたかのようにニャーウと鳴いた。

庭師の男は庭の先に目を向け、そちらに見える二つの人影に大きく手を振る。

「あっ、あっちにオレの仲間がいるぞ！　おーい！　おーい！」

＊＊＊

「日の光が眩《まぶ》しすぎて溶ける……太陽が俺を愛してくれない……」

〈茨《いばら》の魔女〉を探すため、外に出たモニカとレイだったが、レイは歩いて数分で杖《つえ》にすがりつき始めた。

レイは普段から青白い顔の男だが、今はその顔が土気色になっている。その辺で寝ていたら、うっかり埋葬されそうだ。

「あの、〈深淵《しんえん》の呪術師〉様、体調が悪いんです、か？」

「寝不足……昨日は遅くまで、調べごとしてたんだ……これ……」

モニカはハッと息を呑《の》む。

レイがローブのポケットから取り出したのは、漆黒の石に金細工を絡めた装飾品──オルブライト家を裏切った呪術師、バリー・オーツが死の間際に使用した呪具だ。

「この呪具は、対象に呪いを植えつけることで正気を奪い、呪術師の意のままに被術者を操る……という性質のものだった」

「被術者を、操る？」

予想外の言葉にモニカが眉《まゆ》をひそめると、レイはボソリと言葉を付け足す。

「……の、失敗作。被術者を操るために呪いを強くする必要があったんだが、呪いを強くしすぎたせいで、この呪具は被術者を殺してしまうんだ……」

レイの言葉が、モニカには意外だった。呪術で他者を操る、なんて考えたことがなかったのだ。

それは、精神干渉魔術の領域である。

レイも同意見らしく、神妙な顔で頷《うなず》いた。

「普通は呪術で誰かを操ろうなんて、考えたりしない……やろうとすれば、似たようなことはできるけど、それは邪道だ。少なくともオルブライト家では、それをやらない。やった奴は一族を追放されても文句を言えない、恥ずべき行為だ……」

レイはローブのフードを目深に被ると、フードの下で宝石のようなピンク色の目をギラつかせて、低く呟《つぶや》く。

「ところが最近、俺に『呪術で、生き物を意のままに操るのは可能か』と訊《き》いた奴がいる」

「……えっ？」

意表を突かれ、瞬《まばた》きをするモニカに、レイはその人物の名を告げる。

「第二王子フェリクス・アーク・リディル」

モニカの中でバラバラだったパズルのピースが少しずつ繋《つな》がっていく。それもおそらく、最悪の形で。

「それと、バリー・オーツの足取りについて調べている最中……とある権力者の介入があって、上《う》手《ま》く調査できない時期があったんだ」

「とある、権力者……」

モニカの心臓がバクバクと嫌な音を立てる。

レイは周囲を見回し、人の姿がないことを確認して、その名を口にした。

「第二王子の祖父、クロックフォード公爵ダライアス・ナイトレイ」

モニカの父、ヴェネディクト・レイン博士の死に関与している呪術師。その背後には権力者がついていると、モニカの養母ヒルダ・エヴァレットは言っていた。

（もし、その権力者がクロックフォード公爵なのだとしたら……お父さんの死に、クロックフォード公爵が関わってる？）

裏切りの呪術師、クロックフォード公爵、フェリクス。この三人が繋がっていると仮定すると、一つの恐ろしい想像が浮かんでくる。

「もしかして、レーンブルグの呪竜は……」

モニカが口にすることをためらい、言《い》い淀《よど》んでいると、レイは低い声で呟いた。

「クロックフォード公爵が仕掛けた、茶番劇かもしれない」

裏切りの呪術師は、クロックフォード公爵に命じられて緑竜を呪い、呪竜に仕立て上げた。

本来は呪竜を意のままに操り、適当なところでフェリクスに退治させる算段だったのだろう。

だが、呪術は失敗し、呪竜は暴走した。

結果的に呪竜は撃退することができたし、その結果、フェリクスはこの国を呪竜から守った英雄という扱いになったけれども、呪竜の暴走は呪術師にとって想定外だったのだ。

そして最後は、その呪術師も自らの呪術に呑まれて死んだ。

（クロックフォード公爵が、呪竜騒動の仕掛け人？　しかも、お父さんの死にも関わっている？

……殿下はこの事実を、どこまで知ってるの？）

もし、フェリクスが全てを知った上で、クロックフォード公爵に従っているのだとしたら。

あの美しい笑顔の下に、薄暗い真実を隠しているのだとしたら……それは、とても恐ろしいことだ。

冬の風の冷たさとは違う寒気に、モニカの肌が粟立《あわだ》つ。

（……怖い）

モニカがローブの上から己の腕を擦《さす》っていると、レイが苦い顔で言った。

「もし、この件にクロックフォード公爵が関わっているのなら、迂闊《うかつ》には動けない」

「……はい」

呪竜騒動の黒幕をクロックフォード公爵と言い切るには、証拠が弱い。肝心の呪術師も死亡しているし、告発は難しいだろう。

後味の悪さと、フェリクスに対して募る不信感に拳《こぶし》を握りしめたら、左手がズキリと痛んだ。

呪竜騒動の後遺症だ。痣《あざ》はもう消えたが、まだ痛みは残っており、指を曲げるだけで痛む。握力も殆どない。

(冬休みが明けたら……わたしは今まで通りに、殿下を護衛できるかな……)

城の庭園には美しい花が咲き誇っているというのに、今のモニカにはそれを楽しむ余裕などない。

フェリクスのことを考えると、ただただ気が重かった。

普段から陰鬱《いんうつ》な空気を漂わせているレイと、落ち込むモニカ。

ローブのフードを目深に被った二人が、鬱々とした空気を漂わせて歩く光景は、はたから見たら亡者の行進のようであった。青空の下の美しい庭園に、不釣り合いなことこの上ない。

その時、前方で「おーい！　おーい！」と元気な声がした。モニカ達が探していた人物――〈茨の魔女〉だ。

レイが嫌そうな顔で舌打ちをする。

「やっと見つけた。あいつ、うるさいし、すぐ野菜押し付けてくるから嫌いだ……顔が良いのも気に入らない……あぁ、妬《ねた》ましい妬ましい妬ましい……」

そんなレイの恨みがましい呟きも、モニカの耳には届かない。

何故ならモニカは、〈茨の魔女〉の隣にいる青年に、目が釘付《くぎづ》けになっていたからである。

遠目でも目立つ美しい銀髪。品の良い服を着た細身の体。見間違えるはずがない。

（シ、シシシ、シリル様ぁ――――っ⁉）

モニカは動揺のあまり、うっかり杖を取り落としそうになった。

＊＊＊

シリルは思わず己の目を擦《こす》って、目の前の光景を二度見した。

庭師の男が「オレの仲間」と呼び、手を振っているのは、揃《そろ》いのローブを着て、杖を手にした男女だ。どちらもフードを目深に被っており、女の方は口元をヴェールで隠している。

金糸銀糸の豪奢《ごうしゃ》な刺繍《ししゅう》を施した美しいローブ、身の丈を超える長さの杖。それは、この国の魔術師の頂点に立つ七賢人にのみ、許された物ではないか。

シリルが立ち尽くしていると、庭師の男が猫を胸に抱いたまま、ローブの二人に駆け寄る。

「やぁ、君達が庭に出てるなんて珍しいなぁ！」

「お前がいつまで経っても〈翡翠《ひすい》の間〉に来ないから、わざわざ迎えに来たんだろうが……」

ローブの二人組の片割れ――陰気な男の言葉に、庭師はペチンと額を叩《たた》く。

「いけね、忘れてた。そういやさっき、ドカーンって音と、鐘の音が聞こえたけど……あれってもしかして魔術奉納？　もう終わっちゃった感じ？」

「とっくに終わってるに決まってるだろ……！」

「そっか、ごめんな！　お詫《わ》びにニンジン食べる？」

「いらない……」

庭師の男は「ちぇー」と残念そうに呟き、斜めがけの鞄《かばん》からニンジンを取り出して、バリバリ齧《かじ》りだした。

（ま、さか……）

唖然《あぜん》としていたシリルの頭が、ゆっくりと動き始める。

陰気な男が口にした〈翡翠の間〉とは、七賢人と国王のみが出入りできる特殊な部屋である。

そして七賢人には、魔術の名門ローズバーグ家の五代目当主がいるのだ。

シリルは震える声で、その名を口にする。

「五代目〈茨の魔女〉殿……？」

「あれ？　もしかして気づいてなかったのか？　なーんだ、とっくに気づいてるもんだとばかり」

ムッシャムッシャとニンジンを齧っている〈茨の魔女〉に、陰気な男がボソリと言う。

「……ローブを着てないからだろ」

「あっ、そっか。庭仕事するのに邪魔だから脱いでたんだよなぁ。ちょっとこいつ預かっててくれる？」

彼は陰気な男に子猫を押しつけると、庭の端に押し寄せてあった荷車に駆け寄り、農具に引っ掛けていた布を広げる。それは、金糸銀糸で刺繍が施された美しいローブだった。

ローブに腕を通した彼は、鍬《くわ》やスコップと一緒に荷車に放り込まれていた杖を手に取る。美しい杖の装飾が、シャラリと軽やかな音で鳴った。

「オレが、五代目〈茨の魔女〉ラウル・ローズバーグさ！　よろしくな！」

誰もが見惚《みと》れる美貌《びぼう》の男が立派なローブを身に纏《まと》い、杖を握ると、それだけで圧倒的な風格があった——が、頭には麦わら帽子、首には手拭《てぬぐ》い、おまけにローブの下は野良着である。

そうでなくとも、木から下りられなくなって、初対面の相手に野菜を勧めて、トイレの魔女を名乗る男を、誰が七賢人だと想像できただろう。

〈茨の魔女〉は仲間の男に預けていたクリーム色の毛並みの子猫を受け取ると、ニコニコしながら言った。

「そうそう、オレの仲間を紹介するぜ！　こっちの紫のが〈深淵の呪術師〉で、小さいのが〈沈黙の魔女〉！　七賢人の若手三人衆とは、オレ達のことさ！」

紫の、という雑な紹介に、〈深淵の呪術師〉は顔をしかめ、〈沈黙の魔女〉は二つ名のとおり、黙したまま俯《うつむ》いた。

（この方達が、七賢人……国の頂点に立つ魔術師……！）

シリルは今になって、自分の振る舞いが失礼だったのではないかと青ざめた。相手は国王陛下の相談役でもある魔法伯なのだ。

シリルは慌てて、三人の七賢人達に頭を下げようとした。だが、そんな彼に〈深淵の呪術師〉が早足で詰め寄る。被っていたフードが外れて、目立つ紫の髪が露《あら》わになったが、気にする様子もなく、〈深淵の呪術師〉はギョロリとした目で、シリルを凝視していた。

こちらの非礼を咎《とが》めるつもりだろうか。

シリルが青ざめていると、〈深淵の呪術師〉はピンク色の目を爛々《らんらん》と輝かせて言った。

「お、俺のこと、愛して？」

「…………」

シリルは動揺を押し殺し、平坦《へいたん》な声で聞き返した。

「失礼。今、なんと？」

「俺のこと、愛して？」

聞き間違えではなかった。どうしよう。

途方に暮れるシリルに、〈深淵の呪術師〉は青白い頬を薔薇色《ばらいろ》に染めて、早口で話しかける。

「薔薇の花が咲く庭園で女の人と出会ったら、それってもう運命だよな？　運命だったら、惹《ひ》かれ合うし愛しあう定めだよな？　男装の麗人……イイ。すごくイイ。くふっ……くふふっ」

「男装？　何の話を……」

「大丈夫、大事なのはおっぱいの大きさじゃない、愛の大きさだって誰かが言ってた……お願いだ、俺のこと愛してるって言ってくれ。愛して愛して愛して愛して……」

どこか恍惚《こうこつ》としながら愛を乞《こ》う〈深淵の呪術師〉のローブを、小さな手が引いた。〈沈黙の魔女〉だ。

小さな魔女は背伸びをして、〈深淵の呪術師〉にゴニョゴニョと何やら耳打ちをする。

「……え？　……男？　女の子じゃ、ない？」

〈沈黙の魔女〉がコクコクと頷き、猫と戯れていた〈茨の魔女〉が口を挟んだ。

「そいつ男だよ。ハイオーン侯爵んとこの息子さん」

〈深淵《しんえん》の呪術師〉は、ピンク色の目を限界まで見開き、マジマジとシリルの顔を見る。

そして、低い声で一言。

「呪われろ……」

〈深淵の呪術師〉はその場にしゃがみ込み、「吐きそうだ……」とブツブツ呟きだした。失礼すぎる。

シリルは呆然《ぼうぜん》と立ち尽くした。

これが七賢人？　国の魔術師の頂点で、国王陛下の相談役？

〈深淵の呪術師〉は失礼だし、〈茨《いばら》の魔女〉は野良着だし、〈沈黙の魔女〉なんて、まるで子どもではないか。

（……うん？　子ども？）

子どもみたいに小さな魔女の姿を、シリルは無意識に目で追った。

〈沈黙の魔女〉は、ワタワタと無意味に手を動かしている。手袋をしていない小さな手は少し荒れて、赤くかじかんでいた。

シリルがその手をじっと見ていると、〈沈黙の魔女〉は俯き、もじもじと指をこねる。

その幼い仕草が、シリルの記憶を刺激した。

「失礼、〈沈黙の魔女〉殿。以前、どこかで……」

〈沈黙の魔女〉がピクンと肩を震わせたその時、シリルの言葉を遮るような大声が響いた。

「ぬぅぉおおおおおおおお‼　すまぬ、そこの御仁達！　その猫を捕まえてくれぇぇぇ‼」

まるで雄牛の咆哮《ほうこう》のように、野太い声だった。

声の方に目を向けると、白い子猫がこちらに向かって走ってくる。猫を追いかけているのは、金髪に水色の目の厳《いか》つい大男だ。子猫は完全に怯《おび》えて、全身の毛を逆立てている。

猫はちょうど〈沈黙の魔女〉の方に向かってきたので、小さな魔女はその場にしゃがみこみ、猫を抱き上げた。

「……っ⁉」

口元を覆うヴェールの下で、〈沈黙の魔女〉が小さく声をあげる。痛みを我慢する声だった。

よく見ると、〈沈黙の魔女〉は左手を庇《かば》っているように見える。シリルは彼女の腕の中の猫を、そっと抱き上げた。

「失礼。左手に怪我《けが》を？」

「………………ぁ」

〈沈黙の魔女〉は顔を上げかけて、サッと俯く。シリルには、フードを被った頭しか見えない。

シリルは彼女に声をかけようとしたが、抱きかかえていた猫が暴れ出したので、先に飼い主らしき大男に猫を差し出した。

大男は猫を受け取り、神妙な顔で頭を下げる。

「おぉっ、かたじけないっ！　心から感謝する！」

大男の大声に、猫が驚いたようにピクンと顔を上げる。

〈茨の魔女〉が、のんびりした口調で言った。

「殿下の声が大きいから、ビックリして逃げちゃったんじゃないかなぁ」

「ぬぉっ⁉　そ、そうだったのか……驚かせてすまなかったな、アードリアン」

大男が小声で腕の中の猫に謝ると、猫はそれに応えるかのようにニャアゥと鳴いた。大男はポケットから小魚の干物を取り出し、腕の中の猫に与える。

（待て、殿下だと？　まさか、この方は……っ！）

殿下と呼ばれた金髪の大男は、〈茨の魔女〉が抱いているクリーム色の毛並みの子猫を見て、厳つい顔を緩めた。

「おぉ、ローデヴェイクもそこにいたのか。七賢人殿の手を煩わせてしまい、申し訳ない」

「殿下んとこの猫は、脱走の常習犯だからなぁ。あっ、二匹持てます？」

大男は「うむ」と頷《うなず》き、〈茨の魔女〉から猫を受け取った。大男の腕は丸太のように太く筋骨隆々としていて、猫を二匹抱えていても安定感がある。彼は猫を抱き直し、今度はシリルに向き直った。

「そちらの客人も、すまなかったな。この猫達は母上の大事な猫なのだ。捕まえてくれて助かった。本当にありがとう」

丁重に礼をいう大男に、シリルは大慌てで頭を下げる。

「い、いえっ。滅相もありません、ライオネル殿下！」

そう、この金髪の大男こそ、第二王子フェリクス・アーク・リディルの異母兄。第一王子ライオネル・ブレム・エドゥアルト・リディルなのだ。

シリルは動揺のあまり、手袋の下の手が冷たくなるのを感じた。

城に来ると決まった時から、フェリクスに会えるのではないかと密かに思っていたのだが、まさか、フェリクスより先に第一王子に会うことになるなんて。しかも、こんな形で。

シリルは次期国王にはフェリクスこそ相応しいと思っている第二王子派だが、だからと言って、第一王子に礼を欠いて良い筈《はず》がない。そもそもフェリクスを支持しているのは、あくまでシリル個人の話であって、義父のハイオーン侯爵は中立派なのだ。

シリルが自分の振る舞いに非礼は無かっただろうかと必死で思い返していると、ライオネルは気さくに笑いかけてきた。

「貴殿のように若い人間が、新年の儀に参加されるとは珍しい。失礼だが、名前を伺っても良いだろうか？」

「ハイオーン侯爵ヴィセント・アシュリーの息子、シリル・アシュリーと申します」

シリルが緊張に強張った声で答えると、ライオネルは「おぉ！」と目を輝かせる。そうしていると、厳ついながらもどこか愛嬌《あいきょう》があった。

「ハイオーン侯爵の御子息だったのか。〈識者の家系〉にはいつも助けられている。今後もその英知を我が王家に貸してほしい」

ライオネルの言葉に、シリルは言葉を詰まらせた。

〈識者の家系〉はリディル王国の頭脳、歩く図書館とも呼ばれている、膨大な知識を持つ一族である。シリルは自分がその一族を継ぐに相応しいだけの知識を有していると、胸を張って言い切ることができなかった。

〈識者の家系〉を名乗るのに相応しい知識を有しているのは、義妹のクローディアだ。クローディアが男だったら、間違いなく後継ぎになっていただろう。

シリルは密かに焦った。第一王子に期待されるような言葉をかけてもらったのだ。「有り難きお言葉、光栄です」そう言わなくてはと分かっているのに、舌が痺《しび》れたように声が出てこない。

「若輩者故、どこまでご期待に添えるか分かりませんが……精一杯やらせていただきます」

今のシリルには、これだけ言うのが精一杯だった。

（あぁ、私は何をしているのだ。王族の方が期待してくださったのなら、言い訳などせず、必ずや期待に応えると言わねばならないのに！）

内心青ざめるシリルとは対照的に、ライオネルは快活に笑った。

「あまり気負わなくていい。私の方とて未熟者なのだ。私は剣を振り回すのは得意だが、外交の方はからきしでな。弟のフェリクスの方が出来がいいと、皆が言う」

「それ、は……」

「私もそう思っているのだ。国王になるのもフェリクスの方が相応しい。だが、王になれずとも私は私の全力で、この国を守りたい。この国のために、貴殿にも知恵と力を貸してほしいのだ」

ちょうどその時「殿下、どちらにおられるのですか！」と声が聞こえた。

ライオネルは上着の裾《すそ》を翻して、声の方に足を向ける。

「侍従が呼んでいるので、これにて失礼する。協力感謝するぞ、七賢人殿！　また会おう、未来のハイオーン侯爵！」

堂々とした足取りで立ち去る背中は大きく、広い。

（あの方は……この国の未来を見据えておられるのだ）

ライオネルはシリルに対し、自分に力を貸せとは言わなかった。「国のために力を貸してほしい」という態度を一貫していた。

今、この国は第一王子派と第二王子派で分かれ、争い合っている。それは他国に付け入る隙を与えることに他ならない。

だからこそ、国内貴族が団結しなくてはならないと考え、ライオネルはこうしてシリルに声をかけたのだろう。

自分が王になれずとも、この国の未来を守っていけるように。

「気持ちの良い王子様だよなぁ。気さくで偉ぶらないしさ。自分のできることと、できないことを分かってる」

〈茨の魔女〉がローブを脱いで、猫の毛を払い落としながら言う。

シリルは慎重に訊《たず》ねた。

「貴方は第一王子を支持しているのですか？　〈茨の魔女〉殿」

「うーん、オレは面白ければどっちでも。そっちの二人はどうかな？」

そう言って〈茨の魔女〉は、〈沈黙の魔女〉と〈深淵の呪術師〉を見た。

だが、二人から政治的な発言は一切返ってこない。〈沈黙の魔女〉は困ったように俯き、もじもじしているだけだし、〈深淵の呪術師〉に至っては、

「顔の良い奴から、落ちぶれればいいと思う……」

この暴言である。

〈茨の魔女〉は、あっはっは、と陽気に笑った。

「まぁ、七賢人にまともな意見を期待しちゃダメってことだな！」

この国の頂点に立つ頭脳派集団であり、国王の相談役である七賢人の言葉に、シリルは自分の中

で色々なものがガラガラと崩れていくのを感じた。主に、七賢人に対する尊敬の念とか。

（そろそろ、義父上の所に戻ろう……）

謁見にはまだだいぶ時間があるが、これ以上義父を待たせて、心配させたくない。

まさか、緊張をほぐすための散歩で、七賢人や第一王子と遭遇するなんて……と、疲労の吐息を押し殺し、シリルは七賢人三人に頭を下げた。

「私もこれで失礼いたします。改めて、魔法伯に対する非礼をお許しください」

「そんなの、気にしなくていいのに。また、庭園に遊びに来てくれよな！　案内するからさ！」

「……はい、失礼いたします」

立ち去る寸前に、シリルは〈沈黙の魔女〉を見た。やはり彼女は俯《うつむ》き、小さな手で杖《つえ》を握りしめている。

その姿に既視感を覚え、シリルの胸は密かにざわついた。

＊　＊　＊

（と、とりあえず、この場はやりすごせた……）

モニカが額に浮かんだ汗をこっそり拭《ぬぐ》っていると、ガラガラという音がした。ラウルが台車を持ってきたのだ。

木の板に車輪と持ち手を付けただけの簡素なそれを、ラウルはレイのすぐそばに止め、「よっ」と軽い声をあげてレイを持ち上げる。痩《や》せ型《がた》とはいえ成人男性一人を軽々と持ち上げる腕力は、普段から庭仕事で鍛えているからこそだろう。

ラウルは膝《ひざ》を抱えているレイを台車に乗せると、モニカに笑いかけた。

「じゃあ、オレ達も戻るか！　あっ、君も乗るかい？」

「い、いえ、自分で……歩きます……」

モニカが辞退すると、ラウルはレイを乗せた台車を押して歩き出した。モニカも、早足でその後に続く。

ラウルは鼻歌まじりに花壇の間を歩いていたが、ふと思い出したようにモニカを振り返った。

「そういえば、君はハイオーン侯爵の息子さんとは、知り合いなのかい？」

「えっ⁉　い、いいいいいえっ、ちっ、違いまひゅっ！」

「ふーん、そっかー。さっき、レイが言い寄ってた時、やけに必死でフォローしようとしてたから、知り合いなのかと思ったぜ」

モニカがセレンディア学園に潜入していることを知っているのは、七賢人の中でもルイスとレイだけなのだ。迂闊《うかつ》に他の七賢人に話すわけにはいかない。

更に踏み込んで質問をされたらどうしよう、とモニカは内心ハラハラしていたが、ラウルはもうその話題には興味を失ったらしい。

花壇の角を一つ曲がったところでラウルは足を止め、鞄《かばん》から小ぶりの剪定鋏《せんていばさみ》を取り出した。

彼は花壇に咲く薄紅色の薔薇《ばら》を一つ剪定し、パチパチと棘《とげ》を落として、モニカに差しだす。

「ほい、やるよ」

「あ、ありがとう、ございます……」

何故、突然薔薇をモニカにくれたのだろう？　喜びよりも戸惑いの方が強いモニカに、ラウルは人懐こく笑いかけた。

「実はオレ、植物の声が聞こえるんだ」

「……え？」

「その薔薇がこう言ってる。『〈沈黙の魔女〉と〈深淵《しんえん》の呪術師〉が、みんなに内緒で面白そうなことをしてる』って」

ラウルが緑色の目を細める。それだけで、背筋がゾクリと震えるような凄《すご》みを感じた。

（〈深淵の呪術師〉様との会話を、聞かれた……⁉）

植物の声を聞く能力なんて、聞いたことがない。

だが、初代〈茨《いばら》の魔女〉の再来と呼ばれているこの男なら、あるいは……。

「……うっかりしてたな。集音魔術か」

ボソリとそう言ったのは、台車の上でうずくまっていたレイだった。

レイはのろのろと立ち上がると、モニカの手の中にある薔薇を抜き取り、小さく何かを呟《つぶや》いて握《にぎ》り潰《つぶ》す。ただそれだけのことで、薔薇はたちまち黒ずみ、チリとなった。

レイは己の全身に呪術を刻んでおり、それを自由に操ることができる。おそらく今は、「植物を枯らす呪い」を発動させたのだろう。

普段は卑屈な愛されたがりだが、彼もまた、ローズバーグ家に劣らぬ名門の当主なのだ。

レイは枯れた薔薇を放り捨て、ラウルをじとりと睨《にら》みつけた。

「この庭園の植物には、お前の魔力がたっぷり染み込んでいる……この魔力の染みた花を中継地点にして、高精度の集音術式を起動したんだろ」

集音術式とは、周囲の音を集める術式だ。情報収集に使えて便利なのだが、その扱いは非常に難しい。

ルイスの契約精霊であるリンが、この魔術によく似た能力を使うが、それはリンが魔力操作に長《た》けた上位精霊だからできることなのだ。

ラウルは剪定鋏をポケットにしまうと、残念そうな顔で肩を竦《すく》めた。

「バレちったか〜。でも、『植物の声が聞こえるんだ』の方が、カッコいいだろ?」

「何を企んでる? 答え次第じゃ、一日一回、足の小指を机の角にぶつける呪いをかけてやる」

レイが杖を突きつけると、ラウルは降参とばかりに両手を挙げた。

「別に君達の話を盗み聞きしようと思ってたわけじゃないんだぜ。あの時は猫を探してたんだ。殿下んとこのローデヴェイクが木の上にいたから、もしかしたら、もう一匹の方も脱走してんじゃないかと思ってさ。それで庭の音を聞いてたんだよ。そしたら偶然、君達の会話が聞こえたんだ」

「……どこまで聞いた?」

「呪竜騒動はクロックフォード公が仕掛けた茶番劇かもしれないってことと……あとは、レイがオレのことを、顔が良いって褒めてくれてたとこまで。ちょっと照れるな!」

衒《てら》いのない笑顔で答えるラウルに、レイは心底嫌そうな顔で「……だからこいつは気に入らないんだ」と吐き捨てる。

モニカは思わず杖にすがりつくようにして、体を震わせた。

クロックフォード公爵について嗅《か》ぎ回っていることを、ラウルに知られてしまった。

ラウルは第一王子派でも第二王子派でもない、いわゆる中立派だが、それでもクロックフォード公爵を敵に回そうとしているモニカとレイを見逃してはくれないだろう。

「わ、わたし達のことを、他の七賢人の方にも、話すつもり……です、か？」

モニカが震える声で問うと、ラウルはあっさり首を横に振る。

「いいや。面白そうだから、オレもまぜてくれよって言いたくて」

あっさりとした口調に、モニカはやや拍子抜けしたが、レイは警戒心に満ちた目でラウルを睨んでいた。

「俺は知っている……この手のタイプは気紛《きまぐ》れに他人に愛情を与えて、気紛れに他人の愛情を裏切るんだ……」

「いや、別に愛してはいないけど」

「そうやって愛してる振りをして近づいて、俺達を裏切り、絶望のどん底に叩《たた》き落《お》とそうとしているんだろう、そうだろう。顔が良くてモテる奴は、みんなそうなんだ。の、ろ、わ、れ、ろ……」

レイの言い分は大袈裟《おおげさ》だが、モニカもラウルを全面的に信用する気にはなれなかった。

呪竜とクロックフォード公爵の件は、モニカにとっては父の死の真相を知ることに、レイにとってはオルブライト家の名誉を守ることに繋《つな》がる。

だが、ラウルが得られるものは何も無い。精々、彼の好奇心が満たされるだけだ。

モニカとレイの警戒心に、ラウルは寂しそうに眉《まゆ》を下げる。

「君達にとっても悪い話じゃないんだぜ。オレはクロックフォード公の屋敷の庭園の手入れを頼まれてるから、屋敷の使用人に話を聞けるし、なんなら潜入だってできる……どうだい？」

レイもモニカもクロックフォード公爵にはコネがないので、ラウルの提案は非常に魅力的だった。

それでも、良くも悪くも臆病《おくびょう》で慎重なモニカとレイは、ラウルを信じることができない。

二人が懐疑的な目でラウルを見ていると、ラウルは観念したように真紅の巻き毛をガリガリとかく。

「分かった、正直に言うよ。実はオレ……」

魔術師の名門ローズバーグ家の当主は、初代譲りと言われたその美しい顔を引き締め、真剣な表情で告白する。

「友達がほしいんだ」

「嘘《うそ》だろ」

断言するレイに、ラウルは心外そうな声をあげる。

「嘘なもんか！　昔っから、ご先祖様の悪名のせいで、誰もオレと友達になってくれないしさ」

ラウルの先祖、初代〈茨の魔女〉レベッカ・ローズバーグは、植物を自在に操るだけでなく、現代では禁じられている黒炎を操る魔術すらも使いこなした大天才だ。だが同時に、とびきりの悪女であることでも有名だった。

気に入らない者は魔術の実験台にしただの、若い男の生き血を薔薇に吸わせただの。どこまでが事実かは定かではないが、当時の国王は〈茨の魔女〉の言いなりだったと、多くの物語で語られている。

「年の近い七賢人なら友達になれるかなって思ったら、二人とも全然会議に顔出さないし！」

ラウルの言う通り、モニカとレイは七賢人会議のサボり常習犯であった。

モニカは自分が七賢人になったばかりの頃、ラウルと挨拶《あいさつ》をした時のことを思い出す。

『やぁ、オレは五代目〈茨の魔女〉ラウル・ローズバーグ。若者同士仲良くしようぜ、よろしくな！　あっ、そうだ。お近づきの印に野菜やるよ！』

そう言ってラウルはニンジンを差し出したが、モニカは緊張のあまり白目を剥《む》いて気絶してしまったのである。それ以降も、モニカはラウルと殆《ほとん》ど口を利いていない。

「久しぶりに君達に会えるから、今日こそ仲良くするぞーって張り切ってたら、二人だけでコソコソ何かやってるしさ。ずるいじゃんか！」

拗《す》ねたように唇を尖《とが》らせるラウルは、まるで駄々っ子だ。一応モニカより、二つ年上の筈《はず》なのだが。

「オレは同年代の仲間と、友達っぽいことが、やりたいんだよ！」

膨れっ面のラウルに、レイが神妙な面持ちで言った。

「どうする、〈沈黙の魔女〉？」

「え、えっと……よ、よろしくお願いします」

モニカが気圧され頭を下げると、ラウルは「やったぜ！」と子どもみたいにはしゃいだ。

彼は太い腕を伸ばし、右手でレイ、左手でモニカの肩を抱き寄せる。

「それじゃ、七賢人若手三人衆、本格的に活動開始だな！」

「あのぅ、えっと、えっとぉ……」

「やっぱり、こいつとは合わない……この陽気なノリが、呪術師の俺とは致命的に合わない……」

戸惑うモニカと、ぼやくレイに、ラウルは「一緒に頑張ろうな！」と弾む声で言った。

♪
茨の魔女
ラウル・ローズバーグ

二章　言いたいことは、一つだけ

新年の儀の式典は、例年は国王が取り仕切るのだが、今年は国王の体調が優れないらしく、第一王子ライオネルと、その母であるヴィルマ妃が取り仕切る形で行われた。

式典の装飾や規模などは例年とさほど変わらないが、挨拶などは一部簡略化されている。

七賢人用の席に着いたモニカはフードの縁を押さえ、こっそりと周囲を見回して式典の参加者を眺めた。

壇上に上がって、朗々とした声で新年の挨拶を述べているのは、第一王子ライオネル・ブレム・エドゥアルト・リディル。先ほど庭で会ったばかりの人物だ。

その背後に控えているのは、二人の王妃。第一王子の母ヴィルマ妃と、第三王子の母フィリス妃である。

第二王子の母であるアイリーン妃は、フェリクスを産んですぐに亡くなっている。

第一王子の母ヴィルマ妃は、赤茶色の髪の凛々《りり》しい顔立ちの女性だ。隣国ランドール王国の姫君だが、軍に所属し、前線に立っていたこともあるらしく、そこらの男性よりよっぽど筋肉質な体をしていた。全体的に厳《いか》ついライオネル王子は、母親似らしい。

第三王子の母であるフィリス妃は、ヴィルマ妃とは対照的に小柄で可憐《かれん》な金髪の女性だ。おっとりとした雰囲気の女性だが、経営の才能があり、実家の財政を建て直したとの噂《うわさ》もある。

そして、壇上から一番近い席に座っているのが第二王子のフェリクス・アーク・リディルと、第三王子のアルバート・フラウ・ロベリア・リディル。

モニカは式典の前にラウルに教えてもらった最低限の知識を思い出しながら、フェリクスの横の席に目を向けた。

王家に最も近い席にいる、冷たい雰囲気の男。白髪まじりの金髪を背中で結っており、切れ長の水色の目は真《ま》っ直《す》ぐに前を見据えている。

彼こそがクロックフォード公爵、ダライアス・ナイトレイだ。

モニカはコクリと唾《つば》を飲み、この場にいる人間の顔を——正確には、その顔を構成する「数字」を、目に焼きつける。

今まで政治に無関心だったモニカは、この場にいる人間の顔をろくに覚えようとしてこなかった。その結果、フェリクスの顔を知らないままセレンディア学園に入学し、大失態をやらかしているのだ。

まずはこの場にいる人間の顔と名前を覚えて、それぞれの人間関係も把握しておきたい。

全員の顔を記憶した後で、モニカは最後に玉座に座る国王に目を向ける。

生気の薄い表情の国王、アンブローズ・クレイドル・リディル。金髪に口髭《くちひげ》を蓄えた、柔和で温厚な雰囲気の初老の男性だ。

この人物が、ルイスに極秘の第二王子護衛任務を命じたことから、全ては始まった。

(体調が優れない、らしいけど……)

どこかぼうっとしているようにも見えるその目は、チェスの盤面を俯瞰《ふかん》している目に似ていると、モニカは密《ひそ》かに思った。

＊　＊　＊

「おーい、モニカー！　宴会に行こうぜー！」

新年の式典を終え、日が暮れるまで客室に引きこもっていたモニカのもとを訪れたのは、〈茨《いばら》の魔女〉ラウル・ローズバーグであった。

そんな彼の左手は、〈深淵《しんえん》の呪術師〉レイ・オルブライトのローブの裾《すそ》をガッシリと握りしめている。

「どうして俺まで……」

今にも息絶えそうな顔で、ブツブツと文句を垂れ流しているレイに、ラウルは長い睫毛《まつげ》を上下させてパチンとウィンクをした。

「大丈夫！　ルイスさんやブラッドフォードさんも、いるみたいだしさ！」

「あのオッサン二人は、どうせ酒ばっか飲んでるんだろ……あぁ、近づきたくない……」

「お酒が嫌いなら、ご馳走《ちそう》もあるぜ。オレ、レイもモニカも、もっと食べた方がいいと思うな。二人ともヒョロヒョロだし」

ラウルの言葉に、レイは陰気な顔をグシャリと歪《ゆが》めた。不快感と絶望と苛立《いらだ》ちを、絶妙に配合した顔だ。

「いつのまにか、名前呼び……男に名前を呼ばれても嬉《うれ》しくない……」

「レイもオレのこと、ラウルって呼んでいいぜ！　だってオレ達、友達だろ！」

ラウルは笑顔で、レイの肩をバシバシと叩く。

痩《や》せたレイの体はふらりと傾き、力無く壁にもたれた。

「と、も、だ、ち……友愛と友情の境界とはなんだ、俺は女の子に愛されたいだけで、別に友達が欲しいわけじゃないんだ、しかも俺より顔が良い男なんて最悪だ……」

ブツブツと呟《つぶや》くレイと、部屋の入り口でオロオロしているモニカのローブを、ラウルが握りしめた。

「さぁ、行こうぜ！　友達と宴会に行くの、ちょっと憧《あこが》れだったんだ！」

見るからに浮かれた様子のラウルは、軽やかな足取りで歩きだす。

モニカは引きずられながら、大慌てでポケットから口元隠しのヴェールを取り出して身につけ、フードを被《かぶ》り直《なお》した。

七賢人のローブは正装なので、このまま宴会に参加しても問題はないのだが、やはり目立つ。

やがて会場に辿《たど》り着《つ》いたところで、ラウルは二人から手を放し、鼻歌まじりに会場の扉を開けた。

会場に足を踏み入れると、途端に周囲の視線が三人に集中する。

「〈茨の魔女〉だ……それも、現当主の……」

「珍しいな、オルブライト家の呪術師が、宴会に来るなんて……」

ラウルとレイに向けられている視線は、敬意よりも畏怖《いふ》が強い。

〈茨の魔女〉と〈深淵の呪術師〉は、常に当主が七賢人に名を連ねており、名門の重みと歴史を背負った存在だ。それ故しがらみも多く、彼らを恐れている者も少なくはない。

だが、ラウルは特に気にした様子もなく、マイペースにズンズンと会場を進んでいく。

モニカは出来る限り己の体を縮こめて、ビクビクと震えながらラウルの陰に隠れた。ちなみにレイも同じことをしているので、二人の体はしっかりラウルの背中からはみ出している。

モニカとレイが存在感を消すことに注力していると、周囲の人間がざわつき始めた。

「もしかして、あちらにおられるのは……〈沈黙の魔女〉ではないか？」

「〈沈黙の魔女〉が宴会に？　本当か？」

何故《なぜ》か〈沈黙の魔女〉という言葉が、あちらこちらから聞こえてくる。滅多にこの手の宴会に顔を出さないから、珍しがられているのだろう。

好奇の視線にモニカが震えあがっていると、ラウルが足を止めて、モニカを見た。

「そういえば、モニカはウォーガンの黒竜だけじゃなくて、レーンブルグの呪竜も倒したんだって？」

「へ？　は、はひ……」

「だから、みんなに注目されてるんだな！　すごいや、人気者じゃないか！」

ラウルの言葉に、モニカは硬直した。

モニカは自分の功績や、周囲の評価に無頓着《むとんちゃく》だ。有り体に言って、あまり興味がない。

だから、ウォーガンの黒竜とレーンブルグの呪竜の件で、ここまで自分が注目されるとは思っていなかったのだ。

（ひぇぇぇぇっ……ど、どうしよう、どうしよう、どうしよう……っ）

宴会場ではフェリクスやシリルと遭遇する可能性もある。もしかしたらそれ以外にも、セレンデイア学園の関係者が来ているかもしれない。

やはり、自分はここに来るべきではなかったのだ。急いでこの場を離れなくては……と踵《きびす》を返しかけたその時、聞き覚えのある声がした。

「レディ・エヴァレット！」

嬉しそうに弾む声に、モニカの全身が総毛立つ。

早足でこちらに近づいてくるのはフェリクスだ。その美しい顔には満面の笑みが浮かび、目がキラキラと輝いている。

逃げたい。逃げたいが、王族に声をかけられて、露骨に無視をするのは流石《さすが》にまずい。

（ど、どうしようぅぅぅ……）

モニカは痛みの残る左手を右手で押さえ、項垂《うなだ》れる。

レーンブルグの呪竜騒動と、モニカの父の死。この二つの事件に、クロックフォード公爵が関与している可能性がある。

そして、クロックフォード公爵の傀儡《かいらい》であり、孫であるフェリクスも、この件に関わっているかもしれないのだ。

そんなフェリクスに、モニカはどう接すれば良いのだろう。

こちらの葛藤《かっとう》などお構いなしに、フェリクスはモニカに笑いかける。

「レーンブルグではお世話になりました。その後、左手の具合はいかがですか？」

（ひぃぃぃ……）

「今朝の魔術奉納、とても素晴らしかったです。貴女の魔術はいつだって、繊細でとても美しい。

貴女の魔術奉納を見ることができた私は幸せ者だ。……きっと今年は素晴らしい一年になることでしょう」

（わぁぁぁぁ……）

今、モニカとフェリクスはこの場にいる誰よりも注目されていた。

なにせ、レーンブルグの呪竜を撃退した英雄なのだ。向けられる視線は憧憬《どうけい》混じりのものから、政治的に利用したいという思惑混じりのものまで様々で、モニカの胃はキリキリと痛んだ。

（とにかく……〇、一、一、二、三、五……なんとかこの場を離れなくちゃ……八、一三、二一、三四、五五、八九……わぁぁぁぁぁんっ、数字の世界に逃げたいぃぃぃっ！）

モニカがフードの下で半泣きになっていると、レイが小声で詠唱をし、モニカをこっそり指さした。

すると、モニカの左腕に不気味な紋様が浮かび上がり、ピカピカ発光する。

モニカがギョッとして自身の左手を跳ね上げると、フェリクスが青ざめた。

「レディ!?　もしや、まだ呪竜に受けた呪いが……」

訳が分からずモニカが狼狽《うろた》えていると、レイがモニカの左袖《そで》をまくって、もっともらしい顔で頷《うなず》く。

「あぁ、これは部屋に戻って休む必要があるな……」

レイはそう言って周囲を牽制《けんせい》すると、モニカにだけ聞こえる声で囁《ささや》いた。

「……体の一部が発光するだけの呪いだ。すぐ消える」

オルブライト家を裏切った呪術師とフェリクスの繋《つな》がりを疑っているレイは、モニカがフェリクスに近づかずに済むよう、この場を離脱するための言い訳を作ってくれたのだ。

〈深淵の呪術師〉様……ありがとうございますっ！）

モニカは心の中でレイに礼を言うと、さも左手が痛むかのようにローブの上から左手を押さえ、フェリクスに会釈をして背を向ける。

「待ってください、レディ。誰か付き添いを……」

モニカは首を横に振り、ボッテンボッテンと走って、その場を離れた。

宴会場を走るなんて悪目立ちすることこの上ないが、今は殆《ほとん》どの客が酒に酔っているので、誰もモニカを咎《とが》めたりはしない。

（あとちょっとで、出口……っ）

慢性的に運動不足のモニカは、ゼェハァと荒い息を吐きながら出口を目指した。

会場の空気は人の熱気と酒の匂いが入り混じっていて、吸うだけで胸がムカムカする。

「……っ、は、ぁっ……うぅっ……」

酒の匂いに目眩《めまい》を覚えた拍子に、モニカは前方から歩いてきた誰かとぶつかった。

ベシャリと尻餅《しりもち》をついたモニカは、咄嗟《とっさ》に相手に謝ろうとして、口をつぐむ。

吸い込んだ空気は酒の匂いはせず、清涼でヒンヤリとしていた。

「失礼、お怪我は？」

モニカに手を差し伸べているのは、シリルだった。

モニカの心臓が早鐘を鳴らす。全身に冷たい汗が滲《にじ》む。

もしここがセレンディア学園で、今と同じ状況だったら、きっとシリルは細い眉《まゆ》を吊《つ》り上《あ》げて、モニカを叱ることだろう。「会場を走るな！」と。

だが、今目の前にいるシリルは、紳士的な態度でモニカに手を差し伸べている。

おずおずと手を取ると、シリルは丁寧な手つきでモニカを立たせてくれた。

「貴女は先ほどの……〈沈黙の魔女〉殿」

「………」

「突然こんなことをお訊《き》きするのは失礼かと思いますが、貴女とは、以前どこかでお会いしていませんか？」

丁寧な口調、丁寧な態度。それは生徒会会計モニカ・ノートンに向けられたものじゃない。七賢人が一人、〈沈黙の魔女〉モニカ・エヴァレットに向けられたものだ。

いずれモニカがセレンディア学園を去って、〈沈黙の魔女〉としてセレンディア学園の知り合いと会うことになったら、きっとこうなると分かっていた。分かっていた、つもりだった。

それなのに、モニカの思考はグチャグチャに乱れ、未知の感情が勝手に暴れ出す。まるで、駄々をこねる子どものように。

（……なんか、やだ）

フェリクスが〈沈黙の魔女〉を前にすると露骨に好意的になるのも衝撃だったが、シリルに感じる感情は、それとは少し違う気がした。

庭園で遭遇した時もそうだ。シリルがモニカに他人行儀だと、胸が苦しい。

（シリル様が、わたしに畏《かしこ》まるの、やだ）

「〈沈黙の魔女〉殿？」

無言で俯《うつむ》くモニカを具合が悪いとでも思ったか、シリルは気遣わしげに顔を覗《のぞ》き込もうとする。

モニカの全身を、今までにない強い恐怖が支配した。

（やだ、やだ、やだ！）

声無き声で叫び、モニカはシリルを両手で押しのける。

もとより非力な上に、左手を負傷しているモニカが押したところで、シリルの体はぐらつきもしない。

ズキリ、と左手が痛む。

「……………ぁ、うっ」

噛《か》み締《し》めた歯の隙間で弱々しく呻《うめ》き、モニカは驚いた顔をしているシリルの横をすり抜け走る。

シリルは戸惑ったようにモニカを見ていたが、追いかけたりはしなかった。

それでもモニカは立ち止まらずに宴会場を飛び出し、走る。

やがて廊下の角をいくつか曲がったところで、モニカは足を止めた。

全身に滲む汗が、酷《ひど》く冷たい。頭から氷水を被ったような気分だ。

（……分かってた、はずなのに）

モニカ・ノートンは架空の存在だ。

セレンディア学園を去れば、もう今までと同じようにシリル達と接することはできない。

だから、セレンディア学園で思い出をたくさん作って、それを胸に抱いて生きていこうと決めていたのに、他人の顔でモニカに接するシリルを見た瞬間、血の気が引いた。胸がチクチクと痛かった。

眉を吊り上げてモニカを叱る、いつものシリル様がいい、と思った。

（わたし、すごくわがままに、なってる）

モニカは力無くその場にしゃがみ込み、膝《ひざ》を抱えて目を閉じる。

瞼《まぶた》の裏に蘇《よみがえ》るのは、セレンディア学園で過ごした日々。

ラナと他愛もないお喋《しゃべ》りをして、たまに隣のクラスからグレンやニールがやってきて、ニール目当てでクローディアもやってきて、グレンの勉強を見に来たシリルが小言を言って、女子寮に戻ったら、イザベルが「お茶会をしましょうお姉様！」と誘ってくれて。

そんなモニカ・ノートンの日常が恋しかった。

……たとえそれが、偽りの学園生活だと分かっていても。

＊　＊　＊

七賢人が一人〈結界の魔術師〉ルイス・ミラーは、宴会場の隅でワインを飲んでいた。

小洒落《こじゃれ》た礼装にローブを引っ掛けた彼の足元では、飲み比べに負けた〈砲弾の魔術師〉ブラッドフォード・ファイアストンが、酒瓶を抱きしめてグゥグゥと眠っている。

楽団の演奏と、オッサンのいびきはなかなかの不協和音だが、ルイスは特に気にしなかった。人混みから聞こえてくる、噂話や探り合いの応酬に比べれば、こちらの方がまだ気楽だ。

「まぁ、去年も見た光景〜」

コロコロと鈴を転がすような声で笑いながら歩み寄ってくるのは、白いドレスにローブを引っ掛けた、年齢不詳の美女――〈星詠みの魔女〉メアリー・ハーヴェイ。

ルイスはワイングラスから唇を離して、美しく微笑んだ。

「〈星詠みの魔女〉殿も、いかがですか？　今年のワインは、とりわけ出来が良い」

「いただくわ。ところで、ルイスちゃんは何本空にしたの？」

「さて、覚えていませんなぁ」

ルイスは惚《とぼ》けるように肩を竦《すく》め、横目で他の七賢人の動向を追った。

〈宝玉の魔術師〉エマニュエル・ダーウィンは、第二王子派の貴族達に愛想を売るのに忙しい。エマニュエルは複数の工房を所有し、魔導具を製造販売しているので、その販売ルートを拡大したいのだろう。

少し離れた壁際では〈深淵《しんえん》の呪術師〉レイ・オルブライトが陰鬱《いんうつ》な空気を撒《ま》き散《ち》らしており、そんなレイに、〈茨《いばら》の魔女〉ラウル・ローズバーグが食事の皿を片手にあれこれ話しかけている。

メアリーがワイングラスから唇を離し、「あら」と声をあげた。

「モニカちゃんがいないわねぇ。さっきまで、ラウルちゃんやレイちゃんと一緒にいたのに」

「〈沈黙の魔女〉殿なら、先ほど、逃げるように退室しましたよ」

メアリーは白い頬に手を添えて、「そう」と呟《つぶや》く。

その横顔に僅《わず》かな憂慮を感じ、ルイスはさりげなく訊《たず》ねた。

「〈星詠みの魔女〉殿。何か気になることでも？」

メアリーの、いつもどこか夢見るような淡い水色の目が、会場にいる七賢人達を追いかける。そうして最後にルイスを見据えて、この国一番の予言者は口を開いた。

「これは予言の手前の、独り言だと思ってちょうだい。……さっき、渡り廊下で星を見たの」

メアリーが長い睫毛《まつげ》を伏せる。

彼女の手元のグラスの中で、真紅のワインがトプンと揺れる。

「七賢人の星が、かげっている。七賢人の誰かが欠けるか……あるいは、七賢人の存在そのものが、危うくなるかもしれない」

それは、新年最初の星詠み結果としては、あまりに不吉だ。

ルイスは片眼鏡の奥で、剣呑《けんのん》に目を細めた。七賢人は政治に無頓着《むとんちゃく》な人間が多いが、彼は比較的政治や社交界の噂話に精通している。

ルイスは近くに人がいないのを確かめ、声を潜めた。

「最近、七賢人を貴族議会の下につけようという動きが、強くなっていると聞きました。それが関係している可能性は？」

「さぁ、どうかしら」

「それでは……〈宝玉の魔術師〉殿に関する噂はご存知《ぞんじ》で？」

メアリーは否定も肯定もせず、ただ曖昧《あいまい》に微笑んでいる。

（これは、知っているな）

ルイスは密かにそう確信したが、メアリーから肯定の言葉を引き出すのは難しいだろう。

七賢人の中で、ルイスは第一王子派、〈宝玉の魔術師〉エマニュエル・ダーウィンは第二王子派、そしてそれ以外は全員中立派だ。

だから、ルイスが敵対しているエマニュエルに言及すると、政治に詳しい者ほど慎重になる。どちらかの味方をするような発言をしたら、それが火種になりかねないからだ。

〈おそらく、〈星詠みの魔女〉は私を動かしたがっている〉

予言の手前の不吉な予兆——それを聞いたら、ルイスは動かざるをえない。そのことを、この老《ろう》獪《かい》な魔女は理解している。

ルイスとしては、誰かの手のひらで転がされるのは気に入らない。だが、何もしないまま今の地位を失うのは、もっと不本意だった。

地位や名誉に無頓着などこぞの小娘と違い、ルイスは七賢人の地位を手放すつもりは更々ないのだ。

〈リンに、〈宝玉の魔術師〉の調査をさせるか〉

契約精霊である風霊リィンズベルフィードには別件——国王から依頼された、第二王子の護衛任務の件で、色々と調べごとをさせていたのだが、それもそろそろ一段落するころだ。

ルイスがその段取りについて思案していると、メアリーがワイングラスをテーブルに戻し、ルイスを見た。

「あたくしからも、ルイスちゃんに訊きたいことがあるのだけれどぉ……」

「なにか？」

メアリーはあどけない少女のように小首を傾《かし》げながら、ルイスの顔を覗き込む。

ルイスを映す水色の目は、まるで水鏡のようだった。

「ルイスちゃんって～……どこまで知ってるの？」

「はて、何の話でしょう？」

「陛下の容態の、は、な、し」

ルイスは雑な手つきで空のグラスにワインをドボドボ注ぎ、殊更どうでも良さそうに答える。

「医師もお手上げ、とだけ」

「へ～え～？」

メアリーは更にルイスに一歩近づき、秘めごとを話すような声で甘やかに囁《ささや》いた。

「ねぇ、ルイスちゃんは、誰が王様になると思う？」

「この場で、その話題は些《いささ》か不謹慎では？」

「どうせ、この場にいる誰もが、同じことを考えているわよぉ」

新年の行事は、次の国王を決めるための試金石だ。

国王の体調が優れぬこの状況下で、王子達がどのように采配《さいはい》を振るかを、国内貴族——特に中立派の貴族達は注意深く観察している。

第一王子が取り仕切っていた式典も、第二王子が取り仕切っているこの宴会も、ルイスに言わせてみれば、まずまずの及第点だ。

どちらも国王の体調に配慮しつつ、国の威信を落とさぬよう一定の華やかさが維持されている。

国民への配慮も、他国の大使に対する面子《メンツ》の維持も申し分ない。

あとはこの宴会の場で、第一王子派と第二王子派が、どれだけ中立派を味方につけることができるかなのだ。

「あたくしの見たところ、第二王子派が圧倒的に優勢ね。なんといっても、第三王子の母フィリス妃がクロックフォード公爵側についたんですもの」

第三王子派が第二王子派と併合したことで、第二王子派は勢いがついている。

しかも、レーンブルグの呪竜騒動で、第二王子は英雄視されているのだ。中立派は、次々と第二王子派に傾きつつある。

こちらの反応を窺《うかが》っているメアリーに、ルイスはフンと鼻を鳴らした。

「そもそも、我々七賢人が、第一王子派だの第二王子派だのと主張すること自体、馬鹿らしいと思いませんか？」

「あら、ルイスちゃんは第一王子派でしょう？」

「別に、積極的に第一王子を推しているわけではありませんよ。私はただ、第二王子とクロックフォード公爵が気に入らないだけです」

ルイスは芝居がかった仕草で胸元に手を添え、歌うような口調で言う。

「我らの上に立つのは、陛下のみ。なれば、全ては陛下の御心《みこころ》のままに」

「ルイスちゃんって、心にもないことを言う時ほど、笑顔が輝くわよねぇ～」

「はっはっは、これは手厳しい」

ルイスは朗らかに笑い、ぐるりと会場を見回す。

誰もが陽気に酒と会話を楽しみながら、その裏で腹の探り合いをしている酒宴。彼らの頭の中は、次の国王のことでいっぱいなのだろう。

ルイスはチロリとワインを舐《な》めると、片眼鏡の奥で灰紫の目を妖《あや》しく輝かせる。

「どいつもこいつも、自分がチェスの指し手になって、好き勝手に駒を動かしているような顔をしていますが……はてさて、本当に盤上から駒を見下ろしているのは、一体誰なんでしょうねぇ？」

＊＊＊

宴会場を飛び出し、人のいない廊下を歩いていると、動揺でグチャグチャになっていたモニカの心も、少しは落ち着いてきた。口元隠しのヴェールの下で、モニカは深いため息をつく。

（今日はもう、部屋に戻ろう……）

ベッドに潜って、何も考えずに寝てしまいたい。暖かな布団に思いを馳《は》せていると、背後から足音が聞こえた。

「失礼いたします、〈沈黙の魔女〉様」

名を呼ばれ、モニカはビクビクしながら振り向いた。

モニカの背後に佇《たたず》んでいるのは、見覚えのない中年男性だ。服装から察するに、高貴な人間の侍従だろうか。

「我が主人が、貴女様と個室でお話をしたいと」

「主人？」

心当たりがなく、眉《まゆ》をひそめるモニカに、侍従の男は淡々と告げる。

「クロックフォード公爵です」

ようやく落ち着いてきたモニカの心臓が、嫌な音を立てて跳ねた。

耳の奥でゴゥゴゥと血が流れる音がする。

（……怖い）

クロックフォード公爵ダライアス・ナイトレイ。呪竜騒動と、モニカの父ヴェネディクト・レインの死に関わっているかもしれない疑惑の人物。

（それでも、わたしは、真実を知りたい）

モニカは右手でローブの胸元を握りしめ、ゆっくりと口を開いた。

「お受けします。案内してください」

＊　＊　＊

侍従の男が案内したのは、応接室の中で最も格式の高い部屋だった。

流石は、この国一番の権力者といったところか。

「〈沈黙の魔女〉様を、お連れいたしました」

「中へ」

扉の向こう側から聞こえた声は、決して大きくないのに不思議と人の心によく響く。

侍従の男が扉を開けて、モニカを中へと促した。

モニカはフードを目深に被り直し、口元のヴェールがずれていないのを確認して、室内へ足を踏み入れる。

ソファに腰掛けているのは、白髪混じりの金髪を背中で結った、六〇歳過ぎの男だった。この人物こそ、クロックフォード公爵――フェリクスの母方の祖父なのだ。

クロックフォード公爵が座るソファの後ろには、ローブを着た魔術師の男が二人控えていた。どちらも、手にした杖《つえ》の長さから察するに上級魔術師だろうか。

「ご足労感謝する。〈沈黙の魔女〉殿」

クロックフォード公爵は短くそう言い、モニカを向かいの席へ促した。

モニカが着席すると、侍従の男は二人分の茶を置いて部屋を出ていく。それと同時に、控えていた魔術師の片割れが詠唱をして、室内に盗聴防止の防音結界を張った。

防音結界は使い手の少ない高度な魔術だ。それだけで、あの魔術師が優れていることが分かる。

モニカは用意された茶には手をつけず、フードの下からクロックフォード公爵を観察した。

年老いてもなお、若かりし頃の華やかさがうかがえる整った容姿は、フェリクスに似ていなくもない。

ただ、フェリクスがいつも穏やかで人当たりの良い笑みを浮かべているのに対し、クロックフォード公爵には、向き合う者を萎縮《いしゅく》させる重々しさと威厳があった。

(この人が、この国で最も権力を持つ大貴族)

ただ向き合い、座っているだけで威圧され、呑《の》まれる。

モニカは膝《ひざ》の上で拳《こぶし》を握り締め、せめて体が震えぬようにと腹に力を込めた。

クロックフォード公爵もまた茶に口をつけることなく、鋭くモニカを見据える。

「私の前でも、フードは脱がぬ、か」

ただ一言そう言われただけで、フードを脱いで、申し訳ありませんでしたと平伏したくなるような気分になる。そんな威圧感に満ちた声だった。

それでもモニカは動かず、フードの下からクロックフォード公爵を睨《にら》み続ける。クロックフォー

クロックフォード公爵
ダライアス・ナイトレイ

ド公爵もそれ以上は何も言わない。

……互いに一言も口を開かぬまま、どれだけの時が流れただろう。

先に口を開いたのは、クロックフォード公爵だった。

「『公の場において、国王の冠、聖職者の聖帽、宮廷魔術師のローブのみ、被り物を正装とする』

……なるほど、貴女は何一つとして礼に背いていない。聡明《そうめい》な判断だ」

試されている、とモニカは感じた。

もし、ここでモニカが気圧《けお》されフードを脱いでいたら、きっとクロックフォード公爵はモニカを見下していただろう。この小娘は威圧一つで簡単に転がせる、と。

本当はただ緊張しすぎて体が動かなかったのと、やっぱり人前でフードを外すのが怖かっただけなんて言えるはずもない。

モニカが置物のように固まっていると、クロックフォード公爵は膝の上で指を組んだ。

「この私を前にしても、沈黙を貫くか」

モニカの沈黙は、威圧に対抗するためのものではない。

ちょっと緊張しすぎて、喋《しゃべ》ると舌を噛《か》みそうだったのである。

何故わたしを呼び出したのですか？　——そう発言しようものなら、間違いなく大変なことになる。主にモニカの舌が。

「いい、呼び出したのは私だ。率直に本題に入ろう」

（よ、良かった。本題が始まった……）

なんだかもう、本題に入る前に神経が擦り切れそうだ。

内心胸《むね》を撫《な》で下《お》ろしているモニカに、クロックフォード公爵は淡々と告げる。

「まずは、我が国を脅かした竜害……ウォーガンの黒竜、レーンブルグの呪竜に立ち向かった貴女に感謝と敬意を示したい」

クロックフォード公爵の謝礼に、モニカは正直、複雑な気分だった。

ウォーガンの黒竜は別に退治したわけではないし、レーンブルグの呪竜に関しては、モニカはクロックフォード公爵の関与を疑っている。

（呪竜騒動は、貴方が仕組んだんじゃないですか？）

そう切り出すべきか一瞬悩み、結局モニカは口を閉ざした。

目の前にいる男は、フェリクス以上に交渉に長《た》けた人物だ。簡単に情報を引き出せるとは思えない。

（呪竜騒動が人為的なものだと気付いているのは、わたしと〈深淵《しんえん》の呪術師〉様だけ……この情報は絶対に伏せておいた方がいい）

下手な発言をしたら、モニカがクロックフォード公爵に疑念を抱いていることがバレかねない。

ならば、今は沈黙こそ最善手。まずはクロックフォード公爵が、モニカを呼び出した理由を知りたい。

「我が国で最も優秀な魔術師である貴女に、一つ仕事を依頼したい」

（……依頼？）

内心訝《いぶか》しがるモニカに、クロックフォード公爵は告げる。

「貴女に第二王子、フェリクス・アーク・リディル専属の護衛を任せたいのだ」

モニカは声に出さず叫んだ。

（それ、現在進行形でやってますぅぅ……！）

一瞬混乱したが、冷静に考えてみれば、クロックフォード公爵はモニカがセレンディア学園に潜入して、フェリクスの護衛をしていることを知らないのだ。

この極秘任務のことを知っているのは、ルイスと国王、後は一部の協力者だけ。

モニカは動揺を態度に出さぬよう気をつけつつ、思考を巡らせる。

クロックフォード公爵が、〈沈黙の魔女〉にフェリクスの護衛を依頼する意図は何か？

（多分、わたしを第二王子陣営に引き込みたいんだ）

今のモニカは、ウォーガンの黒竜とレーンブルグの呪竜という二大邪竜を退けた英雄として、注目されている。

特にレーンブルグの呪竜は、第二王子と共闘の末に退けた、ということになっているので、当然周囲は、第二王子と〈沈黙の魔女〉の間に、少なからず交流があると考えるだろう。

そこにクロックフォード公爵は目をつけたのだ。

このままモニカが正式にフェリクスの護衛になれば、邪竜退治の英雄〈沈黙の魔女〉は、第二王子派についたと人々は考えるだろう。実際にモニカが、どちらの王子を支持しているかは関係ない。

〈沈黙の魔女〉がクロックフォード公爵の依頼に従い、第二王子の護衛になったという事実だけで、周囲は〈沈黙の魔女〉が第二王子派と納得する。

（七賢人の中で、第二王子派は〈宝玉の魔術師〉様だけ。でも、わたしが第二王子派になれば、勢力図が変わる……）

おそらく、それがクロックフォード公爵の狙いだ。

「引き受けてもらえるだろうか？」

クロックフォード公爵の言葉に、モニカは無言で首を横に振る。

そもそもモニカは、既に国王からフェリクス護衛の任務を命じられているのだ。クロックフォード公爵の依頼を受けることはできない。

クロックフォード公爵は鋭い目でモニカを見る。眉一つ動かしたわけでも、顔をしかめたわけでもないのに、威圧感が増した気がした。

だが、クロックフォード公爵ほどの権力者でも、七賢人に命令はできない。彼にできるのは依頼だけだ。そして、モニカにはその依頼を断る権利がある。

クロックフォード公爵は、己の背後に佇む二人の魔術師に目を向けた。

「この二人は、魔法兵団からスカウトされたこともある実力者だ。この二人を貴女の部下につけていい。それ以外でも、貴女が望むなら、然《しか》るべき機関から人を引き抜こう」

クロックフォード公爵は、この国でも有数の権力者として畏《おそ》れ敬われている。

そんな大物が、〈沈黙の魔女〉モニカ・エヴァレットを本気で懐柔し、味方に引き込もうとしているのだ。それだけ彼は、二大邪竜を退けた〈沈黙の魔女〉に政治的価値を見出《みいだ》しているのだろう。

モニカは無言のまま立ち上がり、部屋の出口に向かって歩きだす。これ以上話すことはない、という意思表示のつもりだった。

ドアノブに手をかけたモニカの背中に、クロックフォード公爵は焦りを感じさせない口調で告げる。

「今、貴族議会では、七賢人を束ねる七賢人長という役職を作るべきではないか、という話が出ている。そこに貴女を推薦してもいい」

仮に七賢人長という役職ができるとして、それを決定するのは国王だ。クロックフォード公爵じゃない。

それなのに、こんなにも断定的に話を進められるということは、それが意味することは、ただ一つ。

（この人は、この国の全てを掌握するつもりなんだ）

「いずれは、フェリクスが王になる。フェリクスに貴女を七賢人長に任命させよう。……あれは、私の意のままに動く」

その言葉に、モニカの目の前が真っ白になる。

頭の奥が熱く痺《しび》れ、腹の底から黒いものが込み上げてくる。その感情の名を理解できぬまま、激情に突き動かされ、モニカは無詠唱魔術を発動した。

モニカの足元から白い光の粒子が漂い、形を成す。ヒラヒラと舞う無数の白い蝶《ちょう》は、精神干渉術式だ。

準禁術であり、使用の用途が限られているその術を、あえてモニカは使ってみせた。

これ以上、取引を強要するのなら、相応の手段で応じるという意思表示のために。

モニカが振り向くと同時に、白い蝶がクロックフォード公爵と背後の魔術師二人を取り囲む。

魔術師達は、目に見えて動揺していた。だが、クロックフォード公爵は眉《まゆ》一つ動かさない。

「望みを言うがいい、〈沈黙の魔女〉よ」

このまま沈黙を貫いてもいい。モニカがこの人物に何かを語ることで、得られるものなど何もない。

それでもモニカは、感情の抜け落ちた目でクロックフォード公爵を見据え、短く告げた。

「わたしが、あなたに望むものは何もありません」

強いて言うなら、モニカがこの心無い男に望むのは、ただ一つ。

全ての真実を白日の下に。それだけだ。

(呪竜騒動は貴方が仕組んだんですか？　父の死に、貴方は関与しているんですか？　どうして殿下は貴方の言いなりなんですか？)

その質問に、きっとこの男が答えることはないだろう。

モニカは足の震えを隠して部屋を後にすると、自分にあてがわれた客室を目指す。

今日はもう、部屋に戻って一人になりたかった。


部屋まであと少し、というところで、モニカは前方に人の姿を見つけた。

華やかな礼装姿の金髪の青年──フェリクスだ。彼にしては珍しく髪が少し乱れていた。きっと、大急ぎで宴会場を抜け出してきたのだろう。

「レディ・エヴァレット。貴女が、祖父に呼び出されたと聞きました」

「…………」

「祖父は、貴女になんと？　もしかして、何か無理難題を言ったのではありませんか？」

あぁ、とモニカは零《こぼ》れそうになる吐息を押し殺す。

（この人は、クロックフォード公爵が、わたしに持ちかけた取引のことを知らないんだ）

フェリクスの声は、表情は、本気で〈沈黙の魔女〉を案じていた。

だけど、彼がクロックフォード公爵の傀儡《かいらい》なのもまた、事実なのだ。

（どうしてあなたは、クロックフォード公爵の言いなりなんですか）

喉元《のどもと》まで出かかった言葉を飲み込み、モニカはフェリクスの横をすり抜けた。

フェリクス・アーク・リディルは、〈沈黙の魔女〉を心から慕っている。

――だけど、何かを隠している。

（わたしは……あなたが怖い）

背後でフェリクスが己を呼ぶのを聞きつつ、モニカは自室に入って扉を閉ざす。

そうして燭台《しょくだい》に火は点《つ》けずベッドに倒れ込み、黒猫のネロが眠るカゴを抱き寄せ、目を閉じた。

三章　バーニー・ジョーンズの手紙

リディル王国の名門、セレンディア学園に向かう道を、一台の荷馬車が走っていた。

御者席に座る男の名は、バルトロメウス・バール。帝国出身の技術者である彼は、リディル王国に来てからは、魔導具工房に勤めたり、何でも屋になったり、レーンブルグ公爵邸の雑用になったりしていたが、紆余曲折《うよきよくせつ》を経て、今はとある少女に雇われている。

少女の依頼内容は、レーンブルグ公爵の屋敷に勤めていた従僕ピーター・サムズ（本名はバリー・オーツというらしい）の経歴を調べてほしい、というもので、たったそれだけの依頼に、依頼主は目玉が飛び出るような額の報酬を提示した。

バルトロメウスを雇った少女の名は、〈沈黙の魔女〉モニカ・エヴァレット。このリディル王国の魔術師の頂点に立つ七賢人である。

（いやぁ、あのチビの考えてるこたぁ、よく分からんが……なんにせよ、俺はついてるぜ。これでしばらく食うに困らねぇし、上手《うま》くいきゃあ、リンちゃんとお近づきになれる）

バルトロメウスの目的は、ただ一つ。

一目惚《ひとめぼ》れしたリンちゃん——七賢人が一人〈結界の魔術師〉ルイス・ミラーの契約精霊で、本名はリィンズベルフィードというらしい——とお近づきになることだ。

そのためにバルトロメウスは、〈沈黙の魔女〉の協力者として名乗り上げたのである。

（やっぱデキる男は行動力が違うんだよな、うんうん）

〈沈黙の魔女〉は第二王子の秘密の護衛任務で、セレンディア学園に生徒として潜入しているらしい。そこでバルトロメウスは、〈沈黙の魔女〉と連絡が取りやすいよう、セレンディア学園に出入りする業者に潜り込んだのだ。

今、彼が走らせている荷馬車は、もうすぐ冬休みが明けるセレンディア学園に、食材を届けるためのものである。屋根なしの簡素な馬車には、食材の詰まった木箱が幾つも積まれており、そしてその木箱に一人の青年がもたれていた。

「んーっ、んっ、んっ、んー」

木箱にもたれて鼻歌を歌っているのは、赤毛を逆立てているヒョロリと痩《や》せた青年だ。

彼はセレンディア学園に向かう途中らしく、自分も馬車に乗せてほしいと申し出てきたのである。

青年が着ている服はだらしなく着崩されているが、それでも質の良い物だった。こいつは裕福な人間だと確信したバルトロメウスは、二つ返事で了承し、男を荷馬車に乗せたのである。

「んーっ、んっ、んっ、んんー」

青年が鼻歌を歌っているのを聴いていたら、なんだかバルトロメウスも歌いたくなってきた。

今日は風も少なく、真冬らしからぬ陽気だし、なにより彼が恋焦がれるリンちゃんに会える日も近いのだ。これが歌わずにいられるだろうか。

「『俺の愛する女神様。今会いに行く、君に似合う花束を持って。許されるなら、どうか、どうか、慈悲深く俺を抱きしめておくれ』」

それはバルトロメウスの故郷の、女神像に恋をした彫刻家の歌だ。

石像に恋をするなど馬鹿馬鹿しいという者もいるが、バルトロメウスには、その彫刻家の気持ちがよく分かる。

職人や芸術家をしていれば、どうしたって造形の美しい物に心奪われずにはいられない。つまりはまぁ、面食いというやつだ。

一目惚れした相手が、人間ではなく精霊だと知った時、バルトロメウスは失望ではなく納得した。あの美しさは、纏《まと》う空気は、人間には作り出せないものだ。

「『おぉ、俺の愛する女神様……』」

「いーい声だ」

木箱にもたれていた青年が、どこか間延びした口調で言う。

バルトロメウスは歌を止めて、陽気に笑った。

「はっはー、うるさかったらすまねぇな。惚れた女のことを想《おも》ったら、ついつい力が入っちまった」

「俺の愛する女神様？」

「あぁ、そりゃもう、とびきりの女神様さ。俺は最高に面倒な細工を仕上げた時と、惚れた女を追いかけてる時が、一番幸せなんでね」

「あぁ、どっちも分かるぜぇ。イイよなぁ……」

青年は口の両端を持ち上げてニヤニヤ笑い、頭の後ろで指を組む。その指に複数嵌《は》められた指輪を見て、バルトロメウスは僅《わず》かに眉を持ち上げた。

（へぇ、あれは……若いのに、随分といいもんをお持ちで）

赤毛の青年は木箱にもたれて空を仰ぎ、歌い始める。

バルトロメウスが歌った『俺の愛する女神様』を、替え歌にして。

「『俺の愛する女王様。今会いに行く、お前を射抜く矢を持って。許されずとも、どうか、どうか、無慈悲に俺を踏みにじっておくれ』」

陽気な旋律とは裏腹に、どこか仄暗《ほのぐら》いものを感じさせる歌詞だ。

寒気を覚えたバルトロメウスは、無意識に首の後ろを撫《な》でた。

＊＊＊

セレンディア学園の冬休みが終わる二日前、モニカは王都とケルベック伯爵領の中間地点にある街でイザベルと待ち合わせて、セレンディア学園に向かった。

冬休みの間、モニカはイザベルの帰省に同行したことになっているので、一緒の馬車で寮に戻らないと不自然になってしまうからだ。

冬至前に竜害の予知があったことで、竜害警戒地域である東部地方は非常に慌ただしいことになっていたらしい。その影響で、東部地方の貴族の中には、新年の式典への参列を辞退した者も少なくはない。イザベルの父、ケルベック伯爵もそうだ。

呪竜こそ退治したものの、きっとケルベックの冬至休みは大変だったのだろう、とモニカは密《ひそ》かに気にしていたが、イザベルはそんな苦労を感じさせない笑顔だった。

「お姉様、お久しぶりですわぁ～！　あぁ、お姉様と会えない冬休みの、なんと長かったことでしょう！　なんでも先月は、レーンブルグの呪竜をフェリクス殿下と共に退治されたとか！　流石《さすが》お姉様ですわ！　是非是非、その時のお話を……っ！」

馬車の中、モニカの隣でキャアキャアと盛り上がるイザベルを、侍女のアガサが冷静に窘《たしな》めた。

「お嬢様、まずは先日の件を〈沈黙の魔女〉様に、お話ししておいた方が良いのでは？」

「あっ、いけない。そうね、まずは大事な報告を……」

イザベルははしゃいでいた己を恥じるように居住まいを正すと、真剣な顔で口を開いた。

「何者かが、お姉様のことを調べ回っています」

「……え？」

イザベルが言うには、ケルベック伯爵領内にある複数の修道院に「ここに、モニカという娘がいた記録はあるか？」と訊《たず》ねて回る人物がいたらしい。

ケルベック伯爵が領民に根回しをして、「モニカ・ノートンはケルベック伯爵邸の馬小屋にいる」と噂《うわさ》を流したところ、その人物は、わざわざノートン家に忍び込んで確認しにきたのだとか。

セレンディア学園に潜入するにあたって、ルイスが考えたモニカ・ノートンの設定が「修道院で暮らしていたが、ケルベック前伯爵夫人に引き取られた」というものである。

つまり、修道院を調べ回ったその人物は、モニカ・ノートンの素性に疑問を持っているのだ。

「冬休み中は、お姉様の代役を用意したので、その不埒《ふらち》者も、お姉様が架空の人物だと確信を得るに至ってはいないかと思いますが……しばらく、用心した方がよろしいかと」

「あ、ありがとうございます……」

礼を言いつつも、モニカは心中穏やかではなかった。

モニカ・ノートンという存在に疑いを持っている者がいるとしたら、それは恐らくセレンディア学園の関係者だろう。そして、現時点で一番可能性が高いのは……と考えた時、モニカの頭に浮かんだのはフェリクスだ。

レーンブルグ公爵領で、フェリクスは〈沈黙の魔女〉がセレンディア学園の人間だと確信している。そんな彼が〈沈黙の魔女〉候補として、モニカのことを調査したというのは充分に考えられることだった。

（新年にお城で会った時の反応を見る限り、まだ、わたしの正体はバレてないと思うんだけど……）

もしモニカ・ノートンについて探りを入れているのが、フェリクスではないとしたら。その人物が、モニカには皆目見当がつかないのだ。

まるで見えない敵が背後に忍び寄っているような感覚に身震いしていると、イザベルが荷物袋から何かを取り出した。

「それにあたりまして……わたくし、冬休み明けの対策をいたしましたの」

「対策、ですか？」

「えぇ、これです」

そう言ってイザベルが差し出したのは、一冊の日記帳だ。

受け取ってパラパラと流し読みをしてみると、イザベルが過ごした冬休みの出来事が、日記と言うには詳細すぎるほどビッシリと書《か》き綴《つづ》られていた。

特筆すべきは、その日記の中にモニカが登場するという点である。

『今日はアルヴァナに視察の日。それにしても、どうして視察にあの女も連れて行かねばならないのかしら。お供をさせるかわりに荷物持ちをさせたら、すぐに泣き言を言い出したから、食事は抜きにしてやったわ、あぁ良い気味！（以下略）』

『あぁ、なんてこと！　わたくしのお気に入りのカップをあの女が不注意で割ってしまったわ。ファリム・メイの新作の水色のカップ……繊細な蔓薔薇《つるばら》の模様がお気に入りだったのに！　当然許せる筈《はず》もないので、馬小屋に追い立ててやったわ。あんな女が同じ屋敷にいるなんて冗談じゃない！家畜以下のあの女には、馬小屋だって生温《なまぬる》いわ！（以下略）』

絶句するモニカに、イザベルは目をキラキラと輝かせて言った。

「いかがでしょうか？」

いかがでしょうか、と言われても、何と言葉を返せば良いのやら。

「え、えっと、これは……？」

「わたくしの冬休みの日記です。我がノートン家が、力を合わせて書いた力作ですわ」

ここはお母様の監修で、ここは弟のアイデアで、とイザベルは日記のページを捲《めく》りながらニコニコ語る。

日記には、ケルベック伯爵邸の内部の様子や、イザベルが着ていたドレスの色やデザイン、モニカが壊した（ことになっている）カップのデザインや模様まで、とにかく細かく描写されていた。

読んでいると、自分がその場にいたと錯覚しそうなほどだ。

「冬休み明けともなれば、ご友人との会話で冬休みの出来事を訊《き》かれることもあるかと思います。そこで、これを読んでおけば、冬休みの話題はバッチリ！　というわけですわ！」

「な、なるほど！」

モニカが実際に過ごした冬休みの内容は、レーンブルグ公爵領での呪竜騒動、養母の家に帰省、そして城で魔術奉納をして、新年の式典や宴会に出席……とてもではないが、ラナ達には話せない。

だがイザベルの日記の内容を覚えておけば、冬休みの話題を振られる度に言い訳を考えずに済むだろう。

（でも、これはこれで、人に話しづらいような……）

日記の中のモニカは、イザベルに徹底的に苛《いじ》められ、食事を抜かれ、馬小屋に追い立てられ、泥水を啜《すす》ることを強要されているのである。これはこれで友人達に話しづらい……が、イザベルの好意を無下にするのも忍びない。

とりあえず明日の朝までに、この分厚い日記を読破しようと、モニカは心に決めた。

＊＊＊

久しぶりの屋根裏部屋は、少しだけ埃《ほこり》が溜《た》まっていた。

モニカは窓を開けて換気をすると、荷物袋の中からネロを引っ張り出す。ネロはやっぱり今も冬眠中らしく、たまに起きてほんの少し水を飲むと、すぐにムニャムニャと寝てしまう。

モニカは空のバスケットに布を敷き詰め、そこにネロを寝かせてやった。

「早く起きてね」

小さく声をかけ、掃除をしようと袖捲《そでまく》りをしたモニカは、ふと机の上に手紙が一通置いてあることに気がついた。

どうやら冬休み中、モニカ宛《あて》に届いた手紙を、寮監が部屋に届けてくれたらしい。

誰からだろう？　と訝《いぶか》しみながら封筒を手にとったモニカは、そこに記された名前に目を丸くする。

バーニー・ジョーンズ。

ミネルヴァに通っていた頃の学友で、今はライバルとなった少年である。

モニカは掃除を後回しにして、ペーパーナイフで慎重に封筒を開けた。


『我が永遠のライバル様へ。いかがお過ごしでしょうか。

有能な僕は父の後継者となるべく、毎日が勉強の日々です。

本当なら新年の挨拶《あいさつ》にも出席したかったのですが、まだ兄の喪が明けておらず、参加できないことを残念に思います。

さて、非常に多忙な僕がこうして筆をとったのは、貴女《あなた》の生涯のライバル、バーニー・ジョーンズが、貴女に有益な情報を教えてさしあげようと思ったからに他なりません。

咽《むせ》び泣《な》いて感謝してほしいところですが、貴女はこの情報を目にしたら、別の意味で泣き崩れることでしょう。

いいですか、今から深呼吸を一つして、悲鳴を上げぬよう口を塞《ふさ》いでから、二枚目の便箋《びんせん》をお読みなさい』

モニカは手紙に書いてある通りに、一度深呼吸をすると、手のひらで口を塞いで、二枚目の便箋を広げた。

『心の準備はできましたね？　では、お伝えいたします。

ミネルヴァでも指折りの問題児である、二代目ミネルヴァの悪童こと、ヒューバード・ディー先輩が、先日ミネルヴァを退学し、この冬からセレンディア学園に編入することが決まりました。

そう、かつて熱烈に貴女を追い回して魔法戦を挑み続けた、あのディー先輩です。

ディー先輩は、貴女が正体を隠してセレンディア学園に潜入していることなど知らないでしょう。

それでも、貴女を見つけたら間違いなく魔法戦を挑んでくるのは目に見えています。

どうぞディー先輩に見つからないよう、日夜ビクビクしながら任務を全うしてください。

貴女の生涯のライバル、バーニー・ジョーンズより』

モニカは悲鳴をあげることこそなかったが、手のひらで押さえた口で、ヒィッヒィッと掠《かす》れた呼吸を繰り返した。

その小さい体はガタガタと震え、全身から脂汗が滲《にじ》み出《だ》す。

「ディディディ、ディィー先輩が、セレンディア学園に、編入ぅうっ⁉」

ヒューバード・ディーという男は、モニカがミネルヴァに在学していた頃の先輩で、七賢人〈砲弾の魔術師〉の甥《おい》である。

ヒューバードは名家の出身だが、在学中に起こした暴力事件は数知れず。そのせいで留年を繰り返していた、ミネルヴァ史上でも五本指に入る問題児である。

ミネルヴァには一〇年ほど前、ミネルヴァの悪童と呼ばれる、それはそれは手のつけられない問題児が存在した。そのミネルヴァの悪童も伝説に残る問題児だったらしいが、ヒューバードはそれに匹敵すると言われており、二代目ミネルヴァの悪童と陰で言われている。

血気盛んで魔法戦が大好きなところは、叔父である〈砲弾の魔術師〉とよく似ているが、話の通じなさは圧倒的にヒューバードが上である。ネロを上回る傍若無人っぷりは、ちょっと筆舌に尽くし難い。

忘れもしない三年前。ヒューバードと魔法戦をすることになったモニカは、恐怖のあまり試合開始と同時にありったけの攻撃魔術を叩《たた》き込《こ》み……有り体に言って、ヒューバードをボッコボコにしてしまったのである。

以来、モニカはヒューバードに目をつけられ、事あるごとに魔法戦を挑まれた。

モニカが研究室に引きこもるようになった原因は人見知りもあるが、ヒューバードから逃げるため、というのも理由の一つである。

「どっどっどっ、どうしようぅぅぅぅぅぅ」

化粧なり変装なりをしたところで、ヒューバードを騙《だま》すことはできないだろう。ヒューバードは粗野な男だが、その実、恐ろしく観察眼が鋭いのだ。

彼の視界に入ったが最後、魔法戦の訓練場に引きずられていくのが目に見えている。

ただでさえ、フェリクスに正体がばれかけたり、何者かに素性を探られたりと気が休まらないのに、更に問題の種が増えるなんて！

モニカはバーニーの手紙を握りしめ、さめざめと泣き崩れた。

＊＊＊

新学期初日、モニカは未《いま》だかつてないほど周囲を気にしながら教室へ向かった。

右良し、左良し、前方後方良し……少し進むごとにそうやって周囲をキョロキョロと気にする姿は、誰が見ても不審者そのものである。

「何やってるのよ」

背後からラナに声をかけられたモニカは「ぴぎゃぅっ⁉」と奇声を発した。思わず大声で叫びそうになったのを、ギリギリで噛《か》み殺《ころ》した結果の奇声である。

ガタガタと震えるモニカの顔を、ラナが心配そうに覗《のぞ》き込んだ。

「やだ、ちょっと、顔色真っ青じゃない。寮に戻らなくて大丈夫？」

「だ、だだ、大丈、夫。今日は、授業、ないし……」

新学期初日は、明日から始まる授業の連絡だけで終わる。問題はその後の、生徒会役員の集まりだ。

（わたし、ちゃんと、今まで通りに振る舞えるかな……）

まだ握力が戻っていない左手を握りしめ、モニカは城での出来事を思い出す。

〈沈黙の魔女〉を前にした時、フェリクスは畏《かしこ》まり、尊敬の目を向けた。シリルもそうだ。国のトップである七賢人に失礼の無いようにと、丁重な態度だった。

もし、モニカの正体がバレたら、ラナと今まで通りの友達ではいられなくなる。

（……それだけは、やだ）

握った左手は、指を少し曲げただけで、指先から手首にかけてズキリと痛んだ。

上手く隠さなくてはいけない。左手の痛みも、モニカの正体も、何もかも。

モニカが胸の内で密かに決意を固めていると、背後から「おーい！」と聞き覚えのある声がした。

こちらに歩み寄ってくるのは、金茶色の髪の長身の青年と、癖のある茶髪の小柄な青年——グレンとニールだ。二人は結構な身長差があるので、並んで歩いているとすぐに分かる。

モニカ達にブンブンと手を振るグレンは元気そうだった。呪竜騒動で全身に受けた痣《あざ》も、すっかり消えている。

合流した四人は挨拶を交わすと、教室へと向かいながら各々の冬休みの話題に花を咲かせた。

「僕は、実家でのんびり過ごしました。あとは、父の仕事の勉強を少し」

ニールが冬休み中に起こったささやかな出来事を語り、ラナは父と共に出向いたサザンドール港の様子を語って聞かせる。

「やっぱりサザンドールは何回行っても素敵ね。お店も多いから見てて飽きないし。それで、モニカとグレンは？」

モニカがイザベルの日記の内容をどう語るか考え込んでいると、グレンが先に口を開いた。

きた。遂に訊かれた。

「オレは、冬休み前半はレーンブルグに行ってたっす」

その言葉に、ラナが大きく目を見開き、「まぁっ」と声をあげた。

「レーンブルグって、呪竜騒動があったところじゃない！」

レーンブルグの呪竜は国全体を揺るがすほどの大騒動だったが、注目されているのは、呪竜を倒した第二王子と〈沈黙の魔女〉の二人である。

その場に〈結界の魔術師〉の弟子がいたことを知っている者は、さほど多くないので、ラナが驚くのも無理はない。

モニカがボンヤリそんなことを考えていると、ラナがじぃっとモニカを見た。

「……モニカ、あんまり驚いてないみたいだけど、もしかして、もう知ってたの？」

「えっ⁉　う、ううんっ、驚いてる、よ」

本当はあの場にいました、なんて言えるはずもない。

幸い、ラナはモニカの挙動の不審さを、それ以上追及しなかった。

「ねぇ、グレン、それじゃあ、貴方《あなた》もフェリクス殿下や七賢人様と一緒に、レーンブルグの呪竜と戦ったの？」

「いや、オレは……」

ラナの言葉にグレンは言葉を詰まらせ、視線を足元に落とす。

あの呪竜の恐怖を思い出し、辛《つら》い気持ちになっているのではないかと、モニカはかける言葉に悩んだ。

きっと、この場でモニカだけが知っているのだ。グレンが呪竜の呪いを受けて、死にかけたことを。

だがモニカが何かを言うより早く、グレンはパッと顔を上げて笑った。

「オレは、なんにもできなかったっす。呪竜を倒したのは、生徒会長と〈沈黙の魔女〉さんっすよ！」

「殿下達が戦うところを見てないの？」

「あー、ちょっと見てないっすねー」

あの時、グレンは呪いを受けて意識を失っていたのだから、見ていないのは当然だ。

どうやらグレンは、自分が呪いを受けたことを話すつもりはないらしい。

（グレンさん、体調は大丈夫なのかな……）

呪竜の呪いをほんの少し受けただけのモニカでも、いまだ後遺症に苛《さいな》まれているのだ。

いくら魔力耐性が高くても、全身に呪いを受けたグレンが平気なはずがない。

自分がもっと上手く立ち回れていれば、グレンが呪いを受けることもなかったのに、とモニカは俯《うつむ》きながら考える。

モニカは城で、ルイスと二人きりになったタイミングで謝罪をしている。大事なお弟子さんを守れなくてごめんなさい、と。

それに対するルイスの反応は、実にサッパリしていた。

『私は自分の弟子の未熟さを、他人のせいにするほど愚かではありませんよ』

隙あらば相手に貸しを作り、しっかりきっちり取り立てる性格のルイスだが、呪竜騒動に関してモニカを責めたりはしなかった。

それでもモニカは、グレンを助けるために、もっと何かできたのではないかと、思わずにはいられないのだ。

「モーニーカー、どーしたんっすか？　なんか、ショーンボリしてる？」

ハッと顔をあげると、心配そうにこちらを見ているグレンと目が合った。

モニカは曖昧《あいまい》に微笑《ほほえ》み、首を横に振る。

「なんでもない、です」

「そーいや、モニカは冬休み何してたんすか？　冬至はミンスパイ食べたっすか？」

「いえ、パンとピクルスを……」

言いかけて、モニカはハッと口をつぐんだ。

養母ヒルダが台所を壊滅状態にしたため、モニカの冬至のご馳走《ちそう》はパンだったのだが、それをそのまま語るわけにはいかない。

モニカは慌てて、昨晩読みこんだイザベルの日記を思い返した。

「えっと、あの……ケルベック伯爵のお屋敷では、すごいご馳走がいっぱいだったんです。サクサクのパイに、具沢山のスープに、白いお砂糖をたっぷり使ったジンジャーケーキに……」

だがイザベルの日記では、モニカはこのご馳走に殆《ほとん》どありつけず、暖炉から一番遠い席で凍えながら、野菜クズのスープを啜《すす》るのだ。

『わたくしが一切れ落としたジンジャーケーキを、あの娘は卑しく拾って食べていたわ。あぁ、なんて見苦しい！　まるで野良犬のよう！』

というのが、日記の一文である。これをどう説明したものか。

モニカがしどろもどろになっていると、ラナ、グレン、ニールの三人はモニカに同情の目を向けた。

「……今日は、ちゃんと食堂で食事をするわよ。付き合いなさいよね」

「モニカ、オレのオヤツのジャーキー、食べるっすか？」

「あの、なんと言えばいいか……大変でしたね」

どうやら三人には、「ケルベック伯爵の屋敷では素晴らしいご馳走が出たのに、モニカはパンとピクルスしか与えられなかった」と受け取られたらしい。

とりあえず、イザベルの日記の設定とそんなに相違はないので、モニカは曖昧に笑って誤魔化しておくことにした。

＊＊＊

放課後、モニカが生徒会室に行くと、既に他の生徒会役員達は会議机の前に着席していた。

遅刻したわけではないのだが、一番最後に到着したことがなんとなくバツが悪くて、モニカはペコペコと他のメンバーに頭を下げながら、自分の席につく。

生徒会長フェリクス・アーク・リディル。

副会長シリル・アシュリー。

書記エリオット・ハワード、ブリジット・グレイアム。

庶務ニール・クレイ・メイウッド。

会計モニカ・ノートン。

以上六名が揃《そろ》うと、フェリクスは穏やかに微笑み、口を開いた。

「この六人が今こうしてこの場に揃っていることを、心から嬉《うれ》しく思うよ。新しい年も、我が学園に光の女神セレンディーネの祝福があらんことを」

フェリクスのその言葉を皮切りに、新年第一回目の生徒会役員会議が始まった。

生徒会役員の任期は残り約半年だが、セレンディア学園では社交シーズンになる初夏から夏の終わりにかけて、長期休暇が設けられているので、実際はあっという間だろう。

残り半年の間にあるイベントは、各クラブの小さな大会や発表会といった、比較的小規模のものが多い。一番大きな行事は生徒総会だろうか。

新学期初日の会議で行うのは、後期の大まかなスケジュールの確認だ。各行事の詳細な打ち合わせは、後日行われるらしい。

それらの確認が済んだところで、フェリクスが「あぁ、それと」と何かを思い出したような顔で切り出した。

「これは、私の個人的なお願いなのだけど……」

フェリクスは碧《あお》い目を細め、生徒会役員の顔をぐるりと見回す。

「訳あって、左手を負傷している女の子を探しているんだ。見つけたら教えてくれないかい？」

モニカの心臓が、音をたてそうな勢いで跳ねた。

顔面の筋肉を総動員して頬が引きつるのを堪《こら》え、石のように硬直していると、モニカの隣の席のニールが訊《たず》ねる。

「女の子ってことは、高等科の女子生徒ですか？」

「もしかしたら中等科かもしれないし、生徒の付き人かもしれない。職員でないことは確かなんだ
……もう調べたからね」

（職員は、もう調査済っ⁉）

仕事が早すぎて怖い。モニカは恐ろしいものを見る目で、フェリクスを凝視した。

続いて訊ねたのはシリルだ。

「殿下、それ以外に特徴はありますか？　身長とか……」

「残念なことに、その手の情報が少ないんだ。でも、そうだね……だいぶ小柄だよ。モニカと同じぐらいかな」

ヒィッと声が出そうになるのを、モニカは全力で耐えた。

幸いモニカがオドオドしているのはいつものことなので、モニカが死にそうになっていることに、誰も気付いていない。だがモニカの全身は、冷たい汗でびっしょり濡《ぬ》れていた。

シリルはしばし考え込むように黙っていたが、やがて慎重な口調でフェリクスに訊ねる。

「その女性は殿下にとって、どういう存在なのですか？」

「恩人、といったところかな。うん、どうしても会いたいんだ」

そう言って、フェリクスは一瞬だけ、とろけるように甘い笑みを見せた。あれは彼が〈沈黙の魔女〉に向ける笑みだ。

やはりフェリクスは、〈沈黙の魔女〉がセレンディア学園にいると確信しているのだ。

モニカは無意識に左手を机の下に引っ込めて、右手で押さえた。

（どうしよう、どうしよう、どうしよう、ここは無理やりでも左手を使って、わたしは左手を怪我《けが》してませんってアピールするべき？　でもなんかそれって、逆に怪しいようなぁぁぁ……）

モニカが悶々《もんもん》と悩んでいると、エリオットがシリルを見て、軽口を叩《たた》いた。

「珍しいな、いつものシリルなら『殿下のお望みとあらば、必ずや私が探しだしてみせます！』ぐらい言いそうなのに」

「言われずとも、殿下のお望みとあらば全力を尽くすまでだ」

シリルは強気な口調で言い返したが、どこか気もそぞろな様子だった。

微妙に気まずい沈黙が流れる中、ブリジットがさらりと訊ねる。

「それは、ノートン会計は該当しませんの？」

モニカは白目を剥《む》きそうになりながら、心の中で叫んだ。

（該当します。むしろ殿下の探し人は、多分確実に間違いなくわたしですっ）

さっきからモニカの横隔膜は変なふうに痙攣《けいれん》し、ヒィッヒィッとしゃっくりみたいな声が漏れかけている。

それでもモニカは、己のもてる全ての力を費やして、表情と声を取り繕った。

「わたしは、左手、怪我してないです……」

そう言ってモニカは左手の手袋を外し、握ったり開いたりしてみせる。実はこれだけで結構痛いのだが、顔に出ないように必死で耐えた。

掲げられたモニカの小さい手を、フェリクスはじぃっと見つめている。

「そう、君は違うんだね」

「は、はいっ」

「そういえば、君は人探しが得意だったね。見ただけで、体のサイズが分かるのだっけ？　……サイズを測っておけば良かったな」

（何のですか――っ！）

ボソリと付け加えられた一言に、モニカはいよいよ卒倒しそうになった。

だが、それでもなんとかこの場を切り抜けることはできたのだ。

(すごい、わたし気絶しなかった、すごい……!)

自分の成長に感動しているモニカは気づいていなかった。

先ほどから延々と握ったり開いたりを繰り返している左手を、シリルが真剣な目で見ていることに。

四章　因縁の編入生達

　セレンディア学園の社交ダンス教師であるリンジー・ペイルは、後期の編入生のリストを見て、首を傾《かし》げた。

　リンジーが担任している高等科の二年に編入生はいないが、中等科二年に一人、高等科一年に一人、そして高等科三年に一人、後期からの編入生がいるのだ。

　なお、その内の一人――中等科の編入生は、この国の第三王子アルバート・フラウ・ロベリア・リディルである。

　王族が編入してくるため、中等科は何かと慌ただしく、担当教師の中には胃を押さえている者も少なくない。

　ただ、リンジーが気になっているのは、第三王子ではなく、高等科三年の編入生の方だった。

「高等科の三年に編入？　あと半年で卒業なのに？」

「それはね、セレンディア学園卒業生の肩書きがほしくて、寄付金を積んだのよ」

　リンジーの呟《つぶや》きに答えたのは、近くの席で茶を飲んでいる老人。基礎魔術学の教師ウィリアム・マクレガンだ。

　マクレガンはティーカップにフゥフゥと息を吹きかけながら、独り言のような口調で呟く。

「あそこは親御さんが裕福だからね。相当寄付金を積んだんだろうね」

「マクレガン先生は、この編入生をご存知《ぞんじ》なのですか？」

「知ってるよ。彼、元々はミネルヴァの生徒だもの。七賢人のね、〈砲弾の魔術師〉の甥《おい》なのよ」

まぁ、とリンジーは声をあげた。

このリディル王国における魔術師養成機関の最高峰に通っていて、かつ七賢人の甥。将来有望ではないか。

「優秀な魔術師なんですね」

リンジーがニコニコしながら言うと、マクレガンは紅茶を啜り、ふぅーと長い息を吐いた。

白い眉毛《まゆげ》の下の目は、何かを懐かしむように遠くを見つめている。

「そうね、優秀だったよ。…………優等生とは、程遠かったけどね」

マクレガンは珍しく、全身から哀愁を漂わせていた。

深く訊ねて良いものか悩みつつ、リンジーは手元のリストに視線を落とす。

（……あら？）

高等科一年の編入生の名前が、何故《なぜ》かリンジーには引っかかった。どこかで見たことがある気がするのだ。この編入生リストとは別の、何かのリストで。

（どこだったかしら？　見たところ留学生っぽいけれど……）

冬休み、期末試験、学園祭、と記憶を遡《さかのぼ》っていき、ようやくリンジーは思い出す。

「あっ、そうだわ。チェス大会の選手リストにあった、留学生の……」

その編入生の名を思い出し、リンジーは改めて、手元のリストを凝視する。

中等科二年に第三王子。高等科一年に留学生。高等科三年に七賢人の甥。

（なんか、すごい癖の強い編入生ばかりのような……）

卒業式まであと半年。どうか何事もなく過ごせますように、とリンジーは声に出さずに祈った。

＊＊＊

グレン・ダドリーはどこにでもいる普通の少年だった。

家族は両親と妹が二人。勉強は嫌いだが体を動かすことが好きで、家の仕事をよく手伝ったし、面倒見も良かったので妹達からも慕われている。

いずれは自分が実家のダドリー精肉店を継ぐのだと、グレンはずっと思っていた。

グレンの人生が一変したのは、グレンが一一歳の時のことだ。

突然グレンの家に役人とか貴族とか、まぁとにかく偉そうな大人達が押しかけてきて、こう宣言したのである。

『七賢人が一人〈星詠みの魔女〉が予言をした。グレン・ダドリーがダドリー精肉店を継ぐと、この国は滅びるであろう』

〈星詠みの魔女〉の名前は、勉強の苦手なグレンでも知っている。このリディル王国一の予言者だ。

大勢の大人達に囲まれて城に連れて行かれ、魔力量測定をしたグレンは人々を驚愕《きようがく》させた。グレンの魔力量は、上級魔術師の基準を遥《はる》かに上回る数値だったのである。

魔術なんて、実際に使うところだって、そうそう見られるものじゃない。

自分に魔術の才能があると言われ、グレンは驚愕したが、同時にワクワクもしていた。

国一番の予言者に見出《みいだ》され、才能があると言われて――それってなんだか、物語の主人公みたいではないか。

それからグレンは、魔術師養成機関の最高峰であるミネルヴァに入学することになった。高額の学費は、なんと国が全て負担してくれるのだという。

息子の大出世に家族は大喜びだったし、グレンも誇らしかった。

ミネルヴァで凄《すご》い魔術をたくさん覚えて、いつかは自分も英雄ラルフみたいに国の危機を救うのだと、グレンは少年らしい天真爛漫《てんしんらんまん》さで考えていた。

まぁ、国の危機なんて、具体的な想像は全然できなかったけれど。


ミネルヴァに入学した時はワクワクしていたグレンだったが、期待に反して、ミネルヴァでの日々は楽しいものではなかった。

ミネルヴァに通うのはその殆《ほとん》どが貴族の子女であり、それだけに基礎教養科目の難易度が市井の学校より遥かに高い。

魔術の授業はおろか、基礎教養科目でも赤点続きだったグレンを、クラスメイト達は露骨に馬鹿にした。

貴族の人間でもないくせに、なんでこんな奴《やつ》がミネルヴァにいるんだ。あいつは魔力量が多いだけの馬鹿なのだ、と。

悔しかった。悔しくて、悔しくて、馬鹿にする奴らを見返してやりたくて、グレンは入学してまだ三ヶ月しか経《た》っていないのに、実技の練習を始めた。

ミネルヴァでは、本格的に実技を始めるのは、入学して半年経ってからと決まっている。それでも、その年頃の少年特有の負けん気の強さで、グレンはこっそり魔術の練習を始めた。

グレンは、魔術式の授業にはさっぱりついていけなかったが、魔力操作の授業は得意だった。

自分の中にある魔力を手のひらに集中して、粘土をこねるみたいに形を変える。そこにうろ覚えの魔術式を組み込めば、思いのほか簡単に魔術は発動した。

初めて発動したのは炎の魔術。グレンが生みだした火球は、大人二人が両手で輪を作ったぐらいの大きさがあった。

ミネルヴァで、これだけ大きな火球を作れる生徒はそうそういない。

すっかり嬉《うれ》しくなって、何度も何度も火球を飛ばす練習をしていたある日、秘密の訓練中に、先輩らしき男子生徒が鼻歌まじりに話しかけてきた。

「んっんー。よぉ、新入り。すげー威力じゃねーか」

その先輩はどうやら、グレンの秘密の訓練をこっそり見ていたらしい。火球で焦げ付いた岩を見て、ニタニタと楽しそうに笑っている。

ヒョロリと痩《や》せた、背の高い赤毛の男だ。グレンは同年代の男子よりまぁまぁ背が高い方だが、その先輩はグレンよりも頭一つ分は大きい。グレンよりいくらか年上なのだろう。

「なぁ、お前、魔法戦はやったことあるか？　結界の中で魔術を使って戦うんだよ」

「まだ、やったことないっす」

そもそもグレンは、基本的な魔力操作以外の実技は、まだ許可されていない身なのだ。だから、こうしてこっそり訓練をしている。

秘密の訓練を先生にバラされたらどうしよう、とソワソワしているグレンに、その先輩は提案した。

「じゃあやろうぜ、魔法戦。結界の中なら怪我《けが》をする心配もねぇし、安全に実戦訓練ができるぜぇ？」

「でも、オレ、本当はまだ実技をやっちゃダメで……」

「問題ねぇさ。夜中に訓練場をこっそり使えばいい。小規模の簡易結界なら、魔導具さえあれば誰でも起動できるしなぁ」

当然、教師にバレたら厳罰ものである。だが、夜中の秘密の訓練という響きが、グレンの少年心をくすぐった。

ウズウズしつつ、いやいやダメだと自分に言い聞かせているグレンに、その先輩はニンマリと口の端を持ち上げる。

「お前の魔術すげぇなぁ。新入生であんなデカい火球を作れる奴、見たことがねぇ」

「え、えへへ、そ、そうっすかね……」

「あぁ、実戦訓練したら、もっと伸びるぜぇ？」

グレンは思わず、喜びに頬を緩めた。

ミネルヴァに入学して、落ちこぼれの烙印《らくいん》を押されていたグレンは、褒め言葉にずっと飢えていたのだ。

だから、その先輩の誘惑にのって、頷《うなず》いてしまった。

「実戦訓練、やってみたいっす！」

「あぁ、いいぜぇ。先輩が稽古《けいこ》をつけてやんよぉ」

その先輩が、このミネルヴァの問題児だったとも知らずに。


真夜中の森を、グレンは必死で逃げ回っていた。もはや、頬を伝う汗を拭《ぬぐ》う余裕すらない。

荒い呼吸の合間に悲鳴と嗚咽《おえつ》を噛《か》み殺《ころ》し、どうしてこんなことになってしまったのか、とグレンは自問自答する。

その背後で、火炎球が炸裂《さくれつ》した。

「ひぃっ⁉」

思わず地面を転がって回避したところに、今度は炎の矢が降り注ぐ。

全てを回避しきることはできず、矢の何本かがグレンの腕に刺さった。

皮膚を抉《えぐ》られる激痛。だが、実際には腕に火傷《やけど》の痕《あと》はない。それどころか、服が焦げてすらいない。

魔法戦の結界の中では、魔力による攻撃で肉体が損傷することはないのだ。ただし痛みは感じるし、受けたダメージの分だけ魔力が減少する。

今も炎の矢を受けたせいで、グレンの魔力はごっそり削られていた。

（なんだよこれ、なんだよこれ、なんだよこれっ！）

反撃をしなくてはと思うのに、恐怖で頭が痺《しび》れて詠唱ができない。

一桁《ひとけた》の足し算だって間違えそうなぐらい、パニックになっているのだ。複雑な魔術式など、思い浮かぶ筈《はず》がない。

「んーっ、んっんっんー？　しっかり逃げてくれよーぅ？　獲物が必死で逃げないと、狩りは盛り上がんねぇだろぉ？」

グレンを魔法戦に誘った先輩はニヤニヤ笑いながら、ゆったりとした足どりで近づいてくる。そうして、短縮詠唱で炎の矢を生み出し、グレンを攻撃した。

グレンは見苦しく地面を這《は》いつくばりながら、必死で逃げ回った。それでも炎の矢が足に刺さり、激痛にのたうち回る。

ダメージを受けた分だけ魔力が減っていくなら、いっそ早く魔力が空になれば良い。そうすれば、この苦しみから解放される。

だが、人並外れて魔力量の多いグレンは、簡単には魔力が尽きなかった。

「もう、やだぁっ！　無理っ、もう無理！」

グレンが泣き叫ぶと、先輩は興醒《きょうざ》めしたように眉をひそめた。

「無理じゃぁねぇだろぉ？　んん？　まだまだ、魔力がたぁーっぷり残ってんじゃねぇかぁ。ほらほら、試しに俺に一発撃ってみろよ？」

そう言って先輩は、細く長い腕を広げてみせる。自由に攻撃してこいとばかりに。

グレンは恐怖と怒りがグチャグチャに混ざった酷《ひど》い感情のままに、魔力を集中した。

こんな痛いのは、もう嫌だ。だったら、全部全部全部全部、無くなってしまえばいい。

デタラメな魔術式にありったけの魔力を込めたその時、ふつりと頭の中で何かが切れるのを感じた。

目の前が真っ白になる。

「あ」

先輩の間の抜けた声がグレンの耳に届いた時にはもう、グレンは意識を失っていた。

己の膨大な魔力をぶち込んだ火球が、何を引き起こしたかも知らずに。

＊＊＊

窓から差し込む朝日の眩《まぶ》しさで、グレンは目を覚ました。

部屋のカーテンが開いている。きっと、ルームメイトが開けてくれたのだ。

グレンはベッドに仰向《あおむ》けに寝転がったまま、両手で顔を覆う。手のひらも、顔も、背中も、全身を冷たい汗が濡《ぬ》らしていて気持ち悪い。

耳の奥には、あの男の鼻歌がベッタリとこびりついている。

「ひっでー夢……」

体を起こすと、全身がズキズキと痛んだ。重い体を腕で支えるが、その腕すらも痛い。冬休みに呪竜の呪いを受けた後遺症だ。痣《あざ》はもう消えたが、痛みはまだしばらく残るらしい。

室内にルームメイトの姿はなかった。もう朝食に行ったのだろう。

（このまま二度寝しちゃおうかな……）

体を起こした姿勢のまま、ぼんやりとそんなことを考えていると、ドンドンと扉をノックする音が聞こえた。

「グレン・ダドリー！　いつまで寝ている！」

朝からキンキンと響くその声は、生徒会副会長シリル・アシュリーの声だ。

きっとルームメイト経由で、グレンがいつまでも寝ていることがシリルに伝わったのだろう。

グレンはベッドから下りて、扉の向こう側に声をかけた。

「副会長ー、はよざいまー……」

言いかけた瞬間、左足が激しく痛んだ。呪いの後遺症だ。体重のかけ方を間違えると、足の甲に金槌《かなづち》を叩《たた》きつけたような激痛が走る。

「ぐ、ぎゅぅぅ……っ」

思わずしゃがみ込んで呻《うめ》くと、扉の向こう側からシリルの心配そうな声がした。

「ダドリー、体調が悪いのか？　それなら寮監に……」

「大丈夫っす！　ちょっと、ベッドに足の小指ぶつけただけなんで！」

「ならいいが……今日から選択授業が始まる。教材の準備を忘れぬように」

シリルの足音が遠ざかっていく。

グレンはふぅっと息を吐き、額に浮かんだ脂汗を袖《そで》で拭った。

呪いの後遺症で全身が痛むことは、あまり周囲に知られたくない。そのことが人伝《ひとづて》でエリアーヌの耳に入ったら、きっとあの小さな女の子はショックを受けるだろう。

グレンは今の生活を気に入っている。だから、このセレンディア学園でできた友人や先輩を、心配させたり、悲しませたりするのが嫌だった。

自分にそう言い聞かせ、グレンは壁にかけた制服に手を伸ばした。

（頑張れ、オレ）

＊＊＊

冬休みが明けて最初の選択授業の日、レーンブルグ公爵令嬢エリアーヌ・ハイアットは、移動時間になると同時に、荷物をまとめて素早く立ち上がった。

そうして、いつも一緒に移動するクラスメイトに、ふわりと柔らかな笑みを向ける。

「わたくし提出物がありますの。お先に失礼いたしますわ」

そう言って教室を出たエリアーヌは、令嬢として許されるギリギリの早足で廊下を歩く。彼女が向かう先は、職員室でもなければ選択授業の教室でもない。

（あの人の教室から、基礎魔術学の教室に移動するなら、絶対にこの廊下を通るはず……）

エリアーヌは廊下の角で足を止めると、そわそわと辺りを見回したり、意味もなく髪をいじったりしながら、お目当ての人物が来るのを待つ。

やがて廊下の角の向こう側から、聞き覚えのある声が聞こえてきた。

貴族の子女が通うこの学園で、一際元気良く響く声。間違いない。

エリアーヌはごくごく自然な足取りで、廊下の角を曲がった。

（提出物のためにこの廊下を通ったわたくしは、偶然グレン様をお見かけし、足を止めてこう言うのよ。「ご機嫌よう、グレン様。冬休みはお世話になりました。お体のお加減はいかがですか？」

……ええ、とても自然だわ。これ以上ないぐらい自然な会話だわ）

完璧《かんぺき》な計画に満足しつつ、エリアーヌはグレンとの距離を詰め、そして硬直した。

グレンの隣を、長身の女子生徒が歩いている。

真《ま》っ直《す》ぐな黒髪、白い肌、瑠璃色《るりいろ》の目。誰もが感嘆の吐息を零《こぼ》す、圧倒的な美しさの令嬢。クローディア・アシュリー。

女性にしては長身のクローディアだが、背の高いグレンと並ぶとバランスが取れていて、驚くほど見栄えがした。

何故、クローディアがグレンと並んで歩いているのだろう。エリアーヌが硬直していると、グレンの方が先にエリアーヌに気づき、足を止める。

「あっれー、エリーじゃないすか。久しぶりっす！」

「え、ええ、ごきげんよう……」

グレンとクローディアが並んで歩いている光景を目にしたら、用意していた台詞《せりふ》は綺麗《きれい》に頭の中から吹き飛んでいた。

もじもじしているエリアーヌを、クローディアは人形じみた瑠璃色の目でじぃっと見つめている。

クローディアの目に、エリアーヌに対する興味の色は無い。ただ進行方向に人がいるから見ている、それだけだ。

クローディアのことを意識しているエリアーヌとは違う、興味も関心も無い目。

それが、エリアーヌのプライドや劣等感をチクチクと刺激した。

「まぁ、グレン様は、クローディア様と仲がよろしいのですね。わたくし、存じ上げませんでしたわ」

エリアーヌの皮肉に、クローディアがほんの僅《わず》かに眉根《まゆね》を寄せる。

「仲良しではないわ」

「そうなんす！　友達なんすよ！」

クローディアのボソボソとした声を、グレンの馬鹿でかい声がかき消す。

クローディアは無表情ながら、誰が見ても心外と分かる空気を漂わせて、低い声で言った。

「私は、ニールと一緒に歩いていただけよ……」

そこでようやく、エリアーヌはグレンとクローディアの陰に隠れるように、もう一人、男子生徒がいることに気がついた。生徒会庶務ニール・クレイ・メイウッド。クローディアの婚約者である。

地味で小柄なニールは普段から目立たないのだが、存在感の強いグレンやクローディアといると、なおのこと影が薄くなるらしい。

うっかりニールを見落としていたことをエリアーヌが恥じていると、ニールはニコニコと人当たりの良い笑顔でエリアーヌに声をかけた。

「こんにちは、ハイアット嬢。呪竜事件は大変でしたね」

「えぇ、お気遣いありがとうございます」

エリアーヌはさほどニールと親しいわけではないが、面識はそれなりにある。ニールの父親が、仕事の関係でレーンブルグ公爵領を訪れることが多いからだ。

国家公認の調停者であるメイウッド男爵は、国内貴族の中でも顔が広い。最近は竜騎士団の新しい駐屯所の件で、諍《いさか》いが起こる度に調停に出向いていると聞く。

家柄は圧倒的にエリアーヌが格上だが、メイウッド家の人間はぞんざいに扱って良い相手ではない。なので、エリアーヌは当たり障りのない世間話をニールに振った。

「メイウッド様は、グレン様と親しいのですね。もしかして選択授業も一緒なのですか？」

「はい、そうなんです。基礎魔術学の授業を受けていて。ハイアット嬢は？」

「わたくしは演奏の授業を受けていますの。でも、まだまだ未熟で……お恥ずかしいですわ」

「そんなことないです。以前、ハイアット嬢のハープをお聴きしました。とても素敵でしたよ」

「まぁ、嬉《うれ》しい」

ニールと話をしながら、エリアーヌはチラチラと横目でグレンを見た。

（ハープの演奏を聞いてみたい、と仰《おつしや》ってもよろしくてよ？　どうしてもということでしたら、放課後に音楽室で少しぐらい演奏してあげても……）

期待の目で見るエリアーヌに、グレンはニコニコしながら言う。

「ニールとエリーが話してると、なんか可愛《かわい》いっすね」

近所の子どもを見守る、お兄ちゃんのような顔であった。

童顔低身長を気にしているニールの目から光が消え、子どもっぽいことを気にしているエリアーヌの頬はピクリと引きつる。

その時、グレンが驚愕《きようがく》に目を見開き、エリアーヌの背後を凝視した。

エリアーヌが振り向くと、こちらに向かって歩いてくる一人の男子生徒が見える。

燃えるような赤毛を逆立てた、背の高い男子生徒だ。顎《あご》の細い顔やヒョロリと長い手足は、どことなくカマキリを思わせる。

制服はだらしなく着崩され、既定の手袋はしておらず、耳にはピアス、両手の指にはゴッゴッとした指輪が幾つも嵌《は》められていた。

（……不良だわ）

グレンはその男子生徒を、やけに強張《こわば》った顔で見ている。知り合いなのだろうか？

エリアーヌが疑問に思っていると、赤毛の男は欠伸《あくび》混じりに口を開いた。

「なぁ、お前ら。基礎魔術上級の教室ってぇのは、どこにある？」

赤毛の男がそう訊《たず》ねた瞬間、グレンの顔が怒りに歪《ゆが》む。

いつも朗らかなグレンがそんな表情をするところを、エリアーヌは初めて見た。

「なんであんたが、ここにいるんだよ！」

グレンの怒声に、窓ガラスがビリビリと揺れた。

エリアーヌは思わず肩を震わせる。クローディアはいつもと同じ無表情だが、ニールはギョッとしたようにグレンを見ていた。

だが肝心の赤毛の男は、己の耳に指を突っ込みながら、気怠《けだる》げな顔で言う。

「誰だ、お前？」

「…………っ！」

「昔どこかで会ったか？　覚えてねぇなぁ。覚えてねぇってことはぁ、多分アレだな……」

記憶を辿《たど》るように宙を見ていた男は、三白眼をギョロリと動かしグレンを見ると、唇に薄い笑みを浮かべる。

「お前、負け犬なんだろ？」

ギシッという音が聞こえた。グレンの歯が軋《きし》む音だ。

グレンはまるで臨戦態勢の野犬のように、フゥフゥと荒い息を吐いて、前のめりになっていた。

だが、グレンが一歩前に踏みだすより早く、ニールがグレンの前に立つ。

「もしかして編入生の方ですか？　基礎魔術上級の教室は、この先の階段を降りて、右手に進んで三番目の教室ですよ」

「んっんー、そうかい。ありがとよ」

赤毛の男はそれだけ言うと、グレン達に背を向けて歩きだす。

その姿が廊下の角に消えるまで、グレンは男の背中を睨《にら》み続けていた。

＊　＊　＊

モニカは選択授業で、チェスと乗馬を選択している。冬休み明け、最初の選択授業はチェスだった。

（チェスの授業が先で良かった……）

今のモニカは、複数の存在に目をつけられている。

まずはフェリクス。彼は〈沈黙の魔女〉がセレンディア学園にいる、左手を負傷した女性であることまで突き止めている。

次に、ケルベック伯爵領でモニカ・ノートンについて調べていたという不審人物。この人物に関しては、正体が全く掴《つか》めていない。

そして最後に、バーニーの手紙で知らされた、ミネルヴァ時代の先輩ヒューバード・ディー。彼はモニカがこの学園にいることをまだ知らないが、遭遇した瞬間に正体を看破されるとみていい。

（普通に学園生活を送ることすら、危うくなってきてるぅぅ……うっ、ううっ、胃が痛い……）

ヒューバードの件については、任務に支障が出かねないので、既にイザベルに相談している。

イザベルをはじめ、ノートン家の使用人達は交代でヒューバードの動向を警戒していた。

ただ、イザベルは高等科の一年、モニカは二年、そしてヒューバードは三年とそれぞれ学年が違うので、イザベルは動きづらいというのが現実だ。ノートン家の使用人が高等科三年の教室周辺をうろついていたら、流石《さすが》に怪しまれてしまう。

だからモニカの方でも、ヒューバードが接近していないか、常に警戒するようにしている。

今も人目を気にしながら廊下を移動し、ようやく選択授業の教室に辿り着いたモニカは、空いている席に座り、ぐったりと机に突っ伏した。

そんなモニカのそばに、二人の男子生徒が腰を下ろす。

同じチェスの授業を受けている、垂れ目の青年エリオット・ハワードと、亜麻色の髪の音楽家ベンジャミン・モールディングだ。

「おぉ、聞こえる、聞こえるぞ、嘆きのシンフォニーが。悲哀と苦悶《くもん》は雨の如《ごと》く人の心を打ち、その目から溢《あふ》れる滴は雨と共に海へ流れ、広大な旅路の果てに一つの答えを見出すだろう。それは絶望の蓋《ふた》を開ける決断か、あるいは全てを失う覚悟か！　あぁ、旅人の目に映るものはなんだったのか、その答えが最終楽章で語られる！　……という、最終楽章直前の旅人みたいな顔をしているが、大丈夫かね、ノートン嬢？」

「……えぇと」

言葉を詰まらせるモニカに、エリオットが半眼で言った。

「意訳すると『辛気臭い顔してるけど大丈夫か』ってとこだな」

「辛気臭い顔！　その一言に音楽性を集約し、世界観を広げ、奏でてこその音楽家なのだよ、分かるかね⁉」

半分ぐらい己の世界にトリップしているベンジャミンに、モニカは苦笑混じりに言った。

「えっと、心配おかけしてすみません。大丈夫、です」

問題は山積みだけれど、この授業の間はチェスに集中しよう。

半分ぐらい現実逃避のような気持ちでそんなことを考えていると、スキンヘッドのボイド教諭が扉を開けて中に入ってきた。

いつ見ても筋骨隆々とした傭兵《ようへい》のようなボイド教諭は、「静粛に」と短く告げて、廊下に目を向ける。

「編入生を紹介する。編入生、中へ」

編入生、と言われた瞬間、モニカの頭をよぎったのは、まさに先ほどまで懸念していたミネルヴァ時代の先輩、ヒューバード・ディーであった。

（ま、まさか、ディー先輩が……⁉）

結論から言うと、モニカの予想は外れていた。……が、モニカはその編入生を知っていた。

軍人らしい足取りで入室したその黒髪長身の男子生徒は、休めの姿勢で声を張り上げる。

「セレンディア学園高等科一年に編入しました、ロベルト・ヴィンケルです。どうぞご指導ご鞭撻《べんたつ》のほど、お願いいたします」

エリオットとベンジャミンが、全く同じ動きでモニカを見る。

モニカは白眼《しろめ》を剥《む》き、半ば意識を失っていた。

＊＊＊

チェス大会でモニカに敗北し、チェスを前提に婚約を申し込むもお断りをされた、ランドール王国の留学生ロベルト・ヴィンケルは、学園祭の後、速やかに院に退学届を提出し、セレンディア学園への編入を決めた。

院の教師達は真っ青になってロベルトを止めたが、ロベルトの意志は鋼よりも固かった。

己は世界一のチェスの名手になる。そのためだけに、ランドール王国よりもチェスプレイヤーの多いリディル王国に留学したのだ。

確かに院には強者《つわもの》が多かったが、既にロベルトの敵になる人間はいない。ともなれば、更なる強者のいる学園へ編入するのは、当然のことであった。

なによりセレンディア学園に編入すれば、ロベルトを負かしたモニカ・ノートンと思う存分チェスができる。

更に、モニカ・ノートンの在学中に婚約を了承してもらうことができれば、卒業した後も存分に彼女とチェスができる。完璧な人生プランだ。

だが、ロベルトには悩みがあった。

彼はチェスも座学も馬術も剣術も得意だが、恋愛には詳しくない。女性が喜びそうな芸術分野に関する知識も無い。

そこでロベルトは院を退学した後、一度、故郷ランドール王国に帰省し、四人の兄達に相談をすることにした。

とても頼りになる兄達なら、きっと有益なアドバイスをくれるはずだ。

「どうしても振り向かせたい女性がいる場合、兄さん達ならどうしますか？」

末っ子が大真面目に訊ねると、四人の兄達は目の色を変えた。

あぁ、あんなに小さかったロベルトが！　チェスのことしか考えていないロベルト坊やが！　俺達の可愛い弟が！　ついに恋愛に興味を‼

兄達は、やんややんやとひとしきり盛り上がった後で、一人ずつアドバイスをしてくれた。

まず最初に一番目の兄が、逞《たくま》しい腕に力瘤《ちからこぶ》を作りながら言う。

「ご婦人達は鍛えられた男の肉体が好きだ！　ロベルト、お前は立派な筋肉を持っている。それをアピールするのだ。特に腕だ、腕！　ご婦人達は皆、男の腕に弱い！」

なるほど腕の筋肉、とロベルトは心の中にメモをした。

次に二番目の兄が、甘い顔に蠱惑《こわく》的な笑みを浮かべて言う。

「一番大事なのは体の相性でしょ？　ロベルト、お前のナニの大きさは、幼少期から見てきた俺が保証してあげる。きっと女の子も満足してくれるから、自信を持ってアタックすればいい」

二番目の兄は兄弟の中で、一番女性の扱いに慣れている色男である。その兄が言うのだから、きっとナニの大きさは大事なのだろうと、ロベルトは納得した。

続いて三番目の兄が、長めの前髪をかきあげながら言う。

「兄さん達は、もう少し頭を使うべきだ。女の子を喜ばせると言ったら、詩が一番だろう？　その子への想《おも》いを込めた詩を作って贈れば、きっと喜んでくれる」

「ですが兄さん、自分は詩を作ったことがありません」

ロベルトが不安そうに言うと、三番目の兄は「大丈夫さ」と力強く断言した。

「困った時はとりあえず花だ。花に喩《たと》えろ。『庭の花を見ていたら、貴女《あなた》のことを思い出しました』とか、そんな感じでいい」

雑なアドバイスである。

だがロベルトは、流石文才のある兄の言うことは違う、と深く感銘を受けた。

最後に四番目の兄が、飼い犬を胸に抱き上げながら、おっとりと言った。

「うちにはこんなに賢くて可愛いワンコが三匹もいるんだよ。これをアピールしない手はないよね。ねぇ、ロベルト。こんなワンコ達と家族になれたら幸せだよね？　その子もきっとそう思ってくれるよ。だって、うちのワンコ達はこんなに可愛いんだもの」

そう言って四番目の兄は「ねぇ？」と厳《いか》つい顔の軍用犬に頬擦りをする。

なるほど、我が家の愛犬達をアピールすれば良いのか、とロベルトは心のメモに書き加えた。

かくして兄達のアドバイスを胸に、ロベルト・ヴィンケルは再び国境を越えて、セレンディア学園にやってきたのである。

素晴らしいチェスプレイヤーである、モニカ・ノートンと再戦し、婚約を認めてもらうために。

＊　＊　＊

「おい、ノートン嬢、起きろ。おい」

エリオットに肩を揺さぶられたモニカが意識を取り戻すと、既に自由対局の時間が始まっていた。

あぁそうだ、チェスだ。チェスをしよう。チェスをして心を無にしなくては……と我に返ったモニカに向かって、ズンズンと大股《おおまた》で歩み寄ってくる男がいた。言わずもがな、ロベルトである。

ロベルトは真冬であるにもかかわらず、制服の上着を脱いでシャツの袖《そで》を限界まで捲《まく》り上《あ》げていた。

季節感を無視した男は、モニカの前で足を止める。

「お久しぶりです、モニカ嬢」

「は、はひ」

モニカが青ざめた顔でカクカク頷《うなず》くと、ロベルトはポケットから一枚の紙を取り出し、広げた。

「貴女のために、詩を作ってきました」

「……はい？」

「聞いてください」

ロベルトは真剣な顔で、その紙にしたためた詩を朗々と読み上げる。

「『庭の白い花を見ていたら、白のナイトを思い出しました。

貴女の三九手目のナイトフォークは素晴らしかった。

また貴女とチェスがしたいです。

貴女のチェスが忘れられません』

――ロベルト・ヴィンケル」

無駄に美声のバリトンだった。

しんと静まり返っていた教室に、ロベルトの声はよく響く。教室の生徒達はチェスをしつつ、このやりとりを固唾《かたず》を飲《の》んで見守っていた。

特に一番近くの席にいたエリオットは、何と言って良いのか分からないような顔をしているし、ベンジャミンは「あれが詩？　あれが詩だとぅ？　おぉ、音楽的じゃない……美しくない……」とブツブツ呟《つぶや》いている。

「ロベルト・ヴィンケル。対局時間は静かに」

ボイド教諭が短く注意し、ロベルトは素直に頭を下げた。

「はい、神聖な対局の場で騒いでしまい、大変申し訳ありませんでした。お許しください。自分はいち早く、この想いを彼女に伝えたかったのです」

教室中から注目されたモニカは、胃を押さえながら思った。

今の詩は、文脈から察するにモニカとチェスをしたいという意思表示なのだろう。

(つまりこれは、対局の申し込み……で、いいんだよ、ね?)

モニカが困惑していると、ロベルトは更に別の紙を取り出し、モニカに差し出す。

「それと、これをどうぞ」

「あ、あのぅ、これは……?」

「我が家の犬を写生してきました。我ながら、よく描けたと思います」

モニカはおっかなびっくり二つ折りにした紙を受け取り、そぅっと広げた。

そこには「四本足の何か」としか言いようのない物体が、三つ描かれている。ロベルト曰《いわ》く、彼の家の犬らしい。

絵は全体的にギザギザでトゲトゲしていた。生徒会副会長シリル・アシュリーの描くウニョウニョと良い勝負である。

(これは、えっと、この絵に対する感想を求められてる……の、かな?)

反応に困るモニカに、ロベルトは言い募る。

「婚約の件、是非とも前向きにご検討願います」

(今のって、そういう流れだったの⁉)

あんぐりと口を開けて絶句するモニカの横で、エリオットとベンジャミンが沈痛な顔をする。

「嫌な予感がする……チェス大会の二の舞だろ、これ。絶対ややこしいことになる……」

「おおぅ、なんということだ。彼には音楽的アプローチが致命的に欠けている。感性が死滅している……」

隣の席の先輩二人がチェスを中断してブツブツ呟いていたが、その呟きはロベルトにもモニカにも届いていなかった。

ロベルトはマイペースにモニカの前に座ると、チェス盤に駒を並べ始める。

「それでは、対局を始めましょう」

「あ、えっと、はい……」

ロベルトの行動の意味は半分も理解できなかったが、きっと彼はチェスがしたいのだろう、とモニカは大雑把な結論を出した。

モニカはモタモタと駒を並べつつ、先程から気になっていたロベルトの制服を見る。

「あのぅ……袖捲りして、寒くない、ですか？」

「問題ありません。毎日鍛えていますから」

「は、はぁ……」

ランドール王国には、真冬も袖捲りという慣習でもあるのだろうか。

モニカがそんなことを考えていると、ロベルトがふと思い出したような口調で言う。

「あぁ、それと」

「は、はい」

「自分は大きいと、兄から言ってもらえました。きっと、モニカ嬢を満足させられると思います」

（何が大きいんだろう。…………身長？）

よく分からないまま、モニカは曖昧《あいまい》に「はぁ」と相槌《あいづち》を打った。

五章　第三王子アルバートの、お友達大作戦

冬休みが明けて一週間。気の休まらない日が続き、モニカはすっかり疲弊していた。

まずは乗馬の授業。フェリクスに左手の負傷がバレないか心配だったが、なるべく距離を取り、一人で黙々と練習することで、なんとか乗り切ることができた。

次に廊下を移動する時。かつての先輩ヒューバード・ディーと遭遇しないか、ビクビクしながら教室に辿《たど》り着《つ》き、ホッとしていたら、「モニカ嬢、チェスをしましょう」とロベルトが押しかけてくる。

高等科一年に編入したばかりのロベルトは、モニカが思っていた以上に目立つ存在であるようだった。

ランドール王国からの留学生というだけでも珍しいのに、剣術の授業では学年首席に勝利し、座学も優秀。そんな男子生徒が連日、モニカに会いにやって来るのだ。噂《うわさ》にならない方がどうかしている。

顔色の悪いモニカを心配するラナには、ロベルトのことだけは事情を話したけれど、やはり居た堪《たま》れないことに変わりはない。

なので生徒会業務の無い放課後、モニカはロベルトが来る前に教室を抜け出し、図書室で過ごすことにした。セレンディア学園の図書室は蔵書が非常に充実しているので、いくらでも時間を潰《つぶ》せ

るし、隠れられる場所も多い。

セレンディア学園は、高等科、中等科がそれぞれ別々の建物になっており、その二つの校舎と渡り廊下で繋《つな》がっている建物が図書館棟だ。

かつてモニカが通っていた魔術師養成機関ミネルヴァの方が、魔術に関する本は多いが、それ以外の蔵書はセレンディア学園の方が圧倒的に多く、モニカは図書館棟に来るたび、密《ひそ》かに圧倒されていた。

今日のモニカのお目当ては、生物学の本だ。ポーター古書店で入手した父の本を読むためには、生物学の知識が必要なことが多々ある。

そのために、父の本を読んで分からなかった単語や、引用された論文に目を通したかった。

(それに、黒い聖杯についても、何か分かるかもしれないし……)

父の本には、古書店の店主ポーターのものと思《おぼ》しきメッセージが挟まれていた。

『黒い聖杯の真実に気づいたのなら、もう一度店を訪ねるがいい』

モニカは黒い聖杯なるものについて、まるで心当たりがないが、父の本に挟まれていたのだから、父の研究に関係する物だと思っている。

だから父の研究分野で、黒い聖杯という言い回しがないかを密かに調べていた。

(ヒルダさんには訊《き》けない。ヒルダさんは、わたしがお父さんの死について調べることをよく思っていないから。……わたしが、自分で探すしかないんだ)

お目当ての本を手に取ったモニカは、その場で本の中身を確認しようとし、左手の痛みに顔をしかめた。

まだ殆《ほとん》ど握力の戻っていない左手では、分厚い本を広げて固定することが難しい。

立ち読みは無理だと判断したモニカは、本を抱えて読書スペースに向かった。

空いている席を探すモニカは、すぐ近くの席に見覚えのある金茶色の髪を見つけて目を丸くする。

モニカの知人の中で、おそらく一番図書室と無縁そうな人物——グレン・ダドリーだ。

グレンは本を広げて、なにやら勉強をしているようだった。ただ、握った羽根ペンは殆ど動いておらず、眉間《みけん》に皺《しわ》を寄せている様子を見るに、あまり捗《はかど》ってはいないらしい。

何の勉強をしているのだろう、とグレンが広げている本をこっそり見たモニカは、そこに記されている内容に、思わず「へっ?」と声をあげた。

その声でモニカの存在に気づいたのか、グレンが本から顔を上げる。

「あっ、モニカも勉強に来たんすか? 隣、座る?」

「えっと、あの……」

モニカはグレンの隣にちょこんと座ると、彼が広げている本をチラチラと見た。

グレンが読んでいるのは、短縮詠唱について言及した魔術書だ。だが、短縮詠唱は非常に扱いが難しい技術である。とてもではないが、今のグレンに使いこなせるとは思えない。

「グレンさん、魔術のお勉強……ですか?」

「そうっす。短縮詠唱、できるようになりたくて。……でないとオレ、実戦で役立たずだから」

呟くグレンの横顔は、いつも陽気な彼らしくない固い表情だった。

実戦と言われて思い浮かぶのは、やはり魔術を使った戦闘を得意とする魔法兵団だろう。

この魔法兵団では、入団テストで重要視される項目が四つある。

短縮詠唱が使えること。同時に二つの魔術を維持できること。得意属性以外の魔術も習得していること。飛行魔術が使えること——この中でとりわけ重要視されるのが短縮詠唱である。

魔術師にとって最大の弱点は、詠唱中に隙ができること。短縮詠唱なら詠唱時間を半分以下にできるし、隙も少なくなる。

だが短縮詠唱は、複雑な数式を理解して、略せるところを徹底的に略していく作業と同じなのだ。つまり、魔術式への高い理解力が求められる。

グレンが書き散らしている魔術式を見る限り、彼の魔術式の理解力は短縮詠唱を身につける以前の問題である。

モニカは、数日前のグレンの言葉を思い出した。

『オレは、なんにもできなかったっす。呪竜を倒したのは、生徒会長と〈沈黙の魔女〉さんっすよ！』

その時のグレンは、いつもの陽気な彼だったけれど、もしかしたら内心、酷《ひど》く悔しく思っていたのかもしれない。

「グ、グレンさんは、その……もしかして、呪竜騒動のことを、気にしてるんです、か」

「んー、それもあるんすけど……」

グレンは歯切れ悪く言葉を切り、視線を彷徨《さまよ》わせた。

その横顔には、いつも快活な彼らしからぬ苦い表情が浮かんでいる。

「ちょっと、負けたくない奴《やつ》がいて」

友達が困っていたら力になりたい。だが、ここで下手に魔術式について口を出したら、モニカの正体がバレることに繋がりかねない。

モニカ・ノートンは魔術に関しては素人、ということになっているのだ。

(で、でも、アドバイスだけ、なら……)

モニカはおずおずとグレンに訊《たず》ねた。

「あの、グレンさんは、どうして急に、短縮詠唱を、勉強しようと思ったんです、か?」

「オレ、冬休みに、七賢人の〈沈黙の魔女〉さんに会ったんっすよ」

自分の名前が出たことにギクリとしたが、モニカは必死で動揺を押し殺した。

グレンは視線を手元の本に落としたまま、小声で続ける。

「〈沈黙の魔女〉さんって、すげーんすよ。あの人のアドバイスのおかげで、オレ、魔術を二つ同時維持するの、できるようになって」

モニカはパチクリと瞬《まばた》きをした。

グレンの言う通り、モニカはレーンブルグ公爵の屋敷で、グレンにささやかなアドバイスをしている。呪竜騒動の後もこっそり練習していた様子を見る限り、あの時はまだ完璧《かんぺき》な同時維持ができていないようだったが、冬休みの間もグレンはずっと練習を続けていたらしい。

「グレンさん、すごい」

二つの魔術の同時維持は、言うほど簡単なことではないのだ。モニカでも、習得には無詠唱魔術より時間がかかっている。

モニカの素朴な称賛に、グレンはクシャリと顔を歪《ゆが》めて苦笑する。いつも快活に笑うグレンには似合わない笑い方だった。

「オレ、レーンブルグじゃ役立たずで、全然呪竜に歯が立たなくて……〈沈黙の魔女〉さんが、無詠唱魔術でみんなを守ってくれたんっす」

グレンの言葉に、モニカの顔が強張《こわば》る。

（違います、グレンさん。わたしは……）

呪いを受けて苦しんでいたグレンの姿が、モニカの脳裏に蘇《よみがえ》る。

モニカの力では、彼を呪いから解放することはできなかった。

（わたしは、あなたを、守れなかったんです）

それなのに、グレンは素直に〈沈黙の魔女〉を尊敬してくれているのだ。

グレンは本から顔を上げると、眉《まゆ》を下げ、はにかみながら頬をかく。

「だから、無詠唱は無理でも、短縮詠唱ができたら、ちょっとは〈沈黙の魔女〉さんに近づけるかな、って思って。同時維持の次は、短縮詠唱の勉強をしようかと……」

「違います」

気づけば、モニカは口を開いていた。

「グレンさん」

「え、えっと、うん？」

いつになく強い口調のモニカに、グレンは驚いた顔をしていた。

モニカはグレンを真《ま》っ直《す》ぐに見つめて、告げる。

「短縮詠唱も無詠唱も、言うほど大したものじゃない、です」

「へっ？」

「あれは、ただ魔術を速く発動できるだけです」

モニカは世界で唯一の無詠唱魔術の使い手として評価されているが、無詠唱魔術にそこまで価値を見出《みいだ》していない。

無詠唱魔術のメリットは発動が速いことと、こっそり使えること。ただそれだけである。

それなら魔力を込めるだけで発動する魔導具と大差ないではないか、というのがモニカの認識だ。

「どんなに先手を取ったところで、攻撃が当たらなかったら意味がないです。だから、グレンさんが次に覚えるべきなのは追尾術式です」

追尾術式とは名前の通り、攻撃魔術に一定の追尾性能を持たせる術式のことだ。

移動している敵を狙う時に非常に有効な術式で、特に狭い所での対人戦で役に立つ。

追尾性能はさほど高いとは言い難いが、それでもただ真っ直ぐに魔術を飛ばすのに比べれば、命中率は段違いだ。

攻撃魔術というのは、一般的にさほど命中率は高くないと言われている。

それこそ、竜の弱点である眉間を正確に射抜くのは、上級魔術師でも至難の業なのだ。

「短縮詠唱は、その術式ごとに短縮方法が違うから覚えるのが大変ですが、追尾術式は他の攻撃魔術を使う時にも応用が利きます。覚えるなら、絶対に追尾術式が先です」

早口で断言するモニカを、グレンはポカンと目を丸くして見ている。

モニカはさぁっと青ざめた。

(わぁぁぁぁっ、や、やりすぎたぁぁぁ……！　ちょっとだけ、遠回しにアドバイスするぐらいのつもりだったのにぃぃぃ！)

モニカはグルグルと視線を彷徨わせつつ、必死で言い訳を絞り出した。

「……と、ですね、えぇと、シリル様が以前言ってた、ような……」

「そうなんすか！　魔術の得意な副会長が言うんなら、間違いないっすね！　……あれっ、もしかしてモニカも魔術の勉強をしてるんすか？」

「いいえっ！　全然っ！　これっぽっちも！　わたしは魔術のことを！　知りませんっ！　……世間話っ！　世間話の中で、そんな話が出たような……出てないような……」

どんな世間話だ、と各方面から突っ込まれそうな言い訳だったが、グレンは特に疑う様子もなく「そうなんすかー」と納得してくれた。

呆《あき》れるほど単純である。が、その単純さに救われたモニカは、ホッと胸を撫《な》で下《お》ろす。

「それとですね、追尾術式について学ぶのなら、ギディオン・ラザフォード先生の出されてる本が、とても分かりやすいです……と、これもシリル様が、言ってましたっ！　世間話でっ！」

「そうなんすか。じゃあ、早速それを読んでみるっす」

椅子から立ち上がったグレンはモニカを見下ろすと、ちょっとだけ恥ずかしそうに頭をかいた。

「モニカ、ありがと。オレ、ちょっと焦ってて……。順番を間違えるとこだった」

「……？」

「〈沈黙の魔女〉さんっていう、すごい人を見ちゃって、オレもあんなことができたら、って簡単にとびついちゃったんだな。魔術はコツコツと、地道に基礎を積み重ねないとダメっすよね、うん」

最後の方は、自分に言い聞かせるような呟《つぶや》きだった。

モニカは小さく微笑《ほほえ》み、もじもじと指をこねながら、小声で提案する。

「あのですね、えっと……わたし、魔術のことは、全然、これっぽっちも知らないんですけど……

魔術式は数式と似ているので、ちょっとだけなら、解説のお手伝い……できると、思います」

正体を隠しているのに、危ない橋を渡っているという自覚はあった。

それでも、モニカはほんの少しでも良いから、友達の力になりたかったのだ。

呪竜騒動で彼を助けられなかった罪滅ぼしをしたい、という気持ちも少なからずある。だがそれ以上に、ひたむきな魔術師の卵の、成長の手助けをしたかった。

「助かるっす、ありがと、モニカ！」

「……いえ、えへへ」

グレンが嬉《うれ》しそうに笑うから、モニカもつられてへにゃりと笑った。

このモニカとグレンのやりとりを、物陰から見ている一人の少年がいた。

中等科の制服を着た、クルクルとした茶髪のふくよかな少年だ。

（あれがフェリクス殿下のお気に入りの、モニカ・ノートン様と、グレン・ダドリー様ですね〜）

少年はのんびりした足取りで図書室を後にすると、中等科の校舎に向かった。

＊　＊　＊

冬休み明けから、セレンディア学園の中等科に編入した、リディル王国第三王子、アルバート・フラウ・ロベリア・リディルは、個室のティーサロンで紅茶を飲んでいた。

セレンディア学園は、ティールームも教室も、以前まで通っていたミネルヴァと比べてゆったりと広く、調度品も立派だ。

そういった細かなところに、この学園の理事であるクロックフォード公爵の影響を感じて、アルバートは機嫌悪く鼻を鳴らす。

クロックフォード公爵は、第二王子フェリクスの祖父で、この国有数の権力者である。

かの公爵と、アルバートの母が協力関係を結んだことで、アルバートはセレンディア学園への編入を余儀なくされていた。実質、人質のようなものだ。そのことが、アルバートは気に入らない。

苛々《いらいら》しながら紅茶を啜《すす》っていると、部屋の扉がノックされた。

「アルバート様、ただいま戻りました～」

そう言って入室したのは、どこか間延びした喋《しゃべ》り方のふくよかな少年。名前はパトリック。アルバートの従者である。

アルバートは紅茶のカップをソーサーに戻し、期待に満ちた目で言った。

「パトリック、フェリクス兄上の弱みは見つかったのか?」

パトリックは向かいの席に座ると、自分のカップに紅茶を注《つ》ぎ、茶菓子を頬張る。

「むぐ……では、ご報告いたしますね～」

「食べかすをポロポロ零《こぼ》しながら喋るな、だらしない!」

「ふぁ～い」

どこまでも緊張感のない返事をしつつ、パトリックはパラパラと手帳を捲《めく》る。

「まずですね～。フェリクス様の評判についてですが～」

「好評価の部分は省略していい。悪評についてだけ言え」

「それが〜、誰も悪口とか弱みを言うはずがないんですよねぇ。だってこの学園、クロックフォード公爵のお膝元《ひざもと》ですし〜」

ごもっともである。

アルバートが歯軋《はぎし》りをすると、パトリックはのんびりと手帳のページを捲りながら言葉を続けた。

「座学も剣術馬術も、成績は常に上位。生徒会長としての実績も充分。人当たりが良く温厚。文句のつけようがないですよぅ〜」

そう、フェリクスは第一王子のライオネルと比べて細身でスラリとした貴公子だが、剣の腕にも優れているのだ。馬術も抜群に上手《うま》い。

フェリクスを敵視しているアルバートとしても、フェリクスのどこが気に入らないのかと訊《き》かれたら、上手く言葉にすることができない。

ただ、あの兄は、どこか人間味が無くて薄気味悪いのだ。

アルバートやライオネルなどの異母兄弟だけでなく、国王すらも他人を見るような目で見ている……そんな気がして。

「女性関係はどうなんだ？　こう、どこそこの令嬢に手を出したとか……」

「うーん、周りはみんな、レーンブルグ公爵令嬢エリアーヌ・ハイアット様か、シェイルベリー侯爵令嬢ブリジット・グレイアム様のどちらかが婚約者候補じゃないか、って言ってるんですけど……その辺はハッキリしてないですねぇ」

フェリクスは学園祭の後夜祭で一番最初にエリアーヌと踊っているし、冬休みはレーンブルグ公爵領に赴いている。

そういう意味で言えば、エリアーヌの方がやや優勢に見えるが、今のところ婚約発表は無い。

「フェリクス兄上には、エリアーヌ嬢がお似合いだな。うんうん」

「アルバート様はブリジット様がお好きですもんねぇ」

「馬鹿、パトリック！　人が胸に秘めていることを、声に出して言うんじゃない！」

白い頬を林檎《りんご》のように赤く染めて従者の少年を叱りつけたアルバートは、ハッと我に返り、不自然に咳払《せきばら》いをする。

「ゴホン、他に何か役に立ちそうな情報はないのか？」

「そう言えば、フェリクス殿下にはですね、お気に入りの生徒が二人いるらしいんですよ～」

「ほぅ？」

「一人目は高等科二年のグレン・ダドリー様。七賢人〈結界の魔術師〉様のお弟子さんで、フェリクス殿下がレーンブルグ公爵領に赴くことになった時も、護衛としてお供したんだとか～」

パトリックが挙げた人物の名前に、アルバートは思わず目を輝かせ、椅子から腰を浮かせた。

「その名前は知っているぞ！　学園祭で英雄ラルフ役を演じた先輩だ！」

「そのラルフ役も、フェリクス殿下がグレン・ダドリー様を推薦したらしいですよ～」

アルバートは母に命じられて、セレンディア学園の学園祭にも訪れている。

英雄ラルフの物語は、前半こそありふれた舞台だったが、後半、主役が交代してからの怒涛《どとう》の演出といったら！

爆発の中、飛行魔術で空を飛び、ヒロインのアメーリアを助け出したシーンに、アルバートは興奮を隠せなかった。

アルバートはミネルヴァでは優等生だったし、魔術の成績も悪くない。だが、飛行魔術だけはどうしても不得手で、習得することができなかった。

だからこそ自由に空を飛び回るグレン・ダドリーの姿が、アルバートの目には本物の英雄ラルフのように格好良く映ったのだ。

「ずるい、ずるいぞフェリクス兄上！　ダドリー先輩みたいなすごい人を味方にするなんて！」

きっとフェリクスは、グレン・ダドリーを自分の側近にするつもりなのだ。あぁ、なんて抜け目のない兄だろう。

アルバートが悔しがっていると、パトリックがクッキーをサクサクと齧《かじ》りながら報告を続けた。

「むぐ、それともう一人。フェリクス殿下は、とある女子生徒を子リスと呼んで、ペットのように扱っているらしいんですよぅ～」

「な、なにぃっ⁉　女子生徒をぺ、ぺぺ、ペット扱いっ⁉」

アルバートは従者がクッキーを貪《むさぼ》っていることも忘れて、衝撃に打ちのめされる。

「非人道的な！　そんなことが許されていいのか⁉」

「えーっと、噂の子リス嬢というのが、生徒会会計で高等科二年のモニカ・ノートン様。ケルベック前伯爵夫人が修道院から引き取って、養女にしたんだそうですよ～。ケルベック伯爵令嬢イザベル・ノートン様の付き人だそうです～」

「ケルベック伯爵？　東部地方の大貴族じゃないか！　あんな大物貴族の養女を、兄上は、ぺ……ペットに……」

「モニカ・ノートン様は、伯爵令嬢のイザベル様に苛《いじ》められているんだそうです。学園内でも、イザベル様に怒鳴られたり、馬鹿にされたりしているって証言がいくつもありました〜」

「な、なんと不憫《ふびん》な……引き取られた家で冷遇され、挙句、フェリクス兄上のペット扱い……」

アルバートは真っ青な顔でしばし項垂《うなだ》れていたが、やがて顔を上げると眉《まゆ》をキリリと吊《つ》り上《あ》げて、声も高らかに宣言した。

「よし決めたぞ、パトリック。僕はグレン・ダドリー先輩と、モニカ・ノートン嬢の二人を懐柔し、こちらの陣営に引きずり込む！」

なかなか他人に隙を見せないフェリクスの弱みを、グレン・ダドリーとモニカ・ノートンなら知っているかもしれない。

もし欲しい情報が手に入らなかったとしても、フェリクスのお気に入りを自陣営に引き込めば、あの兄を悔しがらせることができる。

メラメラと野望に燃えるアルバートの前で、マイペースな従者は最後の一枚のクッキーを緊張感無く頬張っていた。

＊＊＊

最近の生徒会の仕事は、それほど多くない。忙しくなるのは二ヶ月後の生徒総会の時期で、それまでは比較的のんびりしていた。今も生徒会室には、モニカとフェリクスしかいない。

モニカは帳簿に数字を書き込みながら、疲労の滲《にじ》むため息をこぼす。

（この仕事が終わったら、今日は女子寮に戻ろう……）

生徒会の業務は全く苦ではないが、二人の編入生──モニカの正体を知るヒューバード・ディーと、事ある毎にチェスを挑んでくるロベルト・ヴィンケルの存在に、モニカは疲弊していた。

だからここ最近のモニカは、体調が良い時は図書室で過ごし、それ以外の時は、女子寮の屋根裏部屋に引きこもって本を読むか、イザベルの部屋でお茶をしている。

（そうだ。女子寮に戻る前に、図書室に行って本を返さなきゃ。次は何を借りようかな……）

父の本を読み進めるために生物学の本も借りたいし、「黒い聖杯」についても調べたい。

久しぶりに、魔術の研究を進めるのも良いかもしれない。グレンに追尾術式の説明をしている時に、追尾術式の改良方法を思いつき、試してみたいと思っていたのだ。

編入生に対する恐怖や不安を紛らわせるのに、魔術研究はうってつけだった。

（論文が書けたら、また、ラザフォード先生に見てもらおう）

ミネルヴァ時代の恩師ギディオン・ラザフォードには、今でも時々論文の添削をしてもらっている。特に、ラザフォードの弟子で、ルイスの姉弟子にあたる人物がいるのだが、彼女が非常に優秀で、モニカはよくアドバイスを貰《もら》っていた。

モニカは会計記録を見直しつつながら、作りかけの追尾術式に思いを馳《は》せる。

（追尾術式の持続時間は凡《おおよ》そ二秒前後、もしこの持続時間を伸ばすことができれば、更に使いやすくなる……）

「モニカ」

（そのためには攻撃対象をいかに正確に認識するかと、術式の持続時間のバランスが……まずは追尾術式の有効範囲を定めて、その範囲内での追尾性能を上げることから検証を……）

「あーん」

会計記録を眺めながら術式について考えていると、唇に何かがフニッと触れた。

鼻をくすぐるのは、香ばしいバターと干しぶどうの香り。

（有効範囲を中級魔術一等範囲とした時……干しぶどうの風味とバターの香りが……射程と座標軸から算出される……干しぶどう美味《おい》しい……）

一度何かを食べ始めると、そちらに集中してしまう性分のモニカは、途中からモグモグと口を動かしながら、焼き菓子を食べるのに夢中になった。

少し硬めのバターケーキ生地に、たっぷり練り込まれた干しぶどうが美味しい。

そうして、コクンと焼き菓子を飲み込んだところで、モニカはようやく我に返る。

「——はっ⁉」

大きく目を見開くと、すぐ目の前にはフェリクスの整った甘い顔がある。

フェリクスはモニカの向かいの席に腰掛け、頬杖《ほおづえ》をついて楽しそうにモニカを見ていた。どうやら彼が、モニカの口元に菓子を運んでいたらしい。

もし、この場にシリルがいたら、「殿下を無視するとは何事だ！」と怒鳴っていただろう。

「でんっ、ででんっ……でん、でん、で殿下」

「今日は一層リズミカルだね。もう一つどうぞ？」

そう言ってフェリクスは焼き菓子を一つ差し出した。モニカは咄嗟《とっさ》に右手と左手のどちらを伸ばすかためらい、結局両手でおずおずと受け取る。

フェリクスの前では、極力左手の負傷を感じさせずに振る舞いたかったのだ。

「あ、ありがとう、ございい、ます」

「考えごとをしていたようだけど、何か悩みでもあるのかい？」

気遣うようなフェリクスの言葉に、モニカは曖昧《あいまい》に微笑んだ。

編入生の存在もモニカの悩みだが、それ以上に大きな——もっと根本的な悩みの中心にいるのが、フェリクスなのだ。

（わたしは、殿下に、どう接すればいいんだろう……）

フェリクスはモニカの父の死に関与している可能性が高い、クロックフォード公爵側の人間だ。

周囲から「傀儡《かいらい》王子」と囁《ささや》かれている通り、彼はクロックフォード公爵に逆らわない。逆らえない。

それでも、彼がたまに見せる「アイク」の顔が、モニカを惑わせる。

コールラプトンの街で、彼は魔術に興味があるのだと語り、モニカのことを夜遊び仲間だと言った。そうして、本とペンダントを贈ってくれた。

舞踏会の夜、モニカに「君自身のために、夢中になれるものを見つけてほしい」と言ってくれた。

レーンブルグ公爵領では、〈沈黙の魔女〉に自分の論文を見せて、目を輝かせていた。

（なんだか、殿下とアイクって……違う人と話してるみたい……）

美しい笑顔で全てを隠し、周囲から求められるように振る舞う完璧《かんぺき》な王子様のフェリクス。

魔術に興味があって、〈沈黙の魔女〉の大ファンで、それなのに、何かを諦《あきら》めようとしているアイク。

その二つの顔が交互に見えるものだから、モニカは彼に対して、どう向き合えば良いのかが分からないのだ。

モニカが黙り込んでいると、フェリクスは碧《あお》い目を僅《わず》かに細める。口元の笑みが少しだけ冷ややかさを増した。

「編入生のロベルト・ヴィンケル君が、連日君のもとに通っていると聞いたよ。あまり君に迷惑をかけるようなら、彼の担任に進言しておくけど」

「だ、大丈夫、ですっ」

モニカが首を横に振ると、フェリクスはクスクスと笑う。

碧い目が窓から差し込む光を反射して、とろりと濡《ぬ》れた宝石のように輝いた。

「本音を言おうか？　……君に『助けて』っておねだりされてみたい」

おねだりをされたいと言いながら、彼がおねだりをしているような、甘く切ない声だった。

モニカは痛みを堪《こら》えて両の拳《こぶし》を握り締め、モニカなりに強そうに見えるポーズと、キリリとした顔を作ってみせる。

「殿下のお手を煩わせるわけには、いきません、からっ！」

「……そう」

金色の長い睫毛《まつげ》が少しだけ伏せられ、碧い目がかげる。

これは殿下とアイクの、どちらの顔なのだろう。そんなことを頭の片隅で考えつつ、モニカは立ち上がった。

「わ、わたし、今日のお仕事終わったので、お先に、失礼しますっ」

そう言ってワタワタと机の上を片付けるモニカを、フェリクスは静かな目でじっと見つめていた。

＊　＊　＊

放課後の図書室で、テーブルに本を広げていたアルバートは、読書をする振りをしつつ、チラチラと図書室の入り口に目を向けた。図書室に入ってきた小柄な女子生徒がいる。生徒会会計モニカ・ノートンだ。

モニカは、本棚の前にいるグレン・ダドリーに気づき、声をかけていた。

その様子を確認し、アルバートは隣に座る従者のパトリックに小声で命じる。

「ターゲットを発見した。パトリック、配置につけ」

「配置なんて決めてましたっけ～？」

「本を選んでいる振りをしつつ、いい感じの本棚の陰に隠れてろ」

「はぁ、いい感じの～」

のんびりした声で復唱しつつ、パトリックは近くの本棚の陰に自然な足取りで引っ込んでいく。

それを確認したアルバートは、自身も本棚の本を選ぶ振りをしながら、少し離れたところにいるターゲット――グレン・ダドリーとモニカ・ノートンを横目に見た。

パトリックが調査した通り、ターゲットはここ数日、図書室で一緒に勉強をしていることが多い。

セレンディア学園の図書館棟は中等科、高等科で共用なので、中等科の生徒であるアルバートが自然に接触する絶好の機会だ。

（よし、行くぞ！）

アルバートは素晴らしく自然な足取りでターゲットに近づくと、その横を素通りする際に、ポケットからハンカチをヒラリと落とした。

そして、それに気づかぬ振りをして、近くの本棚の前で足を止め、本を探す振りをする。

こっそり横目で確認すると、モニカの方がハンカチに気づいたようだった。彼女はハンカチを拾い上げ、困り顔でアルバートとハンカチを交互に見ている。

（よし、よし、いいぞ。さぁ、僕に話しかけろ）

アルバートはモニカから話しかけられるのを待ったが、モニカはなかなか話しかけてこない。彼女はハンカチを握りしめたまま、オロオロしている。

（どうした？　早く話しかけろ。もしかして、僕が王族だから気後れしているのか？）

アルバートの予想通り、この時のモニカは完全に気後れしていたのである。

（あの人って、確か第三王子のアルバート殿下っ⁉　新年の式典で見たから間違いない……目の幅、鼻の長さ、顎《あご》の角度、完全一致してるぅぅぅ……どどどうしよう、わたしが〈沈黙の魔女〉って気づいてないよね、気づいてないよねぇ⁉　わぁぁ、つい拾っちゃったけど、ハンカチどうしよう。わたしから話しかけたら不敬になる？　こ、こっちに気づいてくれないかな、チラッと見てくれないかなぁ……！）

（えぇい、ハンカチぐらいさっさと渡せば良いだろう。王族であるこの僕に話しかけるチャンスなんだぞ。さぁ、話しかけろ話しかけろ。は、な、し、か、け、ろ！）

（向こうから気づいてくれないかなぁぁぁ、気づいてぇぇぇ、お願いぃぃぃっ！）

(早く話しかけろぉぉぉ！　作戦が進まないだろうがぁぁぁ！)

二人が互いにそんなことを考えている中、グレンがモニカの手元を見て言う。

「あれっ、そのハンカチ、どうしたんすか？」

「あち、あちち、あちらの方が、落とされ、て」

モニカが呂律《ろれつ》の回らぬ声で言うと、グレンはモニカの手からサッとハンカチを取り上げて、アルバートに近づいた。

「おーい、そこの君ー。ハンカチ落としたっすよー」

よしっ！　という声を飲み込み、アルバートは勢いよく振り向いた。

「おぉ、これは間違いなく僕のハンカチ！　母上からいただいた大事なハンカチではないか！　その人、ハンカチを拾ってくれてありがとう。心から感謝するぞ！」

物陰のパトリックが「わぁ」と思わず半笑いになるぐらい、不自然な棒読みであった。

だが、アルバートは自分の演技力を絶賛しつつ、用意しておいた台詞《せりふ》を続ける。

「お礼に、貴方《あなた》達をお茶会に招待したい。受けてくれるな」

「別にハンカチを拾ったぐらいで、大袈裟《おおげさ》っすよ。モニカもそう思うっすよね？」

モニカは顔中に冷や汗を浮かべ、ブンブンと首を縦に振っていた。

だが、ここで引き下がるわけにはいかないのだ。

「そうはいかない！　恩人を無下にしたとあっては、リディル王国第三王子アルバート・フラウ・ロベリア・リディルの名折れ！」

王族という肩書きをチラつかせると、グレンはキョトンと目を丸くし、アルバートの顔をまじまじと見る。

「第三王子、ってことはもしかして……会長の弟さんっすか？」

「いかにも、生徒会長フェリクス・アーク・リディルは我が異母兄だ」

「そうなんすかー。会長にはいつも、お世話になってるっす」

ニカッと笑うグレンに、アルバートは、さもたった今グレンの顔を見たような態度で声をあげた。

「おぉ、よく見れば、貴方は学園祭でラルフ役を演じたグレン・ダドリー先輩ではないか。あの舞台はとても素晴らしかった。是非とも貴方には話を聞いてみたかったんだ。そちらのご令嬢も一緒に、是非！」

「んー、でも、オレら勉強中で……」

このままでは埒《らち》があかない。

業を煮やしたアルバートは、両手を叩《たた》いて声を張り上げた。

「パトリック！　パトリック！」

「アルバート様～、図書室で大きい声出しちゃダメですよ～」

打ち合わせと違う！　と怒鳴りそうになるのを堪え、アルバートは尊大な主人の顔で命じた。

「ティーサロンに、僕の客人を案内しろ！」

「は～い。あ、お二人ともすみません～。アルバート様、お友達いないから、お茶会に人を誘うの慣れてないんですよ～」

打ち合わせ内容はどこにいったのか。

アルバートは額に青筋を浮かべたが、パトリックの言葉にグレンとモニカは同情的な顔で「そういうことなら」「す、少しだけ、なら……」と頷《うなず》いた。

おかしい。当初の予定ではもっとスマートに二人を招待するつもりだったのに。何故《なぜ》、自分が友達のいない可哀想《かわいそう》な人みたいになっているのか。

釈然としない思いを胸に抱きつつ、とりあえず作戦の第一段階は成功だと、アルバートは自分に言い聞かせた。

＊＊＊

パトリックが案内したのは、中等科のティーサロンで最も上等な個室だった。

ティーテーブルには美しい花が活《い》けられており、白地に金模様の美しい皿には美味しそうな菓子が並んでいる。中でも一際目を惹《ひ》くのは、クリームをたっぷり載せたパイだ。

パイと言われてモニカの頭に真っ先に思い浮かぶのは、薄いパイ生地にジャムを塗ったり、果物を載せたりした物で、クリームのパイなんて滅多にお目にかかれるものではない。

バターや白い砂糖も結構な贅沢品《ぜいたくひん》だが、新鮮なクリームはなおのこと、庶民には手が出せない高級品である。

「さぁ、どうぞ座ってくれ」

アルバートに促され、モニカとグレンは各々椅子に腰掛ける。

この時、モニカは胃をキリキリさせながら、顔が引きつりそうになるのを懸命に堪えていた。

〈わ、わたしが〈沈黙の魔女〉ってアルバート殿下は気付いてる？　気付いてないよね？　気付い

てないよねぇぇぇ⁉)

アルバートは、ここまで二人を誘導した己の知略を絶賛しつつ、こう考えていた。

(とりあえず、ここまでは計画通りだ！　さぁ、ここからは僕の交渉力が試される時。絶対に、フェリクス兄上のお気に入りであるこの二人を懐柔してみせる！)

グレンとパトリックは、机の上のクリームパイに心奪われていた。

(うまそうっす！)

(美味しそうだなぁ〜)

それぞれの思惑が交錯する中、アルバート主催の茶会が始まった。

まず、真っ先に口を開いたのはグレンだ。

「いっただっきまーす！」

グレンはマナーを無視し、いきなりクリームパイを手掴《てづか》みでムッシャムッシャと頬張った。

「すげー贅沢な味がするっす！」

口周りをクリームだらけにしているグレンに、モニカはアルバートの怒りを買うのではないかと内心ハラハラした。

だが、アルバートがグレンの振る舞いに気を悪くした様子はない。

寧《むし》ろ、自分が用意した菓子を喜んでもらえたことが嬉《うれ》しいらしく、幼い第三王子は、どこか得意げな顔で紅茶を啜《すす》っている。

モニカはこっそりアルバートを観察した。

癖のない金髪、はしばみ色の目、見るからに負けん気の強そうな顔立ち。あまり、フェリクスとは似ていない王子だ。

　年相応に分かりやすく感情を発露する様など、何を考えているか分かりづらいフェリクスとは、いっそ対照的である。

「モニカ、このパイ、めっちゃくちゃ美味しいっすよ！」

「あ、えっと、わたしは、そのぅ……」

　この場で一番位が高い、アルバートが先に食べるのを待った方が良いのではないだろうか。モニカがそう気にしていると、アルバートは「パトリック」と従者の少年に声をかけた。

　パトリックはニコニコしながら、一番大きいパイを皿に取り、フォークを握りしめる。

「わ〜い、いただきま〜す」

「馬鹿、違う！　ノートン嬢に菓子をお取りしろ！」

「あ、は〜い」

　パトリックはちゃっかり自分の皿をキープしたまま、モニカの皿にもパイを盛りつけてくれた。

　アルバートはフフンと鼻を鳴らし、幼いながら尊大な態度でモニカを見る。

「さぁ、食べるがいい、ノートン嬢。ケルベック伯爵は、貴女《あなた》にろくな食事を与えてくれないのだろう」

「い、いえ、そんなことは……」

　モニカはフルフルと首を横に振ったが、周囲にはそんなモニカの態度が、ケルベック伯爵に気を遣っているように見えるらしい。

　アルバートが同情的な表情を浮かべた。

「遠慮しなくていい、噂は聞いている。なんでもノートン家に冷遇され、兄上には……その、生徒会室で、ペ、ペ、ペット扱いされているそうじゃないか」

「ぺ、ペット⁉」

絶句するモニカに、アルバートはどこか恥ずかしそうな顔でボソボソと早口で言う。

「まさか兄上に、そんな倒錯的な趣味があったとは思わなかった。きっと僕には想像もつかないような、破廉恥極まりない、あんなことやこんなことを強要されているのだろう……いや、全ては言わなくていい。僕は女性にそのようなことを言わせるほど、デリカシーの無い男ではないからな。うん。ただ、辛《つら》いのなら辛いと、正直に言っていいんだ」

「あの、えっと？」

アルバートが何を想像しているかは分からないが、なにやら色々と飛躍している気がする。

衝撃発言をぶちかましたアルバートと、困惑するモニカの横では、食いしん坊二人がのんびり談笑していた。

「このパイはですね～、なんと！　この木苺《きいちご》のジャムをたっぷりかけることで、更に美味しくなるんですよぅ～」

「甘さと酸味のバランスが絶妙っすね！」

「はい、いくらでも食べられちゃいます～。あ、紅茶のおかわりどうぞ～」

なんて平和な世界だろう。できることなら、モニカもそちらの世界にお邪魔したい。

だが、アルバートの誤解をそのままにしておくわけにもいかないのだ。

「あの、わたしは……えっと、その、殿下の……」

夜遊び仲間ですとも言えず、答えに窮していると、アルバートが哀れみの目を向ける。

「ノートン嬢。兄上に仕えるのはやめて、僕の庇護《ひご》下に入らないか。そうすれば、一日三食おやつ付きの生活を保証しよう」

どうしよう。モニカのせいで、フェリクスが悪人みたいになってしまった。

なんとかフォローしなくては、と思うが、モニカが何かを言えば言うほど、墓穴を掘る予感しかしない。

モニカが「あのぅ、そのぅ」と口ごもっていると、グレンが紅茶をぷはぁと飲み干し、口を挟んだ。

「生徒会長は良い人っすよ！　悪人じゃないっす！」

「だが、噂では……」

グレンの言葉にアルバートが食い下がると、グレンは口元にクリームをつけたまま、真面目な顔でキッパリ言った。

「オレ、噂がどうとかはよく分かんないけど、会長を見てれば、良い人だって分かるっすよ」

なんて気持ちの良い言葉だろう。

モニカは俯《うつむ》き、こっそり自嘲《じちょう》する。

（わたしもグレンさんみたいに、殿下は良い人だって、ハッキリ言えたらいいのに）

どうしてもモニカの頭には、クロックフォード公爵の存在がちらつき、フェリクスを信じるのは怖いと足踏みしてしまう。そんな自分が嫌になる。

一方アルバートは、真っ直ぐなグレンの言葉に、悔しそうに唇を曲げて俯いていた。その眉間《みけん》に、ぎゅぅっと深い皺《しわ》が寄る。

「……いつもそうだ。みんな、フェリクス兄上の味方をする」

先ほどまでの尊大さはどこへやら、呟《つぶや》く声は、まるで拗《す》ねた子どものそれだ。

俯くアルバートの前に、パトリックがパイの皿を置いた。

「アルバート様〜。落ち込んでる時は、甘い物がいいですよ〜」

「僕は！　落ち込んでなどいない！」

「木苺のジャムもたっぷりかけましょうね〜」

「僕はアプリコットジャム派だ！」

プリプリ怒るアルバートは、少しだけ元気を取り戻したらしい。

そんな彼に、グレンが口周りについたクリームをペロリと舐《な》めながら言う。

「つまり、アルバートはモニカと友達になりたいんすよね？」

「あの、それは多分違うと思います……」

モニカの小声のツッコミもなんのその、グレンは元気良く胸を叩いた。

「一緒に美味しいモン食べたら、もう友達っす！　オレもモニカもアルバートもパトリックも、みーんな友達っすよ！」

こんな失礼なことを王族に言ったら、不敬罪にあたるのではないか。モニカが冷や汗を流していると、アルバートは口の中でボソボソと「友達……」と呟く。

そして、確認するようにモニカを見た。

「ノートン嬢、確認するが、貴女はフェリクス兄上と友達ではないのだな？」

「え、えっと、フェリクス殿下は先輩ですし、それは恐れ多いと言いますか……」

「つまり友達ではないのだな？　だが、僕が友達になれば……うん、うん、これは兄上も悔しがるんじゃないか？」

最後の方はモニカには聞き取りづらい小声であった。だが、アルバートは何やら一人納得顔でうんうん頷くと、上品に紅茶を一口啜る。

「そうか、僕達は友達か。うん、友達。友達だな。だったら、これからもこうしてお茶会に招待しても構わないな。なんといっても友達だからな」

「良かったですね、アルバート様～」

「ふふん、僕は気分が良いから、もっとパイを食べても良いぞ、パトリック」

「あ、すみません。もう全部食べちゃいました～」

「僕のおかわりはっ⁉」

ワァワァと喚《わめ》き散らすアルバートと、マイペースなパトリックを眺めながら、グレンが「仲良しっすね～」と笑顔で言う。

（と、とりあえず、わたしの正体がバレたわけじゃない……のかな？）

モニカはホッと胸を撫《な》で下《お》ろし、手つかずだったパイを小さく齧《かじ》った。

六章　モニカ・ノートン拉致《らち》事件

セレンディア学園魔法戦クラブ長、バイロン・ギャレットは、魔法戦の訓練場である森の中を走っていた。

魔法戦は魔力を用いた攻撃手段のみが有効とされる、特殊な結界の中で行われる戦いである。

故に、敵の攻撃魔術を受けて怪我《けが》をすることはないが、それでも痛みはあるし、なによりダメージの分だけ魔力が減る仕組みになっている。

バイロンは魔法戦クラブ長を務めるだけあって、セレンディア学園では、一、二を争う実力者だ。

だが、彼の魔力は既に底をつきかけていた。

（なんなんだ、あの攻撃は……）

バイロンのそばで、別のクラブ員が一人、また一人と攻撃を受けて倒れていく。

恐ろしく連射性の高い魔術による攻撃。それを操っているのは、この魔法戦クラブのクラブ員ではない。

放課後、突然押しかけて魔法戦を挑んできた、たった一人の編入生だ。

「んーっ、んっ、んっ。んんー、んー……」

編入生が鼻歌を歌い、指を一振りする。炎の矢がバイロンに降り注いだ。速い。

（どういうことだ！）

魔術には詠唱が必要になる。鼻歌を歌いながら詠唱するなど、できるはずがない。

（これでは、まるで……）

詠唱無しで魔術を使える人間は、この世でただ一人。無詠唱魔術の使い手である七賢人。

「〈沈黙の魔女〉？」

思わずその名を口にすると、編入生は喉《のど》を仰《の》け反《ぞ》らせてゲラゲラと笑った。

（隙を見せたな！）

バイロンは短縮詠唱で炎の魔術を発動しようとした。だが、炎球が手元に浮かび上がるのと同時に、編入生の背後から炎の矢が飛来する。

（あぁ、まただ。また、詠唱も無しに！）

炎の矢から身を守るべく、防御結界の詠唱をするが、間に合わない。

矢の刺さった腕や肩は傷こそ残らないが、激しく痛む。肉が抉《えぐ》られ、炙《あぶ》られる痛みだ。それと同時に、魔力がごっそり減っていく。

バイロンが地面に倒れ込むと、編入生はため息混じりに呟いた。

「つまんねぇなぁ。名門校って言っても、魔法戦のレベルが低すぎる。ミネルヴァとは比べ物にならねぇ」

その呟きが、バイロンの心に怒りの火をつけた。

なんという屈辱。自分が手も足も出なかったのは事実だが、それでも、このセレンディア学園を馬鹿にされるのは許し難い。

「セレンディア学園を侮るなよ、編入生……」

バイロンは地面に爪を立て、途切れそうな意識を繋《つな》ぎ止めた。

倒れたまま喋《しゃべ》ったせいで、口に土が入る。構うものか。

「この学園には、俺以上の、実力者が……」

氷の魔術の使い手である、生徒会副会長シリル・アシュリー。

能力は未知数だが、七賢人の弟子グレン・ダドリー。

(あいつらなら、きっと、この男を……)

編入生はバイロンを見下ろし、冷めた声で問う。

「そいつらは、バケモノか?」

「……は?」

「頭のネジが吹っ飛んだ、無慈悲で高慢で残酷なバケモノか?」

この男は何を言っているのだ。

「それは、お前のこと、だろう……」

「あぁ、そうかぁ。お前らは、本物のバケモノを見たことがねぇんだなぁ」

編入生が呟いたその時、よく通る声が森の中に響き渡った。

「生徒会だ! この訓練場で、度を超えた魔法戦が行われていると聞いた! 今すぐ簡易結界を解除し、魔法戦を中止しろ!」

己のライバルである、生徒会副会長シリル・アシュリーの声を聞きながら、バイロンは意識を失った。

＊＊＊

日頃から口ごもったり、言いたいことが途切れ途切れになったりと滑舌の悪いモニカだが、それでもこの言葉だけは失敗せずに伝えたい——そう思って、数日前から密《ひそ》かに練習していた言葉がある。

モニカは腹に力をこめ、その言葉を口にした。

「ラナ……っ、お誕生日おめでとうっ！」

緊張と興奮でフゥッフゥッ、と息を吐いているモニカに、ラナは口元を綻《ほころ》ばせて「ありがとう」と微笑《ほほえ》んだ。

冬休みが明けておよそ二週間、冬中月《オルテリア》第四週四日はモニカの友人、ラナ・コレットの誕生日である。

丁度この日は、生徒会の集まりもなかったので、モニカ、ラナ、クローディアの三人は、放課後に個室のティーサロンを借りて、ラナの誕生日を祝うお茶会をしていた。

個室のティーサロンを予約したり、茶菓子を用意したりと、場を整えてくれたのはクローディアだ。

モニカが用意したのは、以前ラナが美味《おい》しいと言ってくれた、父の形見のポットで抽出したコーヒーである。

「あと、これ、プレゼント……」

モニカはポケットに入れていたサシェを取り出して、ラナに差し出した。

「ありがとう、薔薇《ばら》のサシェ？　可愛《かわい》い！」

「えへ……」

生成りの生地にピンク色のリボンを結んだ小袋の中には、薔薇の花弁が詰めてある。

サシェに詰めた薔薇は、冬休み中に、モニカが五代目〈茨《いばら》の魔女〉ラウル・ローズバーグに頼んで分けてもらったものだ。

友達にプレゼントを作りたいと相談したら、ラウルは「友達に手作りプレゼントって良いな！」と快諾してくれた。

つまりこれは、名門ローズバーグ家で作られた、香りのもちが良い特別な薔薇を使った、特別なサシェなのである。無論、そんなことはラナが知るよしもない。

ラナは、「良い香りね」とニコニコしていた。

「クローディアもありがとう。貴女《あなた》が、お茶会の手配をしてくれるなんて思わなかったわ」

「手配するだけで祝ったことになるなら、楽なものよね。……お誕生日おめでとう」

「はいはい、どうもありがとう」

どうやらラナは、クローディアの難儀な性格にも慣れてきたらしい。サラリとクローディアに礼を言って、モニカが用意したミルクたっぷりのコーヒーを飲む。

「やっぱりわたし、モニカのコーヒー好きよ。コーヒーハウスに出したら、すごく人気が出そう！」

「えへ、そ、そうかな……」

「冬休みにサザンドールに行ったんだけどね、輸入されるコーヒー豆の種類がすごく豊富なのに、美味しいコーヒーには、なかなか巡り合えなくて……」

サザンドールはリディル王国西部にある、大きな港町だ。

ラナはセレンディア学園を卒業したら、サザンドールに商会を立ち上げようと考えているらしい。

冬休みにサザンドールを訪ねたのも、その下見のためなのだという。

「そうそう、サザンドールの商会の集まりにも顔を出したんだけど、最近は商人達が帝国の方に流れていってるみたい。お若い皇帝陛下は新しい物好きで、関税を下げたり、商人への優遇が手厚いんですって」

「関税を下げたせいで、うちの外交部と揉《も》めてるんでしょ」

「そうなのよ。それで帝国に対抗するべく、サザンドール側も新規事業を興したいらしくて。お父様もそこに出資するつもりなの」

ラナとクローディアの話は、モニカにはあまりピンとこなかった。

とりあえず大人しくコーヒーを啜《すす》っていると、ラナがモニカをちらりと見て言う。

「ねぇ、モニカ。モニカは卒業した後のことって、何か考えてる？」

「……へっ？」

予想外の質問に、モニカは目を丸くした。

モニカは卒業後のことなんて、考えたことがない。

自分がこの学園にいるのは、フェリクスの護衛のため——つまり、フェリクスが今年卒業した時点で任務は終わり、モニカは七賢人〈沈黙の魔女〉としての生活に戻るのだ。

そのことを改めて実感したモニカは、ぎこちなく笑った。

「えっと、まだ、何も考えてない……かな」

「じゃあ卒業したら、わたしの仕事を手伝わない？」

「えっ」

モニカが驚きの声を上げると、ラナは髪をクルクルと指に巻きつけながら、唇を尖《とが》らせた。

「モニカは数字に強いでしょ。だから、経理の仕事を任せたいのよ。べ、別に、友達だから贔屓《ひいき》しようとか優遇しようとか言ってるわけじゃないのよ」

早口になるラナに、クローディアがボソリと言う。

「……でしょうね。セレンディア学園の生徒会役員経験者。しかも、第二王子が会長を務めた代の役員ともなれば、取引相手の貴族に対して、確実に信頼をもぎ取れる」

どうやらモニカが思っていた以上に、セレンディア学園生徒会の影響力は大きいらしい。

クローディアが言うには、宮廷勤めの官僚や大臣にも、セレンディア学園生徒会役員経験者が多いのだとか。

生徒会役員が憧憬《どうけい》の目で見られる理由にモニカが納得していると、ラナがボソリと呟《つぶや》いた。

「そうよ。セレンディア学園の生徒会役員って、それだけで引く手数多《あまた》なんだから。それに、モニカがいたら心強いし」

最後の言葉に、モニカの心臓が跳ねた。

ラナが頼ってくれた。モニカがいたら心強いと言ってくれた。必要としてくれた。

（……嬉《うれ》しい）

だが、喜びと同時に込み上げてくるのは、胸を刺す罪悪感。

モニカはあと半年で学園を去る。ラナと一緒に卒業式を迎えることすらないのだ。

「まだ一年以上先の話だから、ゆっくり考えて頂戴《ちょうだい》。ケルベック伯爵の了承がいるなら、わたしも説得を手伝うわ」

ラナはモニカが顔を強張《こわば》らせている理由を、ケルベック伯爵を気にしてのものだと思ったらしい。

モニカは曖昧《あいまい》に微笑みながら頷《うなず》いた。

ラナの提案を受けることはできないと、分かっている癖に。


ささやかな誕生日祝いの茶会を終え、モニカがラナ、クローディアと共にティーサロンを出ると、廊下の向こう側から怒声が聞こえた。シリルの声だ。

「えぇい、どこに行った！　速やかに出頭し、事情聴取に応じんかぁっ！」

シリルの姿は、目の良いモニカでも髪色しか判別できないぐらいに離れている。それなのに、すぐ近くにいると錯覚しそうな大声であった。

義兄の元気な怒声に、クローディアが一日分の気力を使い果たした人間の気怠《けだる》さで、ボソボソと呟く。

「あの人、自分の大声が学園名物になっていることに、いつ気づくのかしら……」

「名物は言い過ぎでしょ」

小声で窘《たしな》めるラナに、クローディアは虚《うつ》ろに笑う。

「そうね、名物じゃ好意的すぎるわね。……迷惑に訂正しておくわ」

大抵の場合、シリルの怒声は、彼が叱る対象となるグレンとセットである。だが、目に見える範囲にグレンの姿はない。

（何か、トラブルがあったのかな……？）

それなら、生徒会役員であるモニカも、手伝った方が良いのかもしれない。

「わたし、ちょっと行ってくる、ね」

モニカはラナとクローディアに断り、シリルの方に向かった。

怒りながら冷気を撒《ま》き散《ち》らしているシリルの横では、エリオットが迷惑そうな顔で制服の上から腕を擦《さす》っている。

エリオットは近づいてくるモニカに気付き、片手を挙げた。

「よぅ、仕事だ、子リス」

「な、何かあったんです、か？」

オドオドと訊《たず》ねるモニカに、エリオットは苦々しげな顔で頷く。

「高等科三年の編入生が、魔法戦クラブを相手に過激な魔法戦をしたんだ。魔法戦クラブの人間は全員、魔力欠乏症で医務室に運び込まれてる」

モニカは息を呑《の》んだ。高等科三年の編入生。過激な魔法戦。

思い浮かぶ名前は、一つしかない。

「その、編入生の、名前は……」

「ヒューバード・ディー。魔術師養成機関ミネルヴァからの編入生だ」

あぁっ、と声が出そうになるのをモニカはギリギリで堪《こら》えた。

（やっぱり、あの人は、何も変わってないんだ……！）

モニカがまだミネルヴァにいた頃も、ヒューバードは過激な魔法戦を繰り返し、何度も謹慎処分をくらっている。

青ざめているモニカに、シリルが怒気と冷気を撒き散らしながら呻《うめ》いた。

「ヒューバード・ディーは、魔法戦の敗者を執拗《しつよう》に攻撃したという。……極めて悪質な行為だ。許し難い」

「報告を受けた俺とシリルが現場に駆けつけた時にはもう、ヒューバード・ディーはその場を離れていてな。男子寮には戻っていないらしいから、まだ学園内にいる可能性が高い」

そこで、生徒会役員であるシリルとエリオットは、ヒューバードから聴取をするべく、探し回っているのだという。

「そういうことだから、手伝ってもらうぞ、子リス」

あぁ、やはり、そうなってしまった。

生徒会役員であるモニカに、断ることはできない。だがモニカは絶対に、ヒューバードと遭遇するわけにはいかないのだ。

「じゃ、じゃあ、わたしは、お二人とは別の方向を、探すので……」

「いや、ここは固まって行動した方がいい」

キッパリと言ったのはシリルだった。エリオットも、それに頷く。

「だな。くだんの編入生を見つけても、子リス一人じゃ何もできないだろ」

「……あうっ」

モニカは冷や汗をダラダラと流しながら、指をこねた。

どうしよう、この場をやりすごす良い方法が思いつかない。

こうなったらもう、ヒューバードが見つからないことを祈るか、或《あ》るいはヒューバードを見つけたらすぐに、どこかに隠れてやり過ごすしかないのだ。

(どうかどうか、あの人が見つかりませんように……!)

モニカはシリルとエリオットの後ろを歩きながら、こっそり左耳を触る。これは、イザベルをはじめ、ノートン家の使用人に助けを求める時の秘密の合図だ。

だが、今はイザベルが近くにいない。ノートン家の使用人が気づいてくれたかもしれないが、モニカのそばに生徒会役員がいると、使用人は干渉しづらいのだ。

(ここは、わたしが、自分で乗り切らなくちゃ……)

まずはティーサロンのあった二階をグルリと回り、それから三人は一階に向かった。

階段を一段降りる度に、モニカは己の前後をキョロキョロ見る。

階段を降りたところで、エリオットが呆《あき》れたような声をあげた。

「いつにも増して挙動不審だな、子リス?」

「えうっ、あ、えと、その……」

モニカが言葉を濁すと、エリオットはニヤリと口の端を持ち上げた。

「ははーん、さては編入生絡みだな?」

「……っ!?」

ヒューバードと知人であることが、バレた——そう焦るモニカに、エリオットは訳知り顔で言う。

「ロベルト・ヴィンケルに、毎日付き纏《まと》われてるんだろ？　チェスをしましょう、って」

（あ、そっち、そっちかぁ……良かった。バレてない……）

モニカがバクバクとうるさい心臓を押さえていると、シリルが険しい顔でモニカを見下ろす。

シリルがこういう顔をしている時は、大抵モニカが叱られる時だ。モニカは身構えたが、シリルの声は存外穏やかだった。

「ノートン会計。ロベルト・ヴィンケルが迷惑をかけているなら、すぐに私を呼べ。適切に対処しよう」

予想外の言葉にモニカがキョトンとしていると、エリオットが意地悪く笑いながらシリルを見る。

「随分と心配性なんだな、副会長殿」

「後輩が迷惑を被っているのなら、心配するのは当然だろう」

（心配、してくれたんだ……）

かつてのモニカにとって、先輩と言われて真っ先に思い浮かぶのが、ヒューバード・ディーだった。ヒューバードは自分勝手で残忍で、モニカが泣き喚《わめ》こうが、有無を言わさず魔法戦の会場に引きずっていくような人間だ。

だからこそ、こうして自分を心配してくれる先輩がいるという事実に、モニカの胸はムズムズする。

「あ、りがとうございます、シリル様」

モニカがペコリと頭を下げると、シリルは当然のことだとばかりにフンと鼻を鳴らす。そういうところがシリルらしくて、モニカは小さく微笑んだ。

──その顔が、一瞬で強張る。

「んーっ、んっ、んっ、んっ、んー」

廊下の角の向こう側、正面玄関の方から微《かす》かに鼻歌が聴こえる。忘れるはずもない。

鼻歌はどんどん近づいてきていた。もう、すぐそこにいるのだ。

(隠れる場所はっ！)

咄嗟《とっさ》に周囲を見回すが、隠れられるような場所がない。せめて教室だったら、机やカーテンがあるのに！

鼻歌と足音は、どんどん近づいてきている。もう時間がない。

モニカは丸い目をギョロつかせて、シリルとエリオットの背中を見た。どちらが大きいかは、数字に優れたモニカでなくとも一目で分かる。

モニカは咄嗟にエリオットの後ろに駆け込み、限界まで身を縮めた。

＊＊＊

不気味な鼻歌にシリルが顔をしかめていると、鼻歌の主が廊下の角を曲がって姿を見せた。

燃えるような赤毛を逆立てている、ヒョロリと痩《や》せた長身の男子生徒──シリルが探していた人物だ。

「ヒューバード・ディー！」

シリルが冷気を撒き散らしながら怒鳴ると、ヒューバードは鼻歌と足を止め、シリルを見下ろす。

ヒューバードは、制服をだらしなく着崩していた。シリルはもう、そこから注意をしたくて堪《たま》らない。

だが、まずは本題からだと己に言い聞かせ、慎重に口を開く。

「ヒューバード・ディー。貴様は先ほどの魔法戦で、魔法戦クラブ員に対して執拗な攻撃を行ったと聞いた。何かしらの言い分があるのなら、それも聞こう。まずは大人しく同行してもらおうか」

硬い口調でシリルが告げると、ヒューバードはシリルのことを、頭のてっぺんから足の先までジロジロと見た。不躾《ぶしつけ》な視線だ。

顔をしかめるシリルに、ヒューバードは首を傾《かし》げながら呟く。

「んー、んっ、んっ、んっ、んんー？　今、冷気を飛ばしたのは、お前かぁ？」

「む、寒い思いをさせたのなら、申し訳ない」

シリルは咄嗟に襟元のブローチを押さえて、謝った。

魔力過剰吸収体質で、余計な魔力を冷気にして放出しているシリルは、冬場の自分が非常に傍迷《はためい》惑な存在であることを密かに気にしている。

特に感情が昂《たかぶ》るほど、冷気の放出は強くなる傾向にあるのだ。

一度、心を落ち着かせ、冷静に話し合いをしようとシリルが努めていると、突然ヒューバードがシリルとの距離を詰めた。

ヒューバードは指輪を幾つも嵌《は》めた指で、シリルの襟元のリボンタイを引っ張る。冷静さは、一瞬で吹き飛んだ。

「何をする！」

「〈宝玉の魔術師〉エマニュエル・ダーウィン作。魔力を吸収、放出する魔導具……んん、残存魔力量に応じて微調整する術式も組み込まれている。保護術式も超一級。良～い仕事だ」

ブローチを観察していた目がギョロリと動き、シリルを見据える。

「お前、魔力過剰吸収体質だな？」

医師でもない人間から自分の体質を言い当てられるのは、あまり気分の良いものではなかった。ましてや魔力過剰吸収体質は、シリルのコンプレックスの一つなのだ。

顔をしかめるシリルに、ヒューバードはニヤニヤ笑う。悪辣《あくらつ》さを隠そうとしない笑みだ。

「魔力過剰吸収体質は、限界まで自分を追い詰める訓練をしないと発症しない。魔導具による補助がいるってぇことは、相当に症状が重いな？　どれだけ自分を追い込んだ？　んん？」

「その手を放せと言っている！」

シリルがリボンタイを掴《つか》む手を払うと、ヒューバードは細長い体を折り曲げるようにして、シリルの顔を覗《のぞ》き込む。

「いいねぇ、いいねぇ、魔力過剰吸収体質。なぁ、お前。俺と魔法戦しようぜぇ？」

シリルが何かを言い返すより早く、エリオットが口を挟んだ。

「生憎《あいにく》だが、俺達は魔法戦をしに来たんじゃない。そういうのは授業でやってくれ」

「んー？　んんん？」

ヒューバードはエリオットを――そして、その背中からはみ出した女子生徒のスカートの裾《すそ》を見ると、三白眼を俄《にわ》かに見開いた。

＊＊＊

（バレませんようにバレませんようにバレませんように）

エリオットの背中に隠れ、俯《うつむ》きながら震えていると、こちらに近づいてくる靴が見えた。シリルの靴じゃない——なら、あれはヒューバードの靴なのだ。

「んっ、んっ、んんー？」

鼻歌と共に近づいてきた靴は、エリオットの前で止まるかと思いきや、その横に回り込んでくる。

（見つかる！）

焦ったモニカは、エリオットの背中から飛び出した。どこかに隠れなくては。あぁ、カーテンが欲しい。カーテンに包《くる》まりたい——そんなモニカの目に映ったのは、シリルの上着だった。

もうこれしかない。モニカはシリルの後ろに回り込むと、燕尾服《えんびふく》に似た上着の裾を持ち上げ、その下に潜り込む。

シリルがギョッとしたように声をあげた。

「何をしている、ノートン会計⁉」

シリルが身を翻し、数歩動いた。モニカはシリルの上着に潜り込んだまま、バタバタとそれを追う。

しばし二人はグルグルとその場を回っていたが、やがてシリルが足を止めた。

上着を頭から被《かぶ》って、俯いているモニカは知らない。

シリルが、震えているモニカを心配そうに見下ろしていることも、己の後ろに誰かが回り込んだことも——その誰かの両腕が、モニカの胴体を掴み、シリルの上着の下から引きずりだした。

青ざめるモニカの耳元で、粘着質な声がする。

「んーっ、んっ、んっ、んんー……ノートン会計？」

「あ、うぁ……あ、あぁっ……」

背後から抱き上げられたモニカが振り向くと、ニタリと笑うヒューバードと目が合った。

その三白眼が、こう語っている。

——「見ぃつけた」と。

ヒューバードは背後から抱えていたモニカを肩に担ぎ、玄関から外に出た。

ご機嫌な鼻歌の代わりに聞こえるのは、魔術の詠唱。飛行魔術だ。

「止まれ！　ヒューバード・ディー！」

シリルが声をあげて、追いかけてくる。モニカは震える手をシリルに伸ばした。

だが、その手が届くことはない。飛行魔術が発動し、ヒューバードはモニカを抱えたまま、フワリと宙に浮かぶ。

（シリル様ぁ……っ！）

助けて、の一言を、モニカは口にすることができなかった。

＊＊＊

図書館棟を出たところにある渡り廊下で、リディル王国第三王子アルバート・フラウ・ロベリア・リディルは片足立ちをしていた。

「本当にこれで、飛行魔術ができるようになるのか、ダドリー先輩？」

「飛行魔術で一番大事なのはバランス感覚っす！　まずは片足だけで、渡り廊下を真《ま》っ直《す》ぐ渡ってみて欲しいっす」

半信半疑のアルバートに、グレンは自信満々に言う。

アルバートの横では、飛行魔術を覚える予定のないパトリックが、楽しそうに片足でピョンピョン飛び跳ねていた。

「アルバート様～、競走しましょう～」

「むむっ、望むところだ！　とうっ！」

二人の少年は渡り廊下をピョコンピョコンと跳ねて進む……が、アルバートはほんの数歩進んだところで、バランスを崩して尻餅《しりもち》をついた。

少し先を進んでいたパトリックが、片足立ちのままアルバートを振り返る。

「アルバート様ぁ～、大丈夫ですかぁ～？」

「くそぅ、こらパトリック！　主人より早く先に進むやつがあるか！」

アルバートがギャンギャン叫ぶと、パトリックは「あれぇ？」と首を傾け、空を見上げた。珍しい鳥でも見つけたのだろうか。

アルバートは目尻を吊《つ》り上《あ》げ、怒鳴る。

「主人の話の最中に余所見《よそみ》とは、良い度胸だな、パトリック！」

「あの人も、飛行魔術してるんですよ～、ほら～」

そう言ってパトリックが指さした先には、確かに空を飛んでいる人影が見える。

制服を着崩した、赤毛の男子生徒だ。その肩に担がれている、薄茶の髪の小柄な女子生徒に、アルバートは見覚えがあった。

「あれは……ノートン嬢？」

モニカは手足をバタつかせて、必死に抵抗しているようだった。男子生徒はそんなモニカの抵抗に構わず、渡り廊下の上空を横切り、学園敷地内にある森の方へ飛んでいく。

その光景に、グレンが眉《まゆ》を吊り上げた。いつも朗らかな顔に、強い怒りが滲《にじ》む。

「あいつ……っ！」

グレンは早口で飛行魔術の詠唱をし、モニカ達を追いかけるように飛翔《ひしょう》した。

＊　＊　＊

セレンディア学園生徒会長フェリクス・アーク・リディルは、生徒会室で書類仕事を進める合間に、個人的に依頼した調査の報告書に目を通した。

報告書の中身は、セレンディア学園における、左手を負傷した女性の調査だ。

〈〈沈黙の魔女〉は……レディ・エヴァレットは、セレンディア学園にいる〉

いくら第二王子といえども、呪竜騒動時の全校生徒の行動を調べることは難しい。調査には、まだまだ時間がかかるだろう。

それがもどかしくもあったが、憧《あこが》れの人に着実に近づいているのだと思うと、ジワジワと胸の奥から喜びがこみ上げてくる。

あぁ、はやく〈沈黙の魔女〉の素顔が知りたい。声が聞きたい。

〈彼女に会ったら、何から話そう。新年の魔術奉納で披露した冬精霊の氷鐘《オルテリア・チャイム》、あの氷の強度の調整や個別に動かすためにどんな魔術式を使ったのか聞かせてほしい。呪竜と対峙《たいじ》した時に披露した、対呪い用の防御結界も素晴らしかった。咄嗟にあんな術を作るなんて、彼女は本物の天才だ。あの結界の属性基礎構造についても……〉

ほうっ、と切ない吐息を零《こぼ》し、進展のない報告書をめくっていると、生徒会室の扉が勢いよく開いた。

早足で室内に入ってきたのは、生徒会書記エリオット・ハワードだ。

「やぁ、エリオット、どうしたんだい？」

フェリクスが穏やかに訊《たず》ねると、エリオットは焦茶の髪をグシャリとかき乱し、低い声で告げる。

「……非常事態だ」

不穏なその単語を聞いても、フェリクスはさして動揺しなかった。

なにせ、もうすぐ憧れの〈沈黙の魔女〉に会えるのだ。その喜びの前では、大抵の困難は些事《さじ》である。

余裕たっぷりのフェリクスに、エリオットは焦りと皮肉に歪《ゆが》んだ顔で告げる。

「子リスが、編入生に拉致《らち》された」

フェリクスは碧《あお》い目を見開き、硬直した。

＊　＊　＊

モニカを担いだヒューバード・ディーは、実践魔術の授業などで使われている森に着地すると、モニカを肩から下ろした。

ただし、解放はしてくれない。彼はモニカの背後から手を伸ばし、左手をモニカの顎《あご》に添え、右手でモニカの頬をムニムニと潰《つぶ》す。

「よぉ～う、久しぶりだな、エヴァレットぉ～？」

モニカの喉《のど》は、ヒィッ、ヒィッと震えた。

ヒューバードは、ミネルヴァ時代のモニカが研究室に引きこもるようになった原因の一つだ。

なにせ、目が合っただけで、こうして無理矢理魔法戦の訓練場に連行されるのである。

（怖い怖い怖い怖い怖い怖い）

あぁ、それでも言わなくては。自分は極秘任務中だから、邪魔をしないでほしい、と。

モニカはありったけの勇気をかき集めて、声を絞り出した。

「い、今のわたしは、モニカ・ノートン、です。大事な任務で、正体、隠してて……お、お願い、です。エヴァレットって、呼ばないで、ください」

ヒューバードは何かを考え込むように、黙り込んだ。その間も、モニカの顎を掴む手の力は緩まない。

やがて、ヒューバードはモニカの頭上で思案するように呟《つぶや》く。

「んっんっんー……お前が任務でセレンディア学園にいることを叔父貴が知っていたら、任務の邪魔をしないよう、俺に言うはず……」

彼が叔父貴と呼ぶのは、モニカと同じ七賢人、〈砲弾の魔術師〉ブラッドフォード・ファイアストンのことである。あまり似ていないが、ヒューバードはブラッドフォードの甥《おい》なのだ。

「叔父貴が知らないってぇことは、七賢人の中でもごく一部しか知らない、政治的案件……そう言えば、お誂《あつら》え向《む》きにここには第二王子と第三王子がいたなぁーあ？　……んんっ、てこたぁ、任務ってぇのは、そのどちらかの護衛か、調査ってぇところか？」

ヒューバードは粗野に見えて、非常に頭のキレる男だ。一を聞いて一〇を理解する頭の回転の速さは、モニカがミネルヴァにいた頃から変わらないらしい。

「お願い、です、わたしのことは、誰にも、言わないで……」

「あぁ、いいぜぇ。お前が〈沈黙の魔女〉だってことは、他の奴《やつ》には黙っててやるよ」

モニカは絶望の中、一筋の希望を見出《みいだ》した。

あぁ、話の通じなかったこの先輩も、歳月を経て、少しは丸くなったのだ、と。

頭上でヒューバードが舌舐《したな》めずりをしているとも知らずに。

「ただし、取引をするなら、俺にも利益があって然《しか》るべきだろぉ？」

「……え」

モニカの顎を掴《つか》む指に力がこもった。

嫌な予感に硬直するモニカの足元を、冷たい北風が通り抜ける——否、違う。この冷気は北風ではない。

「私の後輩を解放しろ」

いつもは遠くまでよく響く声が、今は怒気を滲ませて、低く重く響く。

北風より冷たい冷気を撒《ま》き散《ち》らし、ザクザクと霜を踏み締め、こちらに向かってくるのはシリルだ。

青い目をギラつかせているシリルに、ヒューバードが愉快そうに鼻歌を歌う。

「んーっ、んっ、んっ、ん……嫌だって言ったら？」

シリルが短縮詠唱をし、右手を一振りした。

キィンと澄んだ音が響き、霜の浮いた地面から、氷の鎖が勢いよく伸びる。

氷の鎖は、ヒューバードの左右の手首を繋《つな》ぐ形で拘束した。それと同時に、頭上で誰かがモニカの名を呼ぶ。

「モニカ！　こっち！」

頭上から伸びた腕が、モニカを小脇に抱えて持ち上げる。飛行魔術で浮いているグレンだ。

グレンはモニカを抱えてヒューバードから離れ、シリルの背後に着地する。

ヒューバードは己の両手を拘束する氷の鎖を眺めて、楽しそうにニタニタと笑っていた。

こんな状況でも笑っていられる不気味さに、シリルとグレンが険しい顔をする。

その時、モニカ達の背後で足音がした。

「編入生、ヒューバード・ディー」

決して大声ではないのに、よく響く声は、いつもより冷ややかだった。

モニカは震えながら振り向く。こちらに向かってくるのは、生徒会長フェリクス・アーク・リディルと、書記のエリオット・ハワードだ。

フェリクスは足を止めると、その美しい顔に冷笑を浮かべて、ヒューバードを見据えた。

「我が生徒会の役員を拉致とは、穏やかではないね。弁明があるなら聞かせてもらおう」

ヒューバードは唇に浮かぶ笑みをより一層濃くし、己の両手に絡みつく氷の鎖をジャラリと鳴らす。

「生徒がこんな目に遭ってるのに、生徒会長が見逃していいのか？」

「君はおかしなことを言うんだね。これは純然たる制圧行為だろう？」

「拉致だなんて、言いがかりだなぁ。昔の顔見知りと、楽しくお喋《しゃべ》りしてただけだぜぇ？　……なぁ、モニカぁ？」

モニカの喉が引きつった。

もし、モニカがヒューバードに拉致された、脅された、と証言すれば、きっとフェリクスは相応の措置をとってくれる。

だが、ヒューバードは報復として、モニカの正体を明かすだろう。ここにいるのは、七賢人が一人〈沈黙の魔女〉モニカ・エヴァレットなのだと。

迂闊《うかつ》な発言ができず、モニカが無言で立ち尽くしていると、ヒューバードが短縮詠唱を口にした。

炎の矢を生み出す魔術だ。

セレンディア学園 3年
ヒューバード・ディー

炎の矢が氷の鎖を破壊する。煌《きら》めく氷の破片を撒き散らしながら、ヒューバードは両手を大きく広げてみせた。

「じゃあ、お前らの流儀に則《のっと》ってやんよぉ。由緒正しい決闘をしようぜぇ？　魔法戦の決闘だ」

ヒューバードは、指輪を嵌《は》めた指で、シリルとグレンを順番に指さす。

「お前らは何人でかかってきてもいい。俺をぶっ倒したら、モニカにちょっかいを出すのはやめる。俺が全員返り討ちにしたら、モニカは俺がもらう。生徒会も辞めさせる」

モニカは涙目で震えながら、それでもか細い声で必死に主張した。

「や、やです、わたし、生徒会、辞めたくない……」

「文句ねぇよなぁ、モニカぁ？　んんっ？　……お前は断れないよなーあぁ？」

モニカは知っている。この厄介な先輩は、ただ楽しく魔法戦がしたいだけなのだ。そして、そのためなら、なんだってする。

それこそ、相手を焚《た》きつけるためなら、煽《あお》りだろうが脅しだろうが、手段を選ばない。

今、ヒューバードはモニカを脅すことで、シリルとグレンを煽っている。

正体という弱みを握られているモニカには、それを止める手立てがない。

「上等っす！」

真っ先に口火を切ったのは、グレンだった。

「あんたは、オレがぶっ倒す！」

間をおかずに、シリルも口を開く。

「殿下、決闘の許可を」

「いいだろう」

生徒会役員の中で、魔法戦ができる者は一人しかいない。フェリクスはシリルに目を向け、過去最高に冷ややかな声で告げた。

「生徒会副会長シリル・アシュリー、命令だ。この決闘に勝利しろ。……大事な会計を失うわけにはいかないからね」

「仰せのままに」

この瞬間、モニカ・ノートンを賭《か》けた決闘が成立したのだ。

（ど、どうして、こんなことに……）

もはや数字の世界に現実逃避することもできず、自問自答を繰り返すモニカの背後で、エリオットが心底くだらなそうに呟く。

「景品が子リス……。世界一虚《むな》しい決闘だな」

人権が欲しい、とモニカは切実に思った。

七章　決闘と狩り

「チミ達ね。簡単に魔法戦魔法戦って言うけど、魔法戦の結界って、準備も整備もすごく大変なのよ？　しかも、この魔力量のメンバーで魔法戦とか、結界を頑丈にしないと危なくて仕方ないでしょ？　えっ、観戦もできるようにしてほしい？　ちょっとちょっと、それ、どれだけ手間がかかると思ってるの？　……助っ人《すけと》呼ぶけど、三日はかかるよ。あんまり年寄りこき使うのやめてね？」

というウィリアム・マクレガン教諭の言葉により、モニカ・ノートンを賭けた魔法戦の決闘は、決闘宣言から三日後の放課後に行われることになった。

この三日間、モニカは底辺まで落ち込み、食事もろくに喉を通らないほど疲弊していた。

かつての学友バーニーからヒューバードのことを知らされていたにもかかわらず、ヒューバードに見つかってしまった。挙句、どういうわけかモニカの身柄を賭けた決闘をする流れになる始末。

しかも、シリル達が敗北した場合、モニカは生徒会を辞めてヒューバードのものになるのだという。

この場合、モニカがどんな運命を辿《たど》るかは目に見えている。ヒューバードの気が済むまで、延々と魔法戦に付き合わされるのだ。

あぁ、どうして、こんなことに。自分がもっと上手《うま》くやれていたら……でも、あの状況でどうすれば良かったのだろう。

メソメソと泣き言を漏らせども、相槌《あいづち》を打ってくれる相棒のネロは冬眠中。最近は忙しいのか、リンも屋根裏部屋を訪れる様子がない。

なにより今回の件で、イザベルが己の力不足を責め、

『わたくしは、協力者失格ですわ……悪役令嬢失格ですわ……』

と酷《ひど》く落ち込んでいるのが、モニカには申し訳なかった。


決闘当日の昼休みも、モニカはげっそりと机に突っ伏していた。もう、食堂に行く気力すらない。

シリルに迷惑をかけてしまった、グレンまで巻き込んでしまった、このままだと任務にも支障が出る、どうして自分はいつもこうなのか……そうやって自分を責めて落ち込んでいると、頭上でボソボソ呟く声が聞こえた。

「黒ずんで廃棄される寸前の、魚の干物って感じね」

「クローディア様……」

モニカがノロノロと顔を上げると、クローディアはモニカの首根っこをムンズと掴み、椅子から立たせた。

フラフラと立ち上がったモニカの体を、ラナが横から支える。クローディアも反対側からモニカを支え、二人がかりでモニカを引きずるようにして、教室を出た。

二人が向かっているのは、ちょうど食堂とは真逆の方向だ。故に、廊下に人の姿は殆《ほとん》どない。

「ラナ？　クローディア様？　どこに……」

「例の決闘、今日の放課後なんでしょう。決闘の景品が干物なんて笑い話だわ」

「景品……干物……」

「水分補給ぐらいすることね」

クローディアは空き教室の前で足を止めると、扉を開けてモニカをポイと中に放り込んだ。

ふらふらと教室に足を踏み入れたモニカは、落《お》ち窪《くぼ》んでいた目を丸くする。

「モニカ、待ってたっすよ！」

ブンブンと元気良く手を振っているのはグレンだ。隣にはニールもいる。

彼らは空き教室の床に絨毯《じゆうたん》を敷き、そこに軽食や飲み物をズラリと並べていた。まるでピクニックでもしているかのようだ。

モニカがポカンと立ち尽くしていると、グレンが「こっち、こっち！」とモニカを急《せ》かす。

モニカはラナに背中を押されて、ペタリと絨毯に座り込んだ。

「あの、これ、は……？」

「ふっふっふ、オレ特製、さぼりセットっす！」

グレンはなにやら得意げな顔で、端の方に寄せていた鞄《かばん》から、干し果物やらカードゲームやらを取り出した。

まさか午後の授業をさぼって、この教室に居座る気では、と青ざめるモニカに、優等生のニールがおっとりと言う。

「毛布とクッションも用意してきたので、お昼寝もできますよ。ノートン嬢、ほとんど寝てないみたいですし、放課後まで仮眠を取った方が良いですよ」

「でも、わ、わたし……」

モゴモゴと口ごもるモニカに、ラナが温かい茶を注《つ》いだカップを押しつける。

「あーあ、わたし、なんだか今日はすっごく授業をさぼりたい気分！」

「ラナ、えっと……」

「モニカも付き合いなさいよ。良いわよね？」

ボロリ、と大きな涙の滴が零《こぼ》れ落《お》ち、モニカのカップに波紋を作る。

一度涙が零れると、もう止まらない。モニカはカップを両手で握りしめたまま、洟《はな》をすすり、みっともなく泣きじゃくった。

「ごめ、なさ、わたしの、せいで……迷惑かけてる、のにぃ……っ」

モニカがゴシゴシと目元を擦《こす》ると、ラナとグレンが拳《こぶし》を握りしめて、いきり立った。

「馬鹿ね！　どう考えても迷惑かけてるのは、モニカじゃなくて、突然決闘とか言い出した先輩の方でしょう！」

「そうっすよ！　モニカが気にすることなんて、全然ないっす！」

モニカはずずっと洟をすすり、グレンに頭を下げた。

「グレンさん、ごめん、なさい。わたしのせいで、決闘することに、なっちゃって……」

「モニカが気にすることないっす！　元々、あいつには魔法戦を挑むつもりだったし！」

ニカッと太陽のように笑うグレンの横で、クローディアが月のように静かな薄ら笑いを浮かべた。

「景品はふてぶてしく『やめて、私のために争わないで』ぐらい言っておけば良いのよ」

「どう考えても『私のために』じゃなくて、『私のせいで』争いになってますぅぅぅ」

再び泣き崩れるモニカに、ニールが慌てて口を挟む。

「ク、クローディア嬢っ、逆効果！　逆効果ですっ！　あの、ノートン嬢、これはクローディア嬢なりの慰め方というかですね、えっと、今日のこの会を企画したのもクローディア嬢で……」

「まぁ、流石《さすが》ニールね。私のことを分かってくれるのは、ニールだけだわ」

こんな時でもクローディアは、いつものクローディアであった。

ラナが呆《あき》れたようにクローディアを横目に睨《にら》み、薄切りのパンをモニカに手渡す。パンには茹《ゆ》でてほぐした肉と野菜が挟んである。

すかさずグレンが口を挟んだ。

「それ、オレが作ったんっすよ！」

いつもは厚切りの塊肉を好むグレンだが、用意されている料理はどれも、食べやすいように細かく刻んだり、茹でてほぐしたりと配慮されていた。

モニカは礼を言って、パンを小さく齧《かじ》る。そう言えば、あの決闘宣言の日から、まともな食事をしていなかった。

パンに挟んだ具材は、野菜を煮詰めて作ったソースで和《あ》えてある。ポッテリとした食感のソースは、野菜の甘みを活《い》かした優しい味だった。

「すごく、おいしいです。……えへ」

忘れていた空腹感を思い出し、ハミハミとパンを咀嚼《そしゃく》していると、突然勢いよく教室の扉が開いた。

「クローディアっ！　どういうことだこれはっ⁉」

「食べ物まで持ち込んだのかい？　賑《にぎ》やかだね」

眉《まゆ》を吊《つ》り上《あ》げて怒鳴り散らしているのはシリル、その横で苦笑しているのはフェリクスだ。

クローディアは紅茶のカップを優雅に傾け、その一口をたっぷりと時間をかけて味わってから、あたかもたった今、義兄に気づいたような態度でシリルを見た。

「あら、ご機嫌ようお兄様」

「空き教室で茶会をするとは何事だ！　ティーサロンを申請しろっ！」

「それじゃあ、さぼりにならないでしょ……」

「殿下の御前で、堂々とさぼり宣言をするんじゃない！」

シリルの怒声に、クローディアは笑ってもいないのに、笑みを隠すかのような仕草で口元に扇子を当てた。

「あら、こっそりやるなら見逃すってことかしら？」

「……うぐっ」

シリルが黙りこむと、グレンがすかさず前に進み出た。

肉屋の息子は、リエットをたっぷり塗ったパンを差し出し、裏取引を持ちかける売人の顔で囁《ささや》く。

「会長、副会長……これ、口止め料っす」

「いらん！」

怒鳴るシリルの横からフェリクスが手を伸ばし、パンを一切れ口に運んだ。

シリルがギョッと目を剥《む》き叫ぶ。

「殿下っ⁉　お、お待ちくださいっ、私が毒味を……っ」

「必要ないよ」

フェリクスは最後の一口を飲み込み、悪戯《いたずら》っぽく笑った。

「さて、口止め料を受け取ってしまったなら、黙っているしかないね」

「……殿下が、そう仰《おつしや》るのなら」

シリルがすごすごと引き下がると、フェリクスは「そうそう」と思い出したように付け加える。

「今日の放課後の決闘だけど、高等科一年のロベルト・ヴィンケル君が、参加表明をしたよ」

「え」

モニカとチェスをするためだけに編入してきた、何故《なぜ》か真冬でも元気に袖捲《そでまく》りをしている男、ロベルト・ヴィンケルは、くだんの決闘の噂《うわさ》を耳にし、わざわざ生徒会室に参加表明にやってきたらしい。

「わ、わたし、また、人を巻き込んで……」

狼狽《うろた》えるモニカに、フェリクスが言う。

「気にする必要はないよ。彼は、君をチェスクラブに勧誘するつもりなんだ」

モニカを安心させる穏やかな声とは裏腹に、「勿論《もちろん》却下するけれど」と付け足された声は、冷ややかだった。

フェリクスが言うには、ロベルトは「この決闘に勝利した者が、モニカ嬢とチェスをする権利を得られるのですね」と生徒会室で言いきったらしい。

清々《すがすが》しいほどのチェス馬鹿ぶりは、相変わらずである。

（いつも通りだぁ……うん、いつも通り……）

この「いつも通り」の裏には、この場にいる全員の優しさと気遣いがあることに、モニカは気づいていた。

だって、誰もモニカに訊《き》かないのだ。ヒューバードとの間に、何があったのかを──それこそ察しの良い者なら、モニカとヒューバードが顔見知りであることに気づいているだろうに。

(いっぱい迷惑かけたのに、みんな、いつも通りでいてくれる)

モニカは周囲の人間が、一瞬で手のひらを返す瞬間を知っている。

父が役人に連行された時、優しかった近所の人達は一斉に父に向かって石を投げた。

モニカが無詠唱魔術を覚えた時、同級生も教師も態度を変え、バーニーはモニカから離れていった。

だからこそ、いつもと変わらぬ態度のラナ達が、モニカには涙が出るほど嬉《うれ》しい。

(ちゃんと、自分の気持ち、言わなきゃ)

モニカは拳をキュッと握りしめ、口を開く。

「みんな……ありがとう、ございますっ」

ラナとグレンは、気にするなと言わんばかりの顔で笑っていた。クローディアはどうでも良さそうな顔をしていて、ニールが苦笑する。

モニカは穏やかに微笑《ほほえ》んでいるフェリクスと、気難しい顔をしているシリルに頭を下げた。

「こっ、こっ、この度は、大変、ご迷惑を、おかけしましたっ。でも、わたし……生徒会、辞めたくない、です」

「私としても、大事な生徒会役員を手放すつもりはないよ。……そうだろう、シリル？」

シリルは「勿論です」と頷《うなず》き、いつもの彼らしい高慢さで、腕組みをしてモニカに言い放つ。

「辞めたいと言っても、辞められるとは思わぬことだな。私が卒業するまで、徹底的にしごいてやるから、覚悟するがいい」

その、なんともシリルらしい物言いに、モニカは眉を下げてへにゃりと笑った。

「いつものシリル様だぁ」

「どういう意味だ貴様」

シリルは渋面になったが、それすらも今のモニカには嬉しかった。

＊＊＊

魔法戦の決闘はセレンディア学園の敷地内にある森一帯に、魔法戦専用の結界を張って行われる。

その決闘の様子は、決闘の観戦者達がいる生徒会室に設置した白幕に映し出される仕組みになっていた。

白幕の前に並べた長椅子に座っているのは、魔法戦に参加するシリルを除いた生徒会役員。

それと、生徒会役員以外で、モニカの隣にはラナが、ニールの隣にはお馴染《なじ》みクローディアが、ニールにしなだれかかるように座っていた。

本来は生徒会役員だけが立ち会うものだが、憔悴《しょうすい》したモニカに配慮し、フェリクスが特別に観戦を許可してくれたのだ。

更に少し離れた長椅子には、こちらも生徒会役員ではない者が三人座っている。

エリオットが垂れ目を細めて、フェリクスに小声で訊《たず》ねた。

「なぁ、ノートン嬢の友人は分かるんだが、向こうの三人は……」

「どこからか、決闘の話を聞きつけてきたらしいね」

長椅子にどっかりと腰掛け、腕組みをしているのは、フェリクスの異母弟。この国の第三王子アルバートである。その隣には、従者のパトリックも控えていた。

「僕はダドリー先輩の友人だからな！　そう、友人！　友人なら、応援に来るのは当然だ。そうだろう！　パトリック！」

「アルバート様、大きい声出すと迷惑ですよ～」

賑やかなアルバートとパトリックの横で、扇子を口元に当ててソワソワしているのは、レーンブルグ公爵令嬢。エリアーヌ・ハイアットである。

「わたくしは、冬休みにグレン様にお世話になりましたから。応援をしてさしあげるのが、礼儀というものでしょう。ええ、それ以外に理由なんてありませんのよ」

本来この場に招かれていないアルバートとエリアーヌは、元気に言い訳を並べ立てている。

一方、この決闘の景品であるモニカはというと、既に心身ともに限界を迎えようとしていた。

その表情たるや、男達の決闘を見守るヒロインではなく、死刑宣告を受けた囚人か、臨終寸前の病人に近い。

ラナ達の配慮で午後の授業をさぼり、仮眠をとっていなかったら、モニカはここまで歩いてくることもできなかっただろう。

モニカが不安に痛む胃を押さえていると、室内に基礎魔術学の教師、ウィリアム・マクレガンが入ってきた。杖《つえ》をついた小柄な老人のマクレガンは、白幕の前に投影用魔導具の水晶を設置する。

あれ？　とモニカは小さな疑問を覚えた。

魔法戦の結界は、維持するのに魔術師が最低でも二人は必要になる。だが、この場に現れたのはマクレガン一人だ。他の術者は、森の方にいるのだろうか？

（そういえば、マクレガン先生は、このために助っ人を呼ぶって言ってたけど……誰を呼んだんだろう？）

「ヨイショっと……それじゃ、チミ達、始めるよ」

マクレガンが詠唱をすると水晶玉が淡く輝き、学園の森が映し出された。

灰色の雲に覆われた冬空の下、魔法戦開始の合図を待っているのは、三人の男子生徒。

氷の貴公子と呼ばれ、学園屈指の実力者である生徒会副会長シリル・アシュリー。

学園祭で英雄ラルフを演じ、一躍有名人となった、七賢人の弟子グレン・ダドリー。

そして、ランドール王国からの留学生ロベルト・ヴィンケル。

この三人のいずれかが、ヒューバードを倒すことができれば、モニカはヒューバードから解放されるのだ。

魔法戦の結界が発動すると、基本的に物理攻撃は無効化され、魔力でしかダメージを与えられなくなる。

結界内では、攻撃を受けても肉体が傷つくことはないが、痛みは感じるし、受けたダメージの分だけ魔力が減る。そして、魔力が一定量まで減った者は敗北というわけだ。

肉体を保護する魔術式が組み込まれているので、怪我《けが》をすることはないだろうが、シリル達が痛い思いをするかもしれない――そう思うだけで、モニカは恐ろしくて仕方なかった。

「ねぇ、モニカ。そもそも、あのディー先輩っていう人、そんなに強いの？　三対一になるわけだけど」

ラナの言葉にモニカは言葉を詰まらせる。

ヒューバードについて、どこまで話して良いものだろうか。下手に話しすぎると、モニカがミネルヴァにいたことがバレてしまう。

「えっと、よく分からない、かな……」

モニカがもごもごと口ごもりながら言うと、クローディアが陰鬱《いんうつ》な顔で呟《つぶや》いた。

「〈砲弾の魔術師〉の甥《おい》なんだから、武闘派なのは間違いないでしょうね……」

ヒューバードの叔父にあたる〈砲弾の魔術師〉ブラッドフォード・ファイアストンは、七賢人の中でも屈指の火力を誇る武闘派魔術師である。彼の攻撃魔術をまともに防げるのは、同じ七賢人の〈結界の魔術師〉ルイス・ミラーぐらいだろう。

だが、ヒューバードの戦闘スタイルは、一発に威力を込める〈砲弾の魔術師〉とは真逆で、どちらかと言うと手数を重視したものである。

〈単純に魔力量だけを見れば、シリル様や、グレンさんの方がずっと上だけど……〉

ヒューバードに敗北した魔法戦クラブ員達は皆、魔力欠乏症で寝込んでおり、魔法戦の詳細の聞き取りができていない。だからこそ、余計にモニカは不安で仕方がなかった。

――ヒューバード・ディーが本当に得意なのは、魔術ではなく狩りなのだ。

＊　＊　＊

魔法戦の会場となる森の中、グレン、シリル、ロベルトの三人は開始の鐘が鳴るまで、森の入り口付近で待機していた。

ヒューバードは先に森の奥まで移動している。魔法戦は基本的に、対戦相手と距離を空けた状態で始めるのだ。そうでないと、先に詠唱を終えた方が勝つ、早口詠唱対決になってしまう。

グレンは軽く屈伸をして準備体操をする。

呪竜騒動で呪いを受けたグレンは、しばらく全身の激痛に悩まされていたが、最近はだいぶ痛みも薄くなっていた。まだ少し痺《しび》れが残っているけれど、物騒な師匠との修行直後に比べれば、だいぶマシだ。

一通り体の具合を確かめたグレンは、先ほどから疑問に思っていたことを口にする。

「魔法戦の結界の中って、物理攻撃はできないんすよね？」

「何を今更。まさかそんなことも知らなかったのか？」

辛辣《しんらつ》なシリルに、グレンは慌てて言葉を返した。

「勿論知ってるっすよ！　そうじゃなくて、そっちの人！」

そう言ってグレンが指さしたのは、革のグローブをして、指を曲げたり伸ばしたりしているロベルトである。彼は腰に剣を下げていた。

「魔法戦では、物理攻撃は無効化されるから、剣は役に立たないんすよ？」

「承知しています。問題ありません」

グレンはロベルトのことを、チェス大会で少し見かけただけで、それ以上のことをあまり知らない。

ただ、ランドール王国からの留学生で、モニカと選択授業が一緒なのだということだけは聞いていた。

ロベルトはグレンより年下らしいが、背丈はグレンとさほど変わらない。何より体の厚みが違う。あれは日頃から鍛えている者の体だ。

グレンが密《ひそ》かに感心していると、シリルがロベルトを一瞥《いちべつ》して、ボソリと呟いた。

「……魔法剣か」

「はい、その通りです」

ロベルトは頷き、詠唱しながら腰の剣を抜く。すると、剣の表面を魔力でできた水が覆った。

魔法剣という技術については、グレンも少しだけ耳にしたことがある。

主に隣国のランドール王国騎士団で使われている技術だ。リディル王国でも使い手がいないわけではないが、魔術と剣の両方の技術が必要になるので、一流の使い手はそう多くない。

グレンがロベルトの魔法剣を物珍しげに見ていると、ロベルトは魔法剣を解除し、剣を鞘《さや》に戻しながら言った。

「初めに宣言しておきます。自分はモニカ嬢にチェスクラブに来ていただくため、この決闘に参戦しました。ですので、ヒューバード・ディー先輩を仕留める役目は、お二人には譲れません」

この宣言にシリルが細い眉《まゆ》をヒクリと動かし、ロベルトを睨《にら》みつける。

「聞き捨てならんな。ノートン会計は生徒会の人間だ。よそのクラブに譲るのは、殿下の意向に反する」

「この決闘はモニカ嬢の身柄を賭《か》けたもののはずです。ならば、何も問題はありません」

「勝手にルールをねじ曲げるな！」

シリルは心底不快そうに、眉間《みけん》に深い皺《しわ》を刻む。彼の周囲には、既にひんやりと冷気が漂い始めていた。

「ヒューバード・ディーを討つのは、殿下から与えられた私の役目だ。貴様らは指をくわえて見ているがいい」

「ちょーっと待った！　あの先輩をぶっ飛ばすのは、オレに譲ってほしいっす！　あの人は……絶対にオレが倒さなきゃいけないんだ！」

グレンがいつもより強い口調で主張すると、今度はロベルトが頑固に言い張る。

「いいえ、あの人を討つのは自分です」

「私だ！」

「オレっす！」

三人はしばし睨み合っていたが、誰一人として引く気配はない。

となれば結論は一つだけ——この魔法戦は誰がヒューバード・ディーを討つか、早い者勝ちの勝負になる。

かくして、三人の挑戦者達がこれっぽっちも協力する気配を見せぬまま、魔法戦が始まろうとしていた。

「ところで、試合前にこれだけは訊《き》いておきたいんすけど」

「奇遇だな、私もだ」

そう言ってグレンとシリルは、ロベルトを——具体的には、彼の剥《む》き出《だ》しになった腕を見る。

「なんで、袖捲《そでまく》ってるんすか?」

「今は冬だぞ。寒くないのか」

訝《いぶか》しげな二人に、ロベルトは腕に力を込め、筋肉を隆起させて言う。

「男性的魅力のアピールです」

二人は聞かなかったことにした。

＊＊＊

魔法戦の会場である森の中、ヒューバード・ディーは鼻歌を歌いながら木々の合間を歩いていた。

既に、狩りの仕込みは終えている。あとは獲物達が、のこのことやってくるのを待つのみだ。

彼の叔父である〈砲弾の魔術師〉は、一撃の威力をどこまで高めることができるか、という点に美学を見出《みいだ》しているが、ヒューバードの考えは違う。

重要なのは、いかに楽しく獲物を狩るか、だ。

「んっんっん〜……さぁて、あいつらは、どれだけ俺を楽しませてくれるかねぇ」

ヒューバードは適当な木にもたれ、目を閉じる。

彼にとって魔法戦は決闘ではなく、狩りだ。だから、対戦相手は強ければ強いほどいい。なんなら、自分より圧倒的な強者であってほしい。

獲物が強ければ強いほど、それを狩る喜びも大きくなるからだ。

（精度の高い術を使う、魔力過剰吸収体質。魔力量が馬鹿多い、飛行魔術使い。あと一人は剣を下げていたから、おそらく魔法剣使い……さぁて、どいつから仕留めるか）

舌舐《したな》めずりをしたその時、遠くで鐘の音が聞こえた。魔法戦開始の合図だ。

合図と同時にヒューバードは感知術式を起動する。

すると、誰か一人が凄《すさ》まじい速さで移動しているのが感知できた。移動速度からして、飛行魔術だ。

ヒューバードは木の幹から背を離すと、細い首をコキコキと鳴らした。

「まずは一匹……見せしめにするかぁ」

＊　＊　＊

魔法戦開始の鐘が鳴ると同時に、グレンは飛行魔術を起動し、木々よりも高いところまで飛んだ。

グレンは感知や索敵の魔術を使えない。使えるのは飛行魔術と火炎魔術の二つだけだ。だから、ヒューバードを肉眼で探すしかなかったのだ。

幸い、冬の森は木々の葉が落ちているので、ヒューバードの姿はすぐに見つかった。

かつてあの男に魔法戦を挑まれた時、グレンは惨めに泣き叫びながら逃げることしかできなかった。そうして、追い詰められて魔力を暴走させてしまった。

（もう、あの頃のオレじゃないっ！）

グレンは飛行魔術を維持したまま、詠唱をする。

そうして大人二人が両手で輪を作ったぐらいの大きな火炎球を作りだすと、眼下のヒューバードめがけて放った。

「いっけぇぇぇ――っ！」

結界に守られている森は、火炎魔術を受けても延焼することはない。だからこそ、グレンは全力で攻撃をすることができる。

火炎球の着弾と同時に、ゴゥンと轟音《ごうおん》が響き、大きな煙が上がった。

（油断はするな）

グレンは飛行魔術を維持したまま、すぐに次の詠唱を始めた。

相手の息の根を止めるまで、攻撃の手を休めるな――という物騒な師の教えの賜物《たまもの》である。

だが、グレンが二発目の火炎球を作るより早く、煙の中から一筋の閃光《せんこう》が飛び出してきた。雷の矢――おそらくはヒューバードの攻撃魔術だ。それをグレンは飛行魔術で回避する。

（二つの魔術の同時維持、できるようになって良かった！）

このまま飛行魔術で回避しながら攻撃すれば、勝機はある。僅《わず》かな希望が見えたその時、

「んっんー。まずは一匹目」

背後から聞こえた声に、グレンは息を呑《の》んだ。

敵は飛行魔術でグレンの背後に回り込んでいたのだ。ヒューバードの操る雷の槍《やり》が、グレンに放たれる。

ギリギリで体を捻《ねじ》り、直撃は避けられたが、それでも右腕に雷の槍が触れ、グレンは痛みに悲鳴をあげた。

「ぎゃあっ！」

意識が一瞬途切れ、飛行魔術が解除される。

結界内では物理攻撃は無効化されるが、結界が攻撃と認識しない事故には反応しない。

転べば普通に怪我をするし、高所から落下すれば、当然地面に叩《たた》きつけられる。最悪、死ぬこともあるのだ。

だが、地面に向かって落下するグレンの真下に、氷の坂が生まれた。グレンは氷の坂をツルリと勢いよく滑って、地面に着地する。

「ええいっ、世話の焼けるっ！」

苛立《いらだ》たしげに叫んでいるのは、シリルだった。彼が氷の魔術でグレンを助けてくれたのだ。

「副会長、ありがとうっす！」

「貴様は己の無謀さを猛省しろ！」

なんやかんや後輩の面倒を見てしまうシリルは、周囲に氷の壁を展開した。ガラスのように美しくも強固な壁が、降り注ぐヒューバードの雷の矢を防ぐ。

「頭上だけでなく周囲にも警戒しろ！　おそらく、敵は遠隔魔術も習得している！」

遠隔魔術と言われて、グレンは自分が攻撃を受けた理由を理解した。

ヒューバードは煙の中、飛行魔術で移動してグレンの背後に回りつつ、遠隔魔術で地面から雷の矢を放っていたのだ。自分がまだ、煙の中にいるとグレンに錯覚させるために。

遠隔魔術は術者より離れた位置で魔術が発動できる、高度な技術だ。命中精度が低いので、直接敵を仕留めるのには不向きだが、応用すれば、こうして囮《おとり》にすることができる。

「ちぃっ、壁がもたん……ダドリー、貴様は防御結界を使えんのか⁉」

「オレができるのは飛行魔術と火炎魔術だけっす！」

「貴様はそれでも〈結界の魔術師〉の弟子かっ⁉　えぇいっ、木陰に隠れろ！」

「了解っす！」

氷の壁が砕け散ると同時に、グレンとシリルは大木の陰に隠れる。

二人が木の陰から様子をうかがっていると、ヒューバードはゆっくりと下降してきた。腹が立つほど余裕だ。

グレンとシリルは、各々火炎球と氷の矢を放った。だが、火炎球は飛行魔術で回避、氷の矢は防御結界で防がれてしまう。

攻撃が当たらぬ苛立ちに歯噛《はが》みしていると、シリルが小声でグレンを叱咤《しった》した。

「敵の動きをよく観察しろ。奴《やつ》は、私の攻撃は防御結界で防ぐが、貴様の火炎球は必ず回避する」

「へ？　えーっと、それってつまり……」

「奴の防御結界では、貴様の火炎球を防ぎきれんのだ。当てれば、確実にダメージを与えられる」

グレンの火炎魔術は威力が高いが、精度が低く、速度も遅い。

シリルの氷の魔術は精度が高く、小回りが利くが、威力ではグレンに劣るので防御結界で防がれてしまう。

それを踏まえた上で、シリルは指示を出した。

「私が奴を追い込む。貴様は絶対に攻撃を当てろ」

シリルが少し長めの詠唱を始めた。頼りになる先輩の背中を見て、グレンも腹を括《くく》る。

（絶対に攻撃を当てるためには……）

飛行魔術で低空飛行していたヒューバードが、手持《ても》ち無沙汰《ぶさた》のようにピアスを弄《いじ》りながら、ニタリと笑う。

「攻めてこないのかぁ？　それなら、こっちからいくぞぉ？」

ヒューバードが短縮詠唱で雷の矢を生み出し、グレンとシリル目掛けて放つ。

それと同時に、シリルの詠唱が完了した。

「凍れっ！」

氷の壁が広がり、雷の矢を防ぐ——のみならず、氷の壁は飛行魔術で移動しているヒューバードの進行方向にグングンと広がっていった。

「いまだ、仕留めろ！　グレン・ダドリー！」

シリルの声に応えるように、グレンは火炎球を放つ。

氷の壁で移動を妨げられたヒューバードに、巨大な火炎球が勢いよく迫った。グレンの火力なら、シリルの氷の壁ごと、ヒューバードを吹き飛ばせる。

「甘いねぇ」

ヒューバードはグレンの火炎球が直撃するギリギリのところで、一気に急上昇した。ヒューバードを囲う氷の壁も、大空に蓋《ふた》をすることはできない。

グレンの火炎球は、ただいたずらに氷の壁を破壊するだけで終わるかに見えた……が、グレンは不敵に唇の端を持ち上げる。

「甘いのは、そっちっす」

火炎球はまるで意思を持つかのように、ヒューバードを追尾した。ヒューバードの顔が、初めて焦りに歪《ゆが》む。

「追尾術式っ、使えたのか……！」

「覚えたてホヤホヤっす！」

ヒューバードは咄嗟《とっさ》に短縮詠唱で防御結界を張ったが、完全には火炎球を防ぎきれなかった。火炎球の直撃を受けたヒューバードは、羽を射抜かれた鳥のように、フラフラと地に堕《お》ちていく。

ここで仕留めるべく、シリルとグレンは同時に詠唱を始めた。

だが、二人の詠唱が終わるより早く、木陰から飛び出してきた者がいる。今まで潜伏していたロベルトだ。

「その首、貰《もら》い受《う》けます」

物騒なことを言いながら、ロベルトは剣を抜いた。既に魔法剣の詠唱は終えていたのだろう。鋼の刃《やいば》を水が覆っていた。

ロベルトは驚異的な身体能力でヒューバードとの距離を詰め、地に落ちたヒューバードの首目掛けて水の刃を振り下ろし……そこで、ロベルトの動きが止まる。

ロベルトだけではない。グレンも、シリルも、背中に激痛を覚え、動きを止める。

「なん、だよ、これぇ……」

呟《つぶや》き、背後を振り返った瞬間、炎の矢がグレンの胸に突き刺さる。

結界内では、魔法攻撃で肉体が傷つくことはない。だが、痛みだけはそのまま再現されるのだ。

皮膚を焼く激痛に、グレンは苦痛の声を漏らし、膝《ひざ》をつく。

グレンだけじゃない。シリルとロベルトもまた同様に、炎の矢で攻撃を受け、膝をついていた。

（なんでだ？　あいつは詠唱なんて、してなかった……これじゃあ、まるで……）

「んーっ、んっんっん〜」

上機嫌な鼻歌まじりに、ヒューバードが節の目立つ指を指揮棒のように振るった。

再び炎の矢が三人の体に降り注ぐ。腕を、足を、胴を、顔を、生きたまま焼かれ、抉《えぐ》られる激痛。

森に響く三人の悲鳴。

魔術師にとって詠唱は絶対に必要なものだ。鼻歌を歌いながら魔術を起動することなど、できるはずがない。

もし、それができるのだとしたら……。

「……無詠唱魔術？」

圧倒的な絶望と恐怖が胸を埋め尽くした瞬間、再び炎の矢が降り注ぎ、グレンは意識を失った。

＊　＊　＊

生徒会室では、観戦者達が驚愕《きょうがく》の声をあげている。

白幕に映し出される映像は、音声までは再現されない。それでも、シリル、グレン、ロベルトが悲鳴を上げて苦しんでいることは否応《いやおう》無しに伝わってくる。

フェリクスは映しだされる光景を、瞬《まばた》きもせず見つめ、思案していた。

（ヒューバード・ディーは、詠唱をしていないように見える。だが、無詠唱魔術が使えるのは世界でただ一人、〈沈黙の魔女〉だけだ。彼が〈沈黙の魔女〉だった？　いや、レディ・エヴァレットは女性だ。それは間違いない）

静かに動揺するフェリクスのポケットの中で、トカゲの姿をした水の上位精霊ウィルディアヌがもぞもぞと動く。

もし、シリル達が敗北するようなことがあったら、フェリクスはウィルディアヌを介入させ、ヒューバードを秘密裏に処分するつもりでいた。

だが、もしもヒューバードが無詠唱魔術の使い手だとしたら、戦闘の不得手なウィルディアヌに、どうにかできるだろうか？

フェリクスが判断に迷っていると、モニカの友人のラナが悲鳴じみた声をあげた。

「モニカ、大丈夫？　モニカ！」

モニカは土気色の顔で口元を手で押さえ、ガタガタと震えていた。

映像の中でヒューバードが炎の矢を放ち、いたずらにシリル達の四肢を貫く。その度に、モニカはヒィッ、ヒィッと喉《のど》を震わせた。

「やめてぇ……もう、やぁ……っ」

モニカは今にも吐きそうな顔をしていて、隣に座るラナがその背中を擦《さす》っている。

「吐いてきたら？」

クローディアが囁《ささや》くと、モニカはコクコクと頷《うなず》き、よろめきながら立ち上がる。

心配顔のラナが付き添おうとしたが、モニカは首を横に振り、それを断った。

「ラナ、わたしの代わりに、誰が勝つか、見てて……お願い」

それだけ告げて、モニカは席を離れた。鈍足の彼女にしては珍しく、素早い早足で。

フェリクスはしばし考え、席を立つ。隣に座るブリジットが口元を扇子で覆いながら、フェリクスを見上げた。

「モニカ・ノートンの介護に？」

「放ってはおけないだろう」

「ではあたくしは、この魔法戦の顛末《てんまつ》を、殿下に代わってこの目に焼きつけておきましょう。書記として、この勝負を記録に残せるように」

「ありがたいね」

フェリクスは苦笑混じりに言葉を返し、生徒会室を出る。目に見える範囲にモニカの姿はない。

「ウィルディアヌ。魔法戦に介入し、ヒューバード・ディーを事故に見せかけて始末しろ。方法は問わない」

「マスターは、どうされるのですか？」

「モニカを探す。途中で倒れたりしていないか、心配だからね」

「……仰せのままに」

ポケットから這《は》い出たウィルディアヌが素早く移動するのを確認し、フェリクスはモニカを探した。

彼が探している少女が、窓から飛び出し、慣れない飛行魔術で森に向かっているとも知らないで。

八章　ガツン

——不愉快な鼻歌が、聞こえる。

激痛の中、シリルの意識はほんの僅《わず》かに浮上した。

重い瞼《まぶた》を持ち上げると、霞《かす》む視界の中で、ロベルトがぐったりと地面に横たわり、その奥でグレンがヒューバードに足蹴《あしげ》にされているのが見える。

シリルはヒューバードに一矢報いるべく、詠唱をしようとした。だが、もう舌も唇もろくに動かない。

シリルの魔力は既に底をついていた。それなのにかろうじて意識を取り戻すことができたのは、シリルが魔力過剰吸収体質で、魔力の回復が早いからだ。とは言え、ここまで魔力が減ってしまっては、もはや勝ち目は無いに等しい。

今更シリルが攻撃をしたところで、ヒューバードに太刀打ちすることはできないだろう。

相手は、詠唱無しで魔術を使うことができるのだ。

(だが、本当に、奴《やつ》が、無詠唱魔術を?)

もし、ヒューバードが無詠唱魔術を使いこなせるのなら、何故《なぜ》、最初から使わなかったのだろう?

無詠唱魔術の強みは、不意をついて先手を取れることだ。それなのに、ヒューバードはロベルトが姿を見せるギリギリまで、無詠唱魔術を使おうとしなかった。

今思えば、グレンの火炎球を受けたのも、潜伏しているロベルトを誘《おび》き出すためだったのだろう。

（無詠唱魔術を使うところを、ロベルト・ヴィンケルに観察されると都合が悪かった？　もしかして、何か仕掛けがあるのか？）

その時、シリルは気がついた。ヒューバードの手……あの節の目立つ長い指には、いくつも悪趣味な指輪が嵌《は》められていたはずだ。だが、今はその指輪が一つもない。

（……！　そういうことか！）

シリルはいつもの癖で、無意識に襟元のブローチに手を伸ばそうとした。だが、もう指一本動かせない。朦朧《もうろう》とする意識は再び闇に沈もうとしている。視界がますます白く霞み始めてきた。

（いや、これは……霧？）

いつのまにか、濃い霧が辺りを包みこんでいる。ほんの数歩先の景色すらろくに見えず、ヒューバードの姿も、ぼんやりとした人影程度にしか見えない。

自然発生したというには、あまりにも不自然な霧だ。なんらかの魔術によるものと考えるのが妥当だが、この状況で動けるのはヒューバードのみ。

そして、ヒューバードがわざわざ霧を発生させる意味が分からない。

（一体、何が……？）

困惑するシリルは見た。ヒューバードに小さな人影が近づいていくのを。本当に小さな人影だ。ヒューバードと比べると、まるで幼い子どものように見える。

幼い人影が、ボソボソと小声で何か言葉を発した。その声は小さすぎて、シリルにはよく聞こえない。

ただ、ヒューバードの下品な笑い声だけは、嫌になるぐらいよく聞こえた。

「あっひゃっひゃっひゃっひゃっ！　やっぱりお前は最高だぜ、なぁ、〈沈黙の魔女〉様よぉ！」

それが、シリルが意識を失う直前、最後に聞いた声だった。

＊　＊　＊

モニカはまだ飛行魔術に不慣れなので、杖《つえ》や箒《ほうき》など棒状の物に跨《また》がって、バランスを取りながら進むのがやっとだ。

けれど、今は跨る物を探している余裕もなく、モニカは何にも跨らずに廊下の窓から飛行魔術で飛び立った。

バランス感覚が問われるのは、主に方向転換をする時だ。だからモニカは、直進できるところまで真《ま》っ直《す》ぐ進み、曲がる時は一度術を解除して、体の向きを変えて、術を再起動する。

そうやって、必要以上に魔力を消費しながら森の入り口まで高速移動したモニカは、無詠唱魔術で霧を生み出すと、森一帯を包み込んだ。

天気を長時間、人為的に操作することは、農作物等に影響がでかねないので禁止されている。ただ、この森の一部を霧で覆う程度なら、構わないだろう。どうせ、時間はそうかからない。

己の姿を霧で覆い隠し、モニカは森を奥へ、奥へと進んでいく。

生徒会室の映像で、魔法戦が行われた位置は見当がついている。ヒューバード達を見つけるのは、さほど難しくはなかった。

ヒューバードは鼻歌まじりに、誰かを足蹴にしている……グレンだ。既に意識は無いのか、その目は堅く閉ざされている。

物理攻撃無効の魔法戦で他人を足蹴にするのは、ダメージを与えるためではない。相手を侮辱し、尊厳を踏《ふ》み躙《にじ》るための行為だということを、モニカは知っていた。

霧で見えづらいが、グレンの近くには、シリルとロベルトが倒れている。

氷を飲み込んだかのように、モニカの背筋が冷えた。指の先が冷たいのは、きっと寒さのせいだけじゃない。

モニカは両の拳《こぶし》をきつく握りしめる。左手がズキリと痛んだが、それでも構わなかった。

「ディー先輩」

鼻歌がピタリと止《や》んだ。

ヒューバードは首を傾け、モニカを見てニンマリ笑う。

心の底から嬉《うれ》しそうに三白眼を爛々《らんらん》と輝かせて、獲物を見つけた狩人《かりうど》の顔で。

それが、モニカはいつも恐ろしかった。本当は、今も怖い。

……だが、それ以上に強い感情が今のモニカを支配していた。

新年の宴会の後、クロックフォード公爵と対峙《たいじ》した時、モニカは目の前が真っ白になるような激情を覚えた。

今なら、それが何だったかハッキリと分かる。

頭の奥が痺《しび》れ、腹の底から沸々と熱いものが込み上げてくる——これは、怒りだ。

「わたし、今……とっても怒っている、ので……」

いつだって怒ることに不慣れで、俯《うつむ》いてばかりいた少女が、今は歯を食いしばって背筋を伸ばし、己よりずっと背の高い男を睨《にら》みつける。

そして、低い声で一言。

「ガツンって、します」

ヒューバードは呆気《あっけ》にとられたような顔をし、次の瞬間、体を仰《の》け反《ぞ》らせてゲラゲラと笑った。

「あっひゃっひゃっひゃっひゃっ！　やっぱりお前は最高だぜ、なぁ、〈沈黙の魔女〉様よぉ！」

ヒューバードは笑いの余韻にヒィヒィ喉を震わせながら、心底愉快そうにモニカを見る。

いつもならすぐに目を逸《そ》らすモニカだが、今はチェス盤を見据える時と同じ凪《な》いだ目で、ヒューバードを見つめ返した。

「この魔法戦、挑戦者は何人でもいいんですよね？　……じゃあ、わたしが飛び入り参加、です」

「あぁ、いいぜぇ。やっぱり俺を満足させられるのは、お前だけだ。さぁ、楽しませてくれよぉ？」

＊　＊　＊

ヒューバード・ディーは狩りが好きだ。獲物は強ければ強いほど——それこそ、自分よりも圧倒的に強大な生き物が望ましい。

そんな彼が、愛してやまない最強の生き物がいる。

今からおよそ三年前、ヒューバードはミネルヴァで、とある生徒に魔法戦を挑んだ。

その生徒の名は、モニカ・エヴァレット。無詠唱魔術を生み出し、いずれは七賢人になること間違いなしと言われた天才少女だ。

当時一四歳かそこらだった彼女は、今よりもなお痩《や》せっぽっちで貧相な、みすぼらしい小娘だったのを覚えている。

無詠唱だろうが天才だろうが、攻撃が当たらなければどうってことはない——当時のヒューバードは、そう高を括《くく》っていた。

だが、魔法戦開始から僅か五秒で、ヒューバードは己の思い違いを理解した。

モニカは魔法戦開始と同時に、無詠唱魔術を発動。そして、ヒューバードに全弾をぶち当てたのだ。

無詠唱もさることながら、恐るべきは針の穴を通すような命中精度。どれだけ計算をすれば、あの驚異の命中精度を再現できるのか。どう考えても、人間業じゃない。

ウサギ狩りのつもりで魔法戦に挑んだヒューバードは、ウサギの皮を被《かぶ》ったバケモノに返り討ちにされ、そして至上の悦《よろこ》びを知った。

——あの、とてつもなく強いバケモノを仕留めたい！

圧倒的な力の差に打ちのめされ、それでもなお、僅かな希望の糸を手繰り寄せ、知恵を絞り、ありとあらゆる罠《わな》を仕掛け、あの獲物を仕留めるのだ！

そして今、彼の前には、再戦を願い続けたバケモノがいる。それも、怒りと戦意を露《あら》わにして！

ヒューバードは愉悦に喉を鳴らし、口を開く。

「バーニー・ジョーンズ」

ヒューバードが口にした名に、モニカの肩がピクリと震えた。

「お前はいつも、『バーニー助けて～』って騒ぐくせに、俺があいつを魔法戦に巻き込もうとすると、ピタリと大人しくなったよなぁ」

ヒューバードは、地面に倒れているシリルに目を向けた。

「この銀髪が、この学園でのバーニー代わりなんだろぉ？」

「違います」

静かに否定し、モニカは地面に倒れているシリルに目を向ける。

体の横で握った拳は、小さく震えていた。

「その人は、尊敬する先輩です」

思っていたのとは少し違ったが、この銀髪を痛めつけることは一定の効果があるらしい。

(そうだ、怒れ。そして全力を見せてみろ)

ただ一つ、モニカの全力を望むにあたって、ヒューバードは懸念していることがあった。

この付近に張り巡らせた霧は、観戦者側にモニカの姿を隠すためのものなのだろう。

「なぁ、この霧はお前の仕業だろぉ？　解除しなくていいのかぁ？」

魔術師が同時に使える魔術は、基本的に二つだけ。

つまり、霧を起こしている間、モニカは一つしか魔術が使えないことになる。しかも霧の維持には、そこそこの魔力を消費するのだ。

これではモニカが全力で戦えない。そんなの、あまりにつまらないではないか。

だが、モニカは大した問題ではないと言わんばかりの口調で、ポツリと呟《つぶや》く。

「片手間で、充分ですから」

臆病者《おくびょう》のモニカからは考えられないような挑発に、ヒューバードは腹を立てるよりも、寧《むし》ろ歓喜した。

「嬉しいねぇ。三年前はあんなにビクビクオドオドしてたお前が、そんな挑発を覚えるなんて。だけど、三年前と違うのは、お前だけじゃあないんだぜぇ？」

そう言って、ヒューバードは右手を一振りした。詠唱無しに炎の矢が五本ほど浮かびあがり、モニカを狙う。

モニカは無詠唱の防御結界で、即座に攻撃を防いだ。

（流石《さすが》は七賢人の防御結界なだけあって、硬いなぁ）

ヒューバードは追加で詠唱をし、雷の槍《やり》を結界にぶつける。

炎の矢と雷の槍の同時攻撃に、モニカの防御結界が軋《きし》み始めた。このままなら、ヒューバードが押し切るのは時間の問題だろう。

だが、モニカは焦るでもなく、冷めた目でヒューバードを見据える。

「……雷の槍は、詠唱がいるんですね」

「無駄口叩《たた》いてていいのかぁ？　このままだと結界がぶっ壊れるぜ？」

「…………」

その時、周囲を包む霧が濃くなった。それも互いの姿が見えないほどに。

同時にモニカが結界を解除する気配を感じた。この霧に紛れて攻撃をするつもりか。

ヒューバードは素早く防御結界を張り、モニカの攻撃に備えた。

今、ヒューバードのそばには、気絶したシリル達がいる。

もしモニカが攻撃を仕掛けて、それをヒューバードが回避するなり結界で弾《はじ》くなりしたら、流れ弾がシリル達に着弾しかねない。だから、モニカは迂闊《うかつ》に攻撃できない筈《はず》だ。

だが、ヒューバードはシリル達がどうなろうが知ったこっちゃないので、こう宣言した。

「早く撃ってこいよ。このまま隠れ続けるつもりかぁ？　本気を出す気がないなら、こいつら全員巻き込む広範囲魔術をぶちかます。五、四、三……」

カウントが終わるより早く、霧の中から氷の槍が飛来した。一見ただの氷の槍に見えるが、込められた魔力が桁違《けたちが》いに多く、威力も高い。

（あれは、俺の防御結界じゃ防ぎきれないな）

だが、射出速度はさほど速くない。ヒューバードの飛行魔術ならギリギリで避《よ》けられるだろう。

ヒューバードは結界を解除し、飛行魔術を展開して氷の槍を回避した。

たとえ、この氷の槍に追尾術式が組み込まれていたとしても、追尾術式の有効時間はせいぜい二秒から三秒程度。

それなら、飛行魔術で一気に距離を開けて回避してしまえばいい。概《おおむ》ね三秒以上が経過すれば、追尾術式は効果を失う。

……現存する、追尾術式なら。

「な、にぃっ⁉」

氷の槍は三秒以上経過してもなお、ヒューバードを執拗《しつよう》に追い続けた。まるで、氷の槍そのものが意思を持っているかのように。

こんな追尾性能の高い魔術を、ヒューバードは知らない。

霧の中から、モニカの声がした。

「最近開発した高度追尾術式です。持続時間は通常の術式の一〇倍……およそ、二〇秒から三〇秒」

なるほど、これだけ高度な追尾性能なら、グレン達を巻き込む心配もない。

ヒューバードの背中は、興奮にゾクゾク震えた。

あのモニカ・エヴァレットが、開発したばかりの新しい魔術で自分に挑んでいる！

こんな最高に気持ちいいことがあるだろうか！

「……っはははぁっ！　最っ高の女だなぁ、お前は！」

今のモニカは、霧と氷の槍の二つの魔術を維持している状態だ。つまり他の魔術を使えない。

一方ヒューバードは、起動しているのは飛行魔術のみだが、回避に専念する必要があり、他のことに意識を割く余裕が無い。

（なら、この氷の槍の追尾性能が切れた瞬間、一気に畳み掛ける！）

ヒューバードは回避をしながら、カウントをした。残り時間、およそ一〇秒から二〇秒。氷の槍は執拗にヒューバードを追いかけたが、ヒューバードの飛行魔術に追いつけるほどの速さじゃない。

すぐに着地できるようにと、ヒューバードは少し高度を下げる。

その時、前方に赤い光が瞬いた。

視界が赤く染まる。少し遅れて、右目に激痛。

「がっ、ぁあっ⁉」

飛行魔術の制御を失い、ヒューバードは地面を転がる。高度を下げていたのが幸いして、それほど衝撃は無かったが、地に落ちた彼の背中に、ヒューバードを追尾していた氷の槍が深々と突き刺さった。

のみならず、複数の炎の矢がヒューバードの背中に降り注ぐ。

喉《のど》が裂けんばかりに絶叫しつつ、ヒューバードは思考を止めずに、状況を把握しようとした。

(俺の右目を貫いたのはなんだ？　炎の矢？　魔術師が同時維持できる魔術は二つまで。霧と、追尾する氷の槍を維持していたモニカに、炎の矢は使えない。なら、あの炎の矢を放ったのは誰だ？　地面に倒れていた三人の誰かか？　……違う。あの炎の矢は…………俺のだ！)

サクリ、サクリと土を踏む音がした。

膝《ひざ》をつき、土と煤《すす》に汚れた顔を持ち上げると、自分を見下ろす無慈悲な魔女が見える。

「右手親指、中指。左手人差し指、中指、小指……合計五個。ディー先輩が、魔法戦が始まる前に付けていた指輪の位置です。でも、今はそれが全て無くなっている」

モニカの指は、ヒューバードの指輪を一つ摘《つま》んでいた。

指輪の宝石の中には、魔術式が浮かび上がっている。

「この魔導具。魔法戦が始まる直前に、この周囲に仕込んでいたんでしょう？　魔術の発動媒体が指輪、指示を出す魔導具は、そのピアスですか」

ヒューバードは痛む右目を手で覆ったまま、ケケッと喉を鳴らして笑った。

「ルール違反じゃないぜぇ？　これは魔法戦だからなぁ」

魔法戦の結界内では、魔導具の使用も、精霊の力の行使も、全て許可されている。魔術も魔導具も精霊の力も、全ては魔力を行使する「魔法」であることに変わりないからだ。

だが、魔法戦で魔導具を好んで用いる者はあまりいない。

魔導具は非常に高価だし、攻撃系の魔導具は一度使うと効果を失う、使い捨ての物が多いからだ。

あの指輪はヒューバードが自作した特製の魔導具だ。ピアスに魔力を込めると、指輪から炎の矢が放たれる。炎の矢の威力をギリギリまで落とすことで、使い捨てではなく連続使用が可能になった、高性能の魔導具だ。

つまるところ、ヒューバードはこの魔導具と、通常の魔術を併用していたのだ。そして、詠唱無しの炎の矢を受けた者は皆、それが無詠唱魔術による攻撃だと勘違いした。

だが、モニカはこの魔導具の存在をすぐに見抜いていたらしい。

彼女は氷の槍で時間稼ぎをしている間に、指輪を一つ回収して分析したのだ。

「……書き換えやがったなぁ？　俺の魔導具を」

五つの指輪とピアスは、常時魔力で繋《つな》がっている。

だからモニカは指輪の一つを回収し、そこに記された魔術式を書き換えたのだ。この魔導具の使用者を、ヒューバード・ディーからモニカ・エヴァレットに。

無論、そんなの誰にでもできることではない。常人なら魔導具の完全解析にも、書き換えにも、もっと時間を要するのが当たり前だ。

（それを、この短時間でやり遂げやがった！）

ヒューバードの体が興奮に震える。

あぁ、やはり〈沈黙の魔女〉は規格外のバケモノなのだ。

ヒューバードが張り巡らせた罠《わな》を全て破壊するどころか、所有権を奪い、取り上げた。

これっぽっちも大したことじゃないような涼しい顔で！

「以前、ルイスさんの防御結界を、書き換えたことがあります。……その時の、書き換え防止用のダミー術式は、解除に一分近くかかりました」

そう言ってモニカは、ヒューバードの指輪を手のひらで転がし、つまらない玩具《おもちゃ》を見るような目で呟《つぶや》く。

「ディー先輩の魔導具に仕込まれたダミー術式の解除には、五秒もかかりませんでした。こんなの子ども騙《だま》しも同然です。高度追尾術式で、時間を稼ぐまでもなかった」

濃霧に覆われた薄暗い森の中、〈沈黙の魔女〉は、その目を緑色に煌《きら》めかせて無慈悲に囁《ささや》く。

「こんな小細工をしてでも、再現したかったんですか？　……無詠唱魔術なんかを」

その高慢極まりない言葉が、ヒューバードの胸をときめかせる。昂《たかぶ》らせる。

あぁ、こんなにゾクゾクする女が他にいるだろうか。

「いいねぇ、その無慈悲さと高慢さ。なぁ、命じてくれよ、『圧倒的な力の差に平伏し、跪《ひざまず》け』って。……俺の無慈悲な女王様？」

ヒューバードの言葉に、今まで冷たい無表情だったモニカは、眉毛《まゆげ》を下げて途方に暮れたような顔をした。

そこに、先ほどまでの無慈悲さはない。いつものオドオドとしたモニカだ。

「あのぅ、跪かなくて良いので……。わ、わたしの正体を伏せて、任務に協力すると、約束して、ほしいのですが……」

「俺を従わせたいなら、躾《しつ》けをしてくれよぉ。とびきりキツいやつで、ガツンとなぁ」

「…………」

モニカは主導権を奪った手元の指輪に、魔力を込める。

周囲に配置された指輪が発光し、炎の矢が一斉にヒューバードを取り囲んだ。

モニカは感情のこもらぬ声で、無表情に告げる。

「ガツン」

炎の矢が、愉悦に笑うヒューバードに降り注いだ。

＊　＊　＊

意識を失い、地面に仰向《あおむ》けに倒れているヒューバードは、どこか満足気な顔をしていた。

モニカは理解できない生き物を見る目で、そんな彼を見下ろす。

（なんで、魔法戦《こんなの》が楽しいんだろう）

ヒューバードがモニカを理解できないように、モニカもまた、ヒューバードを理解することはできないのだろう。

モニカは、魔法戦で得られる勝負への高揚も、勝利も、名誉も、称賛も興味がない。

そんなものより、授業をさぼって友人達と過ごしたあの時間の方が、ずっとずっと得難くて、かけがえのない宝物なのだ。

モニカは地面に倒れているシリル、グレン、ロベルトに目を向ける。

本当はすぐにでも、彼らを暖かい場所に運んでやりたい。だが、モニカ・ノートンが魔法戦の現場にいることを、知られるわけにはいかないのだ。

観戦席を離れて、それなりに経《た》つ。急いで戻らないと、ラナ達に不審に思われてしまう。

(ごめんなさい、ごめんなさい、巻き込んで、ごめんなさい)

モニカは来た時と同じように、不慣れな飛行魔術を使って校舎に辿《たど》り着《つ》き、窓からそっと校舎に入る。

そうして、慎重に術を解除したところで大きくよろめいた。

いつもなら、魔術を使う際に魔力の消費量を抑える術式を組み込むところだが、今回のモニカはそれができないほど精神的に追い詰められていたのだ。

おまけに連日の睡眠不足が重なり、モニカの体は限界寸前だった。

(生徒会室、戻らないと……ラナが、心配、して……)

重い足を動かして数歩進んだところで足をもつれさせ、モニカはベシャリと廊下に倒れた。

(だめ、このままじゃ、また、迷惑かけちゃう……)

起きなくては、という意思に反して、意識はどんどん闇に沈んでいく。もう、目を開けていることすらかなわない。

「モニカ」

誰かの腕が、棒切れみたいに痩《や》せ細《ほそ》ったモニカの体を抱き上げる。

(あぁ、また、わたしは、誰かに迷惑をかけたんだ……)

ポロリと溢《あふ》れた涙の滴で頬を濡《ぬ》らし、モニカは水気を失った唇で呟いた。

「ごめんなさい……ごめんなさい……迷惑かけて、ごめんなさい……」

＊　＊　＊

フェリクスが抱き上げたモニカの体はゾッとするほど冷たく、頬はこけ、唇はカサカサに乾いていた。

モニカの体を抱き上げたことは以前にもあるけれど、明らかに前より軽くなっている。ヒューバード・ディーが起こした騒動のせいで、ろくに食事も睡眠もとれなかったのだろう。

フェリクスが医務室に向かって歩きだすと、モニカの唇が小さく動いた。

「ごめんなさい……ごめんなさい……迷惑かけて、ごめんなさい……」

どうやら彼女は、夢の中でも誰かに謝り続けているらしい。きっと、この少女の口癖なのだろう。

モニカは周りがそれほど気にしていない些細《ささい》なことでも、まるで途方もない大失敗をしたかのように、必死になって謝る。

（気にしなくて良いのに）

微《かす》かに瞼《まぶた》を伏せると、古い記憶が頭をよぎった。

『ごめんなさい、ごめんなさい、いつも迷惑かけてごめんなさい……アイク』

そう言って、記憶の中の友人はいつも泣いていた。澄んだ水色の目からボロボロと涙を零《こぼ》して。

涙を流すことすら、申し訳なさそうに縮こまって。

己の腕の中にいる少女が、幼い友人の面影と重なる。

泣き虫で、臆病《おくびょう》で、自分に自信がなくて、すぐに自分を責めて……それなのに、大事なところで彼を頼ってくれない。

(本当は、もっと頼って欲しかったんだよ)

胸の内で呟き、フェリクスは医務室の扉を開ける。

医務室には誰もいなかった。常駐の医師は念のため、魔法戦の現場付近に待機しているからだ。

フェリクスはベッドにモニカを横たえると、パサついている薄茶の髪を指先で梳《す》く。

彼は自分がモニカに執着する理由を、薄々理解していた。

自分はどうしても、記憶の中の友人とモニカを重ねて見てしまうのだ。

(我ながら、感傷的になっている)

フェリクスはモニカを見下ろし、拗《す》ねたような声で呟く。

「君が僕を頼ってくれないから、いけないいんだ」

モニカはいつだってフェリクスを頼ってくれない。何も望んでくれない。挙句の果てには「迷惑をかけてごめんなさい」などと言う。

だから、モニカの言動はいつだって、フェリクスが胸の奥に隠している感情を揺さぶるのだ。

ふぅっと小さく息を吐き、フェリクスは窓の外に目を向ける。

夜の訪れが早い冬の空は、既に日が傾きかけていた。薄く広がる灰色の雲の向こう側、沈み行く日の茜色《あかねいろ》と、夜空の群青が緩やかに混ざって溶ける。

(それにしても、ウィルの戻りが遅いな)

契約精霊と契約者は、目には見えない魔力の糸のようなもので繋がっており、意識を集中すれば、居場所をある程度把握することができる。

目を閉じ、魔力の繋《つな》がりを辿ると、ウィルディアヌの居場所がなんとなく掴《つか》めた。

フェリクスは片眉を跳ね上げる。

（ウィルが、学園から離れている？）

ウィルディアヌには、ヒューバード・ディーの始末を命じた筈《はず》なのに、どうして学園の外に移動しているのか。

契約精霊とは離れていても、「戻れ」「助けて」といった簡単な意思疎通ならできるが、具体的な会話ができるほどではないのだ。

今のところ、ウィルディアヌから助けを求めるような訴えはない。

（……少し様子を見よう）

夜の色に染まりゆく空を睨《にら》み、フェリクスはカーテンを静かに閉めた。

＊＊＊

時間は、夕方の少し前に遡《さかのぼ》る。

魔法戦の決着がつき、〈沈黙の魔女〉モニカ・エヴァレットが魔法戦の会場を離れて数分が経った頃、フェリクスの契約精霊ウィルディアヌは魔法戦の現場に到着し、困惑していた。

現場には、この騒動の元凶であるヒューバードと、挑戦者のシリル、グレン、ロベルトの三人が倒れている。一体、どういう状況なのだろう。これでは、誰が勝者か分からない。

（できることなら、医務室まで運んでさしあげたいが、わたくしが人前に姿を現すわけには……）

ウィルディアヌが白いトカゲの姿で木に張りつき、思案していると、反対側の茂みが揺れ、その合間から獣の影が現れた。

猪《いのしし》かと見紛《みまが》うほど大きなその生き物は、灰色の毛並みの狼《おおかみ》だ。背中には、五、六歳ぐらいの少年が跨《またが》っている。

少年は首から下をマントでグルグル巻きにしていて、顔以外はブーツを履いた足しか見えない。

（あれは……どちらも精霊？）

同族だからとて、気安く話しかけるつもりはなかった。

故にウィルディアヌは己の主人のためにも、自分の存在を周囲に知られるわけにはいかないのだ。

ウィルディアヌは、できる限り気配を殺して、精霊らしき少年と狼を観察する。

少年は狼の背中から降りると、どこか辿々《たどたど》しい口調で狼に話しかけた。

「セズ、魔術で戦っていたのは、きっとこの人達です」

少年の言葉に、狼が口を開く。鋭い牙《きば》を持つ大きな口が、成人男性の低い声を発した。

「魔力が多くて強いのは、どいつだ」

「うーん、今はみんな魔力切れっぽいから、よく分からないです……全員連れていけないですか？」

「二人が限度だ。なるべく軽そうなのにしろ」

狼の言葉に、少年は地面に倒れている四人を順番に眺める。

「じゃあ、黒髪さんはムキムキで重そうなので、お留守番です。一番軽そうな銀髪さんと、もう一人……」

少年のアイスブルーの目がグレンを捉《とら》え、パチパチと大きく瞬いた。

「この人は、とても大きな器を持っているです。いっぱい魔力が入る器。普通の人間より、ずーっとずーっと大きい器」

「俺には分からぬ」

「よぅく目を凝らすと、ふわっと見えるです」

「分からん。それより、早く乗せろ」

はいです、と頷《うなず》いた少年のマントの隙間から、腕の代わりに氷の枝が現れる。

少年は先分かれした枝で器用にグレンとシリルを引っ掛け、持ち上げると、狼の背中に乗せた。

（あの二人を連れて行く気か！）

このセレンディア学園は、ウィルディアヌの主人が生徒会長を務める学園。トラブルを避けるためにも、あの二人を助けるべきだ。

だが、戦闘の苦手なウィルディアヌは、あの精霊二体を相手に勝利できる自信がなかった。なにより、自分が姿を現して、グレンやシリルに姿を見られたら都合が悪い。

（ならば、わたくしがすべきことは……）

ウィルディアヌは気配を消したまま、狼の尻尾《しっぽ》にこっそり飛びついた。

シリルとグレン、それと少年を背中に乗せた狼は、尻尾にしがみついた小さなトカゲに気づかぬまま、森の外を目指して走り出す。

ゴゥゴゥという風の音の合間に、幼い少年の姿をした精霊の、か細い呟きが聞こえた。

「ごめんなさい、人間さん。どうか、どうか、許してください。どうか、どうか……」

＊＊＊

魔法戦の会場である森の中を、二人の男女が歩いていた。

一人は、栗色《くりいろ》の長い髪を三つ編みにし、七賢人のローブを身につけた二〇代後半の男。〈結界の魔術師〉ルイス・ミラー。

そしてもう一人は、煉瓦色《れんがいろ》の髪を素っ気なく束ね、動きやすい旅装を身につけた、化粧っ気のない女だ。年齢はルイスより少し上の三〇歳程度。

この二人は、魔法戦の結界維持のためにウィリアム・マクレガン教諭が呼んだ、助っ人《すけと》であった。

「まさか、貴女《あなた》がセレンディア学園に来ているとは思いませんでした。カーラ」

カーラと呼ばれた女は、七賢人であるルイスに対し、気負いのない自然な口調で言葉を返す。

「ここの敷地の旧学生寮付近、魔力濃度が濃くて、前々から問題視されてたのさね。それで、魔法地理学会を代表して、うちが計測と調査に来たってわけさ」

「なるほど、そこをマクレガン先生に捕まったと」

「本当は、ここの近くにある、ケリーリンデンの森の魔力濃度調査をしたかったんだけど、森の持ち主に断られてねぇ。……ルイス、あんた何か聞いてないかい？　あの土地の持ち主、あんたと同じ七賢人なんだけど」

「聞いてると思います？　あの人、クロックフォード公爵にベッッッタリの第二王子派ですよ？　いちいち私に因縁つけてくるクソジジイですよ？」

「同僚とは仲良くやりなよ。もう、大人なんだから」

弟を心配する姉のような口調のカーラに、ルイスは「勿論《もちろん》心得ていますよ」と言わんばかりの笑顔を返した。言葉を返さなかった時点で、本心はお察しである。

カーラはヤレヤレと肩を竦《すく》め、前方に目を向ける。

「それで、この魔法戦、どう始末をつけるんだい？　〈沈黙の魔女〉は潜入任務中で、正体がバレちゃまずいんだろ？」

「そうですね。ヒューバード・ディーの魔導具が暴走。勝負は引き分け、ということにするのが妥当でしょう。潜入先に知人が編入してきたのは不運でしたが……あの小娘、魔法戦で叩《たた》きのめして、口封じをするとは、なかなかやるではありませんか」

悪い顔でニヤリと笑うルイスは、ふと思い出したようにカーラを見た。

「カーラ、すみません。〈沈黙の魔女〉の潜入任務の件は……」

「誰にも言わないし、あまり深くは聞かないどくよ。他人の事情に深入りするのは、趣味じゃない」

「……助かります」

ルイスは足を止めた。

彼の視線の先には、セレンディア学園の制服を着た男子生徒が二人倒れている。細身の赤毛と、筋肉質な黒髪。ヒューバード・ディーとロベルト・ヴィンケルだ。

「おや、うちの馬鹿弟子がいませんね」

さては、無様な敗北を晒《さら》し、ルイスに折檻《せっかん》されるのが怖くて逃げたか……という考えが一瞬頭をよぎった。だがグレンは、ルイスがここに来ていることを知らないはずだ。

思案するルイスに、辺りを見回していたカーラが言う。

「確か、挑戦者側にもう一人いたはずだ。銀髪の子。その子も見当たらないさね」

これは少し、妙なことになっている。

ルイスは懐から指輪を取り出した。指輪に嵌《は》められたエメラルドは精霊との契約石だ。

「リンを呼んで、探させます」

スットコドッコイ駄メイドこと、風の上位精霊リィンズベルフィードの力なら、空からグレン達を探せる。

もし、発見したグレン達が意識を失っていても、風で包んで安全に運ぶことができるのだ。

「契約に従い、疾《と》くきたれ。風霊リィンズベルフィード！」

指輪に魔力を込めて、詠唱をする——が、反応がない。違和感にルイスは眉《まゆ》をひそめた。

リンがルイスの命令を無視したり独自解釈したりすることは、ままあるが、今のこれは少し違う。

リンに送り込んだ魔力が、届いている気配がないのだ。穴の空いたコップに、水を注ぐ感覚に似ている。

「……リン？」

契約精霊と契約者は見えない糸で繋がっており、互いの位置や距離がなんとなく分かる。

だが、幾ら意識を集中しても、リンの居場所が分からない。

「繋がりが……強制的に断ち切られた？」

立ち尽くすルイスの足元を、冷たい冬の風が通り過ぎる。

ぞくりと粟立《あわだ》つ首筋を撫《な》で、ルイスが険しい顔で契約石の指輪を睨みつけていると、カーラが詠唱を始めた。感知の魔術の詠唱だ。

感知の魔術は決して精度は高くないし、望んだ人間を見つけ出せるような術ではないが、グレンが飛行魔術を使っていたら、感知に引っかかる可能性はある。

ルイスが無言でカーラを見ると、カーラは一度目を閉じ、瞼《まぶた》の裏側に映る何かを探すように眉間《みけん》に皺《しわ》を寄せた。そうして目を瞑《つぶ》ったまま、口を開く。

「ルイス、今、北東に反応があった。多分、中位か上位の精霊だ。……ただ、すぐに感知の範囲外に出ちゃったから、正確には分からないけど」

「北東？」

セレンディア学園の北東。そこにあるものに、ルイスは一つ心当たりがあった。

その心当たりが、失踪《しっそう》したグレンやリンと、どこまで関係があるかは分からない。

ただ、打てる手は全て打った方が良い——彼の勘がそう告げている。

「カーラ、すみません。一つ、頼みごとをしても？」

重い口調で告げるルイスに、カーラは気さくに応じた。

「ほいさ。可愛《かわい》い弟分の頼みさね。言ってみな」

「〈星詠みの魔女〉殿に、伝言を」

場合によっては、他の七賢人にも動いてもらうことになるかもしれない。

まったく、なんと面倒な。とルイスは胸の内で舌打ちをした。

＊＊＊

セレンディア学園の北東にある森の中に、小さな家があった。

小ぢんまりとしたその家には、寝泊まりするための設備は最低限しかなく、扉から入って右手の壁は大きな炉が、左手の壁は工具を収納する棚が、そして部屋の中央は大きな作業台が幅を利かせている。

そんな作業台の前に座る一人の男がいた。

男は老いて皺の目立つ指先で、銀色の笛をつまみ上げる。大人の小指ぐらいの細い笛だ。首からかけられるように、銀色の鎖が繋がれている。

男は笛を口に咥《くわ》え、息を吐いた。笛からは、ヒュゥーイ、ヒュゥーイと頼りなく掠《かす》れた音がする。

椅子に座る男の背後に控えているのは、金髪を束ねた美しいメイド――〈結界の魔術師〉ルイス・ミラーの契約精霊、風霊リィンズベルフィード。

美貌《びぼう》のメイドは彫像のように身じろぎ一つせず、男の背後に控えている。

男は笛から唇を離すと、満足気な笑みを浮かべ、呟《つぶや》いた。

「今頃、〈結界の魔術師〉は慌てふためいていることだろう。……あぁ、実に良い気分だ」

喜びの中に仄暗《ほのぐら》い感情を滲《にじ》ませる男の手元で、甲高い男の声が響く。

『英雄は災禍の中に生まれるもの。平和な世に英雄など必要ありますまい？　さぁ、どうかわたくしを使ってくださいませ、主様《あるじさま》。この〈偽王《ぎおう》の笛ガラニス〉が、貴方様《あなた》を英雄にして差し上げましょう！』

英雄。その言葉に、男の胸がざわつく。

彼の頭をよぎったのは、二大邪竜を倒した若き天才、〈沈黙の魔女〉モニカ・エヴァレット。

男は羨《うらや》ましくて仕方がなかった。唯一無二を持つ者が。突出した才能と力を持つ天才達が。

今、彼の手中には力がある。古代魔導具という圧倒的な力が。

この古代魔導具の力は彼の才能ではない。だが、壊れていたこの古代魔導具を直したのが自分なら、これは自分の力ではないか。

男は都合よくそう解釈し、手元の笛に囁《ささや》く。

「お前こそ、私の唯一無二。お前こそ、私の才能の顕現」

『その通りにございます！　さぁ、参りましょう、主様。まずは手始めに、この森の精霊どもの掌握を！　わたくしの力で、最強の軍団を作り上げてみせましょう！』

九章　真夜中の訪問者の物騒なお誘い

目を覚ましたヒューバード・ディーは、薄目を開けて周囲の様子を窺《うかが》った。

自分が寝かされているのは、医務室のベッドの上ではない。基礎魔術学の教室に運び込まれた、簡易ベッドの上だ。

魔法戦で著しく魔力を失った場合、魔力欠乏症になることがある。その処置に必要な器具があるのが、基礎魔術学の教室だから、一時的にこちらに運び込まれたのだろう。

或《ある》いは、自分と対峙《たいじ》した三人の姿が見えないから、揉《も》めるのを避けるために、あえてヒューバードだけ別室に運んだのかもしれない。

少し離れたテーブルの前では、老教授のウィリアム・マクレガンが椅子に座って、杖《つえ》の宝玉を磨いていた。

あの老教授は目が悪い。ヒューバードはマクレガンが背中を向けた隙に静かに起き上がり、足音を殺して廊下へ向かう。

「エヴァレット君にちょっかいだすの、やめなさいね。彼女、もう七賢人なんだから」

ヒューバードは廊下に繋《つな》がる扉の前で足を止め、首だけを捻《ひね》ってマクレガンを振り返る。

マクレガンはヒューバードに背を向けたまま、杖を磨き続けていた。

「あんたは〈沈黙の魔女〉の協力者か、マクレガン先生？」

「たまたま赴任先で居合わせたから、見守ってるだけよ。七賢人が正体隠してるなら、何か意味があるんだろうし、下手に詮索《せんさく》していい相手じゃないからね」

モニカはあまり意識していないようだが、七賢人は魔術師の頂点であり、国王の相談役。魔法伯という特殊な爵位を持つ、非常に高い身分の人間だ。上位貴族に匹敵する発言権がある。

〈沈黙の魔女〉モニカ・エヴァレットは、ヒューバードやマクレガンより、ずっと上の身分の人間なのだ。

マクレガンも、今までは見守るだけにとどめていたが、これ以上ヒューバードが暴走するなら、見逃してはくれないだろう。

「困ったなぁーあ。〈沈黙の魔女〉と遊べないなら、残りの学園生活、退屈で死んじまう」

「真面目にお勉強しなさいよ」

「あんたが相手をしてくれてもいいんだぜぇ、マクレガン先生？」

〈水咬《すいこう》の魔術師〉ウィリアム・マクレガンは、元ミネルヴァの教師で、ヒューバードも実戦の授業を受けたことがある。間違いなく、実力者だ。

「年寄りに無茶言うのやめてね。……ところでチミ、人を遠くまで吹き飛ばすような大技使った？」

「そんな大技使えるほどの魔力はねぇーなぁ」

「そうね。チミ、魔力量多くないもんね。じゃあ、意識を失ったアシュリー君達は、チミのそばにいたんだ？」

「そうだがぁ？」

わざわざそんなことを訊《き》くということは、敗北者の誰かが、まだ見つかっていないということだろうか。

なんにせよ、ヒューバードにとって、敗北者の末路などどうでも良いことである。

ヒューバードは軽く肩を竦めて、部屋を出た。

魔力はまだ殆《ほとん》ど回復しておらず、体調は最悪だ。それでもいつもと変わらぬ足取りで、ヒューバードは廊下を歩いた。

窓の外では、ほぼ日が沈みかけており、窓ガラス越しに冬の夜の寒さが染み込んでくる。

薄暗い廊下をしばし歩いたところで、ヒューバードの前に誰かが立《た》ち塞《ふさ》がった。

「ご機嫌よう」

オレンジ色の巻き毛の、可愛《かわい》らしい令嬢だ。背後には、年若い侍女が控えている。

ヒューバードはこの令嬢の名を知っていた。

——ケルベック伯爵令嬢イザベル・ノートン。

リディル王国東部地方の大物貴族の娘だ。


「初めまして、ヒューバード・ディー様。わたくし、イザベル・ノートンと申します」

イザベルはその顔に上品な笑みを浮かべ、淑女の礼をする。

魔法戦の決闘が行われている間、イザベルは魔法戦の会場である森から校舎にかけての人払いに尽力していた。もし、モニカが魔法戦の会場に赴くことになった時、誰にも見咎《みとが》められないようにするためだ。

モニカがヒューバードと遭遇してしまったのは、自分の落ち度であるとイザベルは考えている。

ヒューバード・ディーの悪質さと狡猾《こうかつ》さを見誤ったのは、己のミスだ。

決闘をすることが決まり、モニカが日に日に憔悴《しょうすい》していくのを見るたびに、イザベルは胸が締めつけられる思いだった。

「んっ、んっ、んー？　イザベル・ノートン。ケルベック伯爵の娘か。……そういや、モニカの偽名がモニカ・ノートンだったな」

宙を眺めていた三白眼が、イザベルを見下ろす。その口元に、ニヤニヤと悪辣《あくらつ》な笑みを浮かべて。

「なるほど。モニカの協力者か。ケルベックにとって〈沈黙の魔女〉は大恩人だもんなーあぁ？」

「話が早くて何よりですわ。実はわたくし……貴方《あなた》にご相談がありますの」

「〈沈黙の魔女〉の任務に協力しろってかぁ？」

そんなのは大前提でしてよ——胸の内で呟き、イザベルはあくまで丁重な姿勢を崩さず言った。

「貴方には、〈沈黙の魔女〉様への干渉を、控えていただきたいのです」

口調こそ上品だが、有り体に言えば、「〈沈黙の魔女〉に近づくな」である。

ヒューバードは空惚《そらとぼ》けるかのように、肩を竦《すく》めた。

「困ったなーぁー、俺はモニカがだーいすきだから、ちょっかい出さずにはいられないんだ」

「まぁ、羨ましい。わたくしだって〈沈黙の魔女〉様が大好きなのに、涙を飲んで悪役令嬢に徹していますのよ？」

可愛らしく拗《す》ねるような口調が一転、イザベルの笑みと声が、甘い毒を含む。

「わたくしの母は、貴方のご実家と少々お付き合いがありますの。……貴方のお母様とも面識が」

ヒューバードが魔術の詠唱を口にした。おそらく、何らかの攻撃魔術でイザベルを脅すつもりだったのだろう。

だが、ヒューバードの詠唱が終わるより早く、イザベルの背後に控えていた侍女のアガサが、ヒューバードとの距離を詰める。

ヒューバードが詠唱を止めるのと同時に、アガサもヒューバードの喉《のど》の手前で、手刀をピタリと止めた。

ヒューバードは、感心したような顔で口笛を吹く。

「物騒なのを連れてるなぁ？」

「アガサは、わたくしの護衛も兼ねていますの」

魔術は強力だが、詠唱が終わる前に攻撃してしまえばいい。なにより、喉を潰《つぶ》されることは、魔術師にとって致命的である。

それを理解しているからこそ、アガサもヒューバードの喉を狙ったのだ。

イザベルは扇子の陰で、ヒューバードの表情を観察する。

喉を狙われてもなお、ヒューバードはニヤニヤと笑っていた。

きっとこの男には、大事なものも、怖いものも、殆どないのだろう。だから、大抵の脅しは意味をなさない。だが、その程度で心折れるようなイザベルではなかった。

こういう時は、相手にとって「面倒で厄介な相手」になればいいのだ。

「〈沈黙の魔女〉様の不利益になることはしないと、誓ってくださる？」

「断ったら、セレンディア学園から追い出すぞ、ってかぁ？」

「まぁ、ご冗談を」

イザベルは僅《わず》かに目を細め、とびきり冷ややかに告げる。

「このリディル王国からに、決まっているでしょう？」

それは口先だけの脅しではない。ケルベック伯爵の力なら、それができる。

ヒューバードの顔から表情が消えた。その冷めた目が、こう言っている。

——煩わしい、と。

イザベルは怯《ひる》むことなく、ヒューバードを真《ま》っ直《す》ぐに見つめ返した。

ヒューバードの悪意がモニカではなく、自分に向けられても構わない。それこそ、望むところだ。

〈沈黙の魔女〉に救われたあの日から、どんな手を使ってでも力になると、誓ったのだから。

「権力を振るう覚悟はできています。貴方が、〈沈黙の魔女〉様に害を成すなら、わたくしは全力をもって、貴方を煩わせましょう」

「……面倒なお嬢様だなぁ？　んんっ？」

「まぁ、悪役令嬢にとって、これ以上ない褒め言葉ですわ」

イザベルは、殊更優雅に笑ってみせた。

悪役はしぶとく図太く、そしてなにより、面倒なものなのだ。

＊　＊　＊

ベッドの中で寝返りを打ったモニカは、鼻をひくつかせた。

冬の夜特有の冷たい空気に、薬やハーブの匂いが混じっている――これは、埃《ほこり》っぽい屋根裏部屋の匂いじゃない。医務室の匂いだ。

このセレンディア学園に編入してから、悲しいことに結構な頻度で事件に巻き込まれて、医務室の世話になっているので、モニカにとって、すっかり馴染《なじ》みの匂いである。

燭台《しょくだい》のそばでは、誰かが小声で会話をしていた。おそらくフェリクスと、この医務室に常駐している初老の医師だ。

「……マクレガン先生も、使い魔を飛ばして探してくれていますが、まだ見つかっていないようです」

そう小声で告げるフェリクスの声は低く、どこか切迫している響きがあった。

見つかっていない、とは何がだろう？

モニカが布団の中でジッとしていると、初老の医師が重々しい口調で言う。

「では、私はしばらく医務室で待機していましょう」

「お願いします。ノートン嬢が起きたら、すぐに寮に戻るように伝えてください」

それだけ言って、フェリクスが足早に医務室を出ていく。やはり何かあったのだ。

モニカはしばらく布団の中でジッとしていたが、フェリクスの足音が聞こえなくなったところで、モゾモゾと起き上がった。

「あの……」

「おや、起きたのかね」

初老の医師はそれなりにガッチリした体格の男だが、喋《しゃべ》り方が静かで落ち着いているので、モニカはあまり恐怖心を感じたことがなかった。なにより、この学園生活が始まってから、何度も世話になっている医師である。

モニカはおずおずと医師に訊《たず》ねた。

「魔法戦の、決闘は……」

「決闘は、ヒューバード・ディーの魔導具の暴走で中断。魔法戦の参加者は全員、寮に戻って休んでいるよ」

どうやらモニカが魔法戦に介入したことは、バレずに済んだらしい。

だが、フェリクスが言っていた「まだ見つかっていない」という言葉が気になる。

モニカが探るように医師を見上げると、医師は窓の外に目を向けた。

「もう外は暗い、君も早く寮に戻りなさい」

医師の言う通り、既に日は沈み、カーテンの向こう側は真っ暗だ。他の生徒達は皆、下校しているだろう。

モニカは医師からランタンを一つ借りて、医務室を出た。

(どうしよう、ネロかリンさんがいれば、偵察してもらえるけど……)

ネロは冬眠中だし、リンはここしばらく屋根裏部屋に姿を見せていない。

となると、モニカが自分一人で情報収集をしなくてはならないのだ。

トボトボ歩きながら女子寮に戻ったモニカを出迎えてくれたのは、心配そうな顔のラナだった。

生徒会室を出て行ってそれっきりだったから、ラナが心配するのも当然だ。

「モニカ、大丈夫?」

「うん、心配かけて、ごめん、ね。……えっと、グレンさん達は？」

「フェリクス殿下が仰《おつしや》るには、もう寮に戻って休んでいるらしいわよ。確かに心配だけど、明日から二連休でしょう？　きっと、休み明けには元気になってるわよ」

モニカを元気づけるように言うラナに、何かを隠しているような雰囲気はなかった。

おそらく、一般生徒には何も知らされていないのだ。

それからモニカは、ラナと少し会話をして、屋根裏部屋に戻った。

ネロは今日も、ベッドの上のカゴで丸くなって寝ている。

さっきまで医務室で寝ていたというのに、ベッドに横になると、また眠気が襲ってきた。

疲弊した体は、まだ休息を求めているのだ。

「……ネロ。なんだか、嫌な予感がするの」

呟《つぶや》き、ネロが眠るカゴの横に、倒れるように横たわる。

「早く起きてね。ネロ……」

呟き、モニカは意識を手放した。

＊＊＊

コツン、コツン、と窓を叩《たた》く音でモニカは目を覚ました。

屋根裏部屋は真っ暗だ。まだ日付が変わって、さほど時間が経《た》っていないのだろう。

カーテンのない窓に人影が見えた。もしかして、リンだろうか？　そんなことを考えながらベッドから起き上がったモニカは、予想外の人物に目を丸くする。

「夜分遅くに失礼」

そう言って、室内に入ってきたのは、栗色《くりいろ》の長い髪を三つ編みにした片眼鏡の男。モニカの同期、〈結界の魔術師〉ルイス・ミラーである。

今日は七賢人の杖《つえ》を手にしておらず、服装も動きやすい服の上に革の防寒着を着込んでいた。

窓辺に佇《たたず》むルイスは、短縮詠唱をして燭台に火をつけると、押し殺した声でモニカに問う。

「同期殿。簡潔な説明と、詳細で面倒な説明、どちらが良いですか？」

ルイスは露骨に不機嫌そうで、面倒な説明はしたくない、という空気をありありと感じた。

モニカはベッドに腰掛けたまま指をこね、目を泳がせる。

「じゃ、じゃあ、簡潔な方で……」

ルイスは心得たとばかりに一つ頷《うなず》いた。

そうして片眼鏡を指先で押し上げ、知的な面差しで言う。

「これから馬鹿《ぶあか》を私刑《リンチ》しに行くので、でかける準備をしてください」

「すすすみません、やっぱり詳しい説明を、お願いしますぅぅぅ……」

モニカの懇願に、ルイスは面倒臭そうにため息をつき、窓枠に足を組んで座った。

真冬の屋根裏部屋は外と大して変わらぬ寒さで、ルイスの吐息は白く浮かんで夜闇に溶ける。

「まずは、順を追って話しましょう。今日、この学園で魔法戦の決闘が行われましたね？」

「は、はい……」

「私、その魔法戦の結界維持役として、マクレガン先生に呼ばれていたんですよ」

今回の魔法戦の決闘には、ルイスの弟子であるグレンも参戦している。

グレンは魔力量が多く、過去にも魔力暴走事件を起こしているので、マクレガンは、グレンの師匠であり結界術の得意なルイスに助力を求めたらしい。

マクレガンは元ミネルヴァの教師で、ルイスも学生時代は世話になっている。だからルイスは、その依頼を二つ返事で引き受けたのだという。

「魔法戦が終わったら、無様に負けた馬鹿弟子を回収してやろうかと思ったのですが……私が到着した時、現場にはヒューバード・ディーと、ロベルト・ヴィンケルの二人が倒れていただけでした」

「……え」

「グレンと、ハイオーン侯爵の御子息……シリル・アシュリー殿の姿が見当たらないのです」

モニカの全身から、さぁっと血の気が引いた。

（グレンさんと、シリル様が、行方不明？）

学園の教師達は、行方不明者二名を必死で捜索しているらしい。勿論《もちろん》、生徒達の不安を煽《あお》らないようにするため、二人が失踪《しっそう》した事実は伏せて、だ。

厄介なのは、現時点では二人が自主的に失踪したのか、何らかの事件に巻き込まれたのかがハッキリしていない点である。

今のところ、誘拐犯から身代金等の要求はないらしい。

（そもそも身代金が目当てなら、真っ先に狙われるのは、ディー先輩のはず……）

ヒューバード・ディーの実家は、リディル王国南部で複数の荘園《しょうえん》を所有しており、非常に裕福なのだ。誘拐犯が少しでも下調べをしていたなら、平民のグレンや養子のシリルは狙わない。

モニカの手は無意識にスカートを握りしめていた。手が震えるのは、寒さのせいだけじゃない。当たり前のように続いていた日常が、ある日突然崩れ落ちる恐怖。大事な人がいなくなってしまう絶望。

それを、モニカは知っている。父が役人に連れて行かれた時が、そうだった。

モニカが顔を強張《こわば》らせて黙り込んでいると、ルイスは苦々しげに言葉を続ける。

「私はその二名を探すべく、リンを呼び出そうとしました。ですが、リンが呼びかけに応じないのです」

「えっと、リンさんが、自主的に休暇を取ったとか……」

そんな馬鹿な、と言われそうなことだが、リンならあり得る話である。

ルイスもモニカの言い分を鼻で笑ったりはせず、寧《むし》ろ沈痛な面持ちで肩を竦《すく》めた。

「だったら、張り倒してるんですけどね。私とリンを繋《つな》ぐ契約術式が、強制的に断ち切られているんですよ。これは、今までにないことです」

グレンとシリルが行方不明。リンとも連絡が取れない。間違いなく、非常事態だ。

腹の奥からジワジワと込み上げてくる不安に、モニカは服の胸元を握りしめた。

そんなモニカをチラリと見て、ルイスは幾らか軽い口調で言う。

「さて、ここで突然話は変わりますが、実は私、ここしばらくリンに、とある調査を命じておりまして」

そういえば、ここ最近リンを見かけないと思っていたが、どうやらその調査に忙しかったかららしい。

「リンさんがしてた、調査って……」

「〈宝玉の魔術師〉殿が、古物商と怪しい取引をしている、と小耳に挟んだので、違法性のある物を売買していないかの調査を」

〈宝玉の魔術師〉エマニュエル・ダーウィンは、モニカやルイスと同じ七賢人で、付与魔術を得意としている老人だ。

エマニュエルはクロックフォード公爵と懇意にしている第二王子派であり、第一王子派のルイスとは敵対している人物である。有り体に言って、仲が悪い。

「もし、その情報が真実なら、〈宝玉の魔術師〉殿の弱みを握れるじゃないですか。しかも、最近のあの人は、王都の工房には殆《ほとん》ど顔を出さず、別荘に入り浸っているという」

「別荘……？」

「この学園の北東にある、ケリーリンデンの森。ご存知《ぞんじ》ですか？」

「あ、確か、魔力濃度が高くて、立ち入り禁止区域に指定されてる……」

「そう、そのケリーリンデンの森です」

魔力濃度が高い土地は、魔力耐性の低い人間が長時間滞在すると、魔力中毒になる危険性がある。

その上、魔法生物──いわゆる竜や精霊が魔力に惹《ひ》かれて集いやすいので、人が住むのに適した場所ではない。そんな土地をわざわざ買い取って、別荘を建てるなど、確かに怪しい。

もし、エマニュエルに契約精霊がいるのなら、その精霊のために魔力濃度の高い土地に出入りしている、という可能性もあっただろう。

だが、現七賢人の中で、精霊と契約しているのはルイスだけなのだ。

「〈宝玉の魔術師〉殿は、魔力濃度が高い土地に入り浸って、一体何をしているんでしょうねぇ？……ほらほら、同期殿も気になってきたでしょう？」

「はぁ、まぁ……」

「しかも、リンはケリーリンデンの森付近の調査をしている最中に失踪した。これは関係あると考えるのが妥当でしょう？」

「それは、確かに……」

「ここで、グレン達の方に話を戻しますが、グレン達が失踪した直後、学園北東部に精霊らしき魔力反応を感知しました」

「──！」

学園北東部、その先にあるのはまさに、先ほど話題に出た、ケリーリンデンの森ではないか。

「その精霊がリンかどうかは分かりませんが、状況から見て、グレン達の失踪に関係している可能性が高い」

ルイスの言葉が終わるより早く、モニカはベッドから腰を浮かせた。今すぐにでもここを飛び出して、ケリーリンデンの森に行きたい。グレン、シリル、リンを探したい。

だが、そんなモニカにルイスが片手を持ち上げ、制止した。

「話は終わっていませんよ、同期殿」

「まだ、何か、あるんです、か？」

ソワソワするモニカに、ルイスは小さく頷く。

「今回の件、私一人の手には余ると判断し、〈星詠みの魔女〉殿に協力要請を出しました。そしたら、〈星詠みの魔女〉殿の方から、とんでもない事実が飛び出しまして……あの人はあの人で、独自の情報網持ってるんですけどね、このタイミングでその情報出してくるかって、私は天を仰ぎましたよ。えぇ」

グレン達の失踪より、とんでもない事実があるのだろうか。

息を呑《の》むモニカに、ルイスはうんざりした顔で告げる。

「〈宝玉の魔術師〉殿は、かつて失われた古代魔導具、〈偽王《ぎおう》の笛ガラニス〉を所持している疑いがあります」

＊＊＊

眠っていたシリルは肌寒さに身震いをし、ウトウトしながら手探りで毛布を探した。

だが、指先に毛布の手応えはなく、カサカサと枯れ葉の擦《こす》れる音がする。

（土と、草の匂い……？）

寝返りを打つと、ガサササと枯れ葉が流れる音がした。体の下からは、乾いた草を踏み締めた時のパサパサ、キュッキュッという音がする。

ようやくここが、ベッドの上ではないことに気づいたシリルは、勢いよく飛び起きた。体の上にかけられていた枯れ葉が宙を舞い、ハラハラと体の上に落ちる。

「ここ、は……」

上半身を起こしたシリルは、青い目を見開き硬直した。

シリルが寝かされていたのは、どうやら洞窟《どうくつ》の中だったらしい。呟いた声が僅《わず》かに反響している。立ち上がっても頭をぶつける心配はなさそうな、それなりに高さと広さのある洞窟だ。奥の方は外に繋がっているらしく、僅かに夜空が見える。

洞窟の中の様子がすぐに分かったのは、ランタンの類が置いてあるからではない。洞窟内に幾つもの小さな光の塊が、フワフワと漂っていたからだ。

光の塊は、一つ一つが小指の爪ほどの大きさだ。中には拳《こぶし》ぐらいのものもある。

(これは……もしかして、下位精霊か？)

シリルのすぐ横では、グレンが枯れ葉に埋もれて眠っていた。

シリルとグレンの下には、乾いた草が沢山敷き詰められている。この草と、体を覆うようにかけられた枯れ葉のおかげで、自分達は凍死せずに済んだのだ。

「ダドリー、起きろ」

「うぅ……副会長ぉ、肉は……今日の朝食に肉はあるっすか……」

寝ぼけている場合か！　と怒鳴りたいのをシリルはグッと堪《こら》えた。

今が非常事態であることは明白。自分達が置かれている状況が分からない以上、大声で騒ぐのは得策ではない。

「起ーきーんーかぁぁぁ」

なるべく低く押し殺した声で呻《うめ》き、グレンの肩を揺さぶっていると、背後で足音がした。

「お目覚めですか、人間さん」

幼い声に、シリルは勢いよく振り向いた。少し遅れてグレンも、「ムニャッ」と言いながら目を開く。

シリルの背後に佇んでいるのは、五歳ぐらいの少年と、猪《いのしし》ほどもある異形の狼《おおかみ》だった。

少年はフワフワした淡い金髪に、アイスブルーの目をしている。首から下はマントでスッポリと覆われていて、腕もマントの中に引っ込めていた。

今は内側から腕を持ち上げてマントを弛《たる》ませ、そこにたっぷりと枯れ葉をのせている。

シリルがどう話を切り出すか悩んでいると、目覚めたばかりのグレンが先に口を開いた。

「ここって、どこっすか？」

「ケリーリンデンの森です」

幼いが、丁寧な口調で少年が答える。

グレンは森の名に心当たりがないらしく、キョトンとしていたが、シリルはその森の名前を知っていた。

「セレンディア学園の北東に位置する森だ。魔力濃度が高く、立ち入り禁止区域になっているはずだが……」

「ですです。わたしとセズが、あなた達をここに連れてきました」

セズ、と言って少年は背後の狼を振り返った。

灰色の毛並みに、オレンジ色の目をした狼だ。おそらく中位か上位の精霊なのだろう。

シリルは少年と狼を交互に見て、慎重に訊《たず》ねた。

「お前達は、精霊なのか？」

「ですです。こっちはセズディオ。中位の地霊です。わたしは多分、氷霊《ひょうれい》です」

「……多分？」

なんだそれは、とシリルが顔をしかめると、氷霊を名乗る少年は、困ったように眉《まゆ》を下げた。

「わたしはもう、あんまり力が残っていなくて、自分の名前すら覚えていないのです。ただ、氷を操れるから、きっと氷霊です。なので、氷霊と呼んでくださいです」

そんなことがあるのか、とシリルは眉間《みけん》に皺《しわ》を寄せた。

シリルはそれほど精霊の生態に詳しいわけではないが、基礎魔術学で学んだ程度の知識はある。

人の姿をとれるということは、間違いなくこの少年は上位精霊だ。

だが、上位精霊が力を失うと、自分の名前すら忘れるというのは初耳だった。

「人間さん、あなた達を連れてきたのは、この森の精霊達を助けてほしいからなのです。わたしはもう、ほとんど力が残っていなくて、できることが少ない。だから、魔力が沢山ある強い人間を、探していたのです」

「……それで、私達を攫《さら》ったと？」

怒りの滲《にじ》む声で唸《うな》るシリルの横で、グレンが拳を振り上げて「横暴だー！」と同調した。

すると、氷霊の背後に控えていた狼が、グルグルと喉《のど》を鳴らす。

鋭い牙《きば》の生えた狼の口から、男の低い声が響いた。

「元はと言えば、お前達人間が蒔《ま》いた種。ならば、同族が解決するのが道理であろう」

あの狼は喋《しゃべ》れるのか、とシリルは密《ひそ》かに驚いた。中位精霊は、同じ中位という括《くく》りでも力の差が大きく、殆ど喋れないものもいれば、流暢《りゅうちょう》に喋るものもいるという。当然だが、後者の方が力が強い。

つまり中位精霊と言えど、セズディオというあの狼は、上位精霊に匹敵する力があるということだ。シリルとグレンの喉笛を食いちぎるぐらい、訳ないだろう。

狼はオレンジ色の目で、シリルとグレンを交互に睨《にら》みつけた。

「忌々しい人間ども。早く、あの笛吹き男を連れていけ。あいつのせいで、この森はメチャクチャだ」

どうやら、この森の精霊達は笛吹き男なる人間に迷惑しており、それを解決するために、同じ人間であるシリルとグレンを連れてきたらしい。

グレンが目だけで「どうするっすか？」と訴えてきた。

（私は先輩で、ここにいる後輩を無事に学園に帰す義務がある）

ならば、この殺気立っている狼に歯向かうのは下策だ。シリルは氷霊と向き合った。

「一体、何が起こっているのか、教えてくれ。協力するかは、話を聞いてから決める」

最悪の場合は自分が時間を稼ごう、とシリルは密かに決意した。

グレンは飛行魔術を使えるから、シリルが詠唱の時間を稼げば、この森から逃すことができる。

シリルとグレンが枯れ草の上に腰を下ろすと、幼子の姿をした氷霊は二人の向かいにペタンと座った。狼のセズディオは、氷霊の背後に控えている。

氷霊は辿々しい口調で語り始めた。

「今からちょっと前……えぇと、夏の始まりぐらいに、一人の人間がこの森に住み着いたのです。その人間は、小屋の中で魔導具を作っていました。いっぱい、いっぱい。でも、上手《うま》くいっていないみたいでした」

氷霊が言うには、その人間はしきりに「魔力が足りない」「大量の魔力付与さえできれば」と口にしていたらしい。

魔導具への魔力付与は、非常に難しい技術だ。特に攻撃魔術の類は魔導具と相性が悪く、初級の攻撃魔術一回分を付与するのに、莫大《ばくだい》な魔力と高度な技術が必要になる。

「ここしばらく、あの人間はこの森を留守にしていました。そして、新しい年になって少し経った頃、あの人間は奇妙な笛を持って、森に戻ってきたのです」

氷霊の背後で、セズディオが忌々しげに喉をグルグル鳴らした。

「あの笛は、精霊を操る笛だ。あの笛の影響を受けた精霊は、皆、あの人間の言いなりになる」

「ですです。わたしは、ちょっとだけ笛の力に抵抗できたので、セズやこの子達と一緒に、森の端っこに逃げたのです」

氷霊の言うこの子達とは、辺りにフワフワと漂う下位精霊のことだろう。下位精霊を見る氷霊の目は、穏やかで優しい。

一方セズディオは、苛立《いらだ》たしげに前足で地面をバシバシと叩《たた》き、枯れ葉を撒《ま》き散《ち》らしている。

「精霊を操る笛のせいで、俺も氷霊も迂闊《うかつ》に近づけぬ。だから、笛の影響を受けない人間の力がいるのだ。分かったら、さっさと笛吹き男を始末しろ！」

灰色の毛並みを逆立てて威嚇する狼に、氷霊がすがりつく。

氷霊はフワフワの金髪を揺らして、狼に懇願した。

「セズ、脅すのは駄目です。ただでさえ、無理やり連れてきてしまったのに……」

「いつまで甘いことを言っておるのだ、氷霊よ。そんなことだから名前を忘れるのだ。力を失うのだ。上位精霊として恥ずかしくないのか」

「ごめんなさいです。でも、でも……」

氷霊はセズディオとシリル達の顔を交互に見て、顔を曇らせる。

一見幼く見えるこの氷霊は、同族であるセズディオの言い分を理解しつつ、人間であるシリル達を気遣っている。

精霊は涙を流さない。だが、シリルにはこの小さな氷霊が、今にも泣きだしそうに見えた。

「ごめんなさい、人間さん。助けてなんて言って、ごめんなさい……でも……でも……」

その言葉に、シリルの頭の奥がカッと熱くなる。

気づけば彼は、口を開いていた。

「自分の力が及ばぬ時に、誰かに助けを求めることは、決して間違っていない。謝る必要もない。……無論、我々に意思確認をせず、無断で連れ去ったのは問題だが」

「オレ達、誘拐されたようなもんっすからねー」

グレンがしみじみと頷《うなず》く。

シリルはフンッと鼻から息を吐き、胸を張ってキッパリと断言した。

「いずれにせよ、このような事態を看過はできん。夜が明けたら、その人間に会いに行く。そして、このような行いは止《や》めるよう説得する。構わないか、ダドリー？」

「勿論《もちろん》！　副会長なら、そう言うと思ってたっす」

氷霊は幼い顔で、ぼうっとシリルとグレンを見上げていた。迷い子が、安堵《あんど》を得た時の表情に似ている。

殆《ほとん》ど瞬《まばた》きをしないアイスブルーの目は、溶けかけの氷のように潤んで見えた。

「ありがとうです。人間さんと、人間さん」

「シリル・アシュリーだ」

「グレン・ダドリーっす！」

シリルとグレンが名乗ると、氷霊はフワフワの金髪を揺らして笑った。

「ありがとうです。シリル、グレン」

＊＊＊

「……以上が、わたくしが洞窟の中で聞いたことです」

氷霊とシリル達の会話をこっそり聞いていたウィルディアヌは、あの後すぐにセレンディア学園に引き返し、フェリクスに己が見聞きした全てを報告した。

ウィルディアヌは水の上位精霊だ。それ故、空を飛んだり、馬より速く走ったりということはできないが、水がある場所だったら、魚よりも速く移動ができる。

幸運にもケリーリンデンの森にある川が、セレンディア学園の近くを流れていたので、その流れに乗って、迅速に戻ってくることができた。

白いトカゲ姿のウィルディアヌは、フェリクスの肩の上で一通り報告を終えると、人が頭を下げるように、小さな頭をペタリと伏せた。

「マスターの指示にない行動をしてしまい、申し訳ありませんでした」

「いや、良い判断だった。ご苦労様、ウィルディアヌ」

ケリーリンデンの森に滞在している笛吹き男なる人物と、精霊を操る不可解な笛の存在。そして、連れ去られたシリルとグレンの行方と動向。

それらを聞いたフェリクスは、さして表情を変えることなく、まだ朝日が昇らぬ窓の外をジッと見ている。

「ケリーリンデンの森は、少し前に〈宝玉の魔術師〉が購入した土地だね」

「それは、七賢人のお一人では……？」

「そう。クロックフォード公爵の屋敷の、魔導具コレクションの管理を任されている人物だ」

窓の外を見つめる碧《あお》い目が、僅かに細められる。形の良い唇が、酷薄な笑みを刻む。

「〈宝玉の魔術師〉エマニュエル・ダーウィン……使えるかもしれないな」

ウィルディアヌの主人は聡明《そうめい》だ。常に打てる手を模索している。

それが大勢の人に受け入れられないようなやり方でも、最善手と判断したら、彼は迷わず実行する。

必要なことだからと、虚《うつ》ろに笑って。

「ウィル。留守を頼まれておくれ。一仕事してくる。……ついでに、我が校の生徒達も助けておこう。大事な未来の側近だからね」

本当にそれは、ついでですか？　とは言えなかった。自分には過ぎた質問だ。

口にしたら、きっと主人を困らせてしまう。

十章　精霊の供物

日が昇り始めた冬の空はうっすらと明るく、朝焼けの橙《だいだい》に夜空の群青が薄れていく。その朝と夜の狭間《はざま》の空を、鳥よりも大きな影が横切った。

飛行魔術を使って空を飛ぶ、〈結界の魔術師〉ルイス・ミラーと、彼に背負われた〈沈黙の魔女〉モニカ・エヴァレットである。

ルイスが革の防寒着を着込んでいるように、モニカもまた、制服でも七賢人のローブでもなく、私服の地味なローブを身につけ、顔を隠すヴェールに身につけていた。

二人とも杖《つえ》は持っていない。今回の作戦は、七賢人の公式任務ではないからだ。

飛行魔術で空を翔《か》けるルイスは、モニカを背負い、前を向いたまま呟《つぶや》く。

「そうそう、同期殿。昨日は、ミネルヴァの知人と魔法戦をしていたようですが」

ルイスが言っているのは、ヒューバード・ディーのことだろう。

モニカは肩を竦《すく》めた。潜入任務中に魔法戦に乱入という、目立つ行動を咎《とが》められるかと思ったのだ。

だがルイスは、寧《むし》ろ感心したような口ぶりで言葉を続ける。

「魔法戦で口封じとは、なかなかやるではありませんか」

「…………」

妙な褒められ方をしてしまった。

「く、口封じと言いますか、そのぅ……」

モニカは自分の心を手探りで確かめながら、慎重に言葉を選ぶ。

あの時の自分の、感情の動きを。それが自分にもたらした変化を。

「グレンさん達に酷《ひど》いことされて、すごく、悔しくて……だから、そう、怒ったんです。わたし」

何かに腹を立てるなんて、精々数字や魔術を雑に扱われた時ぐらいだと思っていたのに。

ヒューバード・ディーの行いに、モニカは確かに腹を立て、そして怒りをもって魔術を行使した。

それは新年の夜、クロックフォード公爵に向けて、精神干渉魔術の蝶《ちょう》を放った時も同じだ。

「よくない、ですよね。七賢人なのに、怒り任せに、魔術を使うなんて……」

「はて？　腹が立つ奴《やつ》をぶちのめすのに使わないで、何のための魔術です？」

自省を語る相手を、間違えた気がする。

黙り込むモニカに、ルイスは前を向いたまま、サラリとした口調で言う。

「貴女《あなた》が今まで、あまり怒りを覚えなかったのは、他人に無関心だったからでしょう」

モニカはギクリと肩を震わせた。

ルイスの指摘は正しい。数字と魔術だけを偏愛していたモニカは、自分にも他人にも無関心だった。だから、何をされても腹が立たなかった。どうでも良かった。

「良い悪い以前に、怒りも敵意もなく敵を叩きのめしていた頃の貴女は、まぁまぁ不気味でしたよ」

「ぶ、不気味……不気味……」

「さて、森が見えてきましたね。そろそろ下りましょうか」

ルイスはゆっくりと飛行魔術の高度を下げる。モニカの不安定な飛行魔術とは比べ物にならない、安定した技術だ。

下降しながら、ルイスは呟く。

「私は今、〈宝玉の魔術師〉殿に、腹を立てています」

「……………」

「貴女も少しは怒りなさい。よくも、馬鹿なことをしでかしやがったな、と」

＊　＊　＊

真夜中に屋根裏部屋を訪れ、私刑《リンチ》のお誘いに来たルイスが言うには、〈宝玉の魔術師〉エマニュエル・ダーウィンは、古代魔導具〈偽王《ぎおう》の笛ガラニス〉を極秘入手し、ケリーリンデンの森に精霊を集めているらしい。

古代魔導具は物によっては兵器になりうる、それ一つで国家間の戦力バランスを崩しかねない危険な代物だ。それ故、国が厳重に管理し、特に危険度の高い古代魔導具は有事の際のみ、使用が認められている。

リディル王国が所有する古代魔導具は全部で六つ。

その内の二つは城の宝物庫に安置されており、残りの四つは国内の有力者が預かり、管理している。〈星詠みの魔女〉メアリー・ハーヴェイが管理する、〈星紡ぎのミラ〉もその一つだ。

そして、今回〈宝玉の魔術師〉エマニュエル・ダーウィンが秘密裏に入手した〈偽王の笛ガラニス〉は、そのいずれでもない、戦火に焼かれて失われたことになっている古代魔導具であるらしい。

無論、一度は失われた物であろうと、兵器たりうる古代魔導具を、極秘で個人所有するなど許されるはずがない。

本来なら、エマニュエルの所業は然《しか》るべき機関に通達し、厳正に処分してもらうべきなのだ。

……が、屋根裏部屋を訪れたルイスは窓辺に腰掛け、深刻な顔でこう言った。

「〈宝玉の魔術師〉殿のやらかしを、公にするわけにはいかないのですよ。我々七賢人のイメージが悪くなると困るので、今回の件は何が何でも隠蔽《いんぺい》する必要があります」

汚い大人の事情である。

良いのかなぁ、とモニカが密《ひそ》かに思っていると、ルイスは察しの悪い子どもを見るような顔をした。

「政治に疎い貴女は知らないでしょうけれど……今、貴族議会の間では、七賢人を貴族議会の下につけようという動きがあるのです」

七賢人は国王直属の役職であり、貴族議会と言えど簡単には干渉できない存在だ。だが、貴族議会の管轄下におかれたら、議会の命令に逆らえなくなる。

そして、新年の夜にモニカが対峙《たいじ》した第二王子の祖父、クロックフォード公爵は、貴族議会で最も強い発言権を持つ人物である。

あの時のモニカは、クロックフォード公爵の要求をはね除《の》けることができた。だが、七賢人が議会の管轄下になったら、そうもいかなくなる。

「そんな状況で、七賢人の一人が問題を起こしたらどうなると思います？　ここぞとばかりに、議会は我々の権限を奪いにくるに決まっている」

つまり、ルイスは〈宝玉の魔術師〉を庇《かば》いたくて庇っているわけではない。自らの保身のために、庇わざるをえないのだ。

窓枠に座っていたルイスは足を組み替え頬杖をつき、唇の端を歪《ゆが》めて皮肉っぽく笑う。

「議会から面倒な仕事がドサドサ回ってくるのは、貴女も嫌でしょう？」

「うぅ、……はい」

「ということで、〈宝玉の魔術師〉殿の件は、七賢人内で内密に解決したいのですよ」

既に〈星詠みの魔女〉メアリー・ハーヴェイが主体となり、他の七賢人も集結しているらしい。事件の解決に全ての七賢人が動くなど、そうそうない事態だ。それだけ、今回のことは七賢人の存続に関わる大問題なのである。

モニカは小さく片手を挙げて発言した。

「あの、内密に解決、って具体的には……」

「私としては、〈宝玉の魔術師〉殿に消えていただくのが、一番だと思うのですが」

案の定、物騒である。

硬直するモニカの前で、ルイスはいかにも物憂げな顔でため息をついてみせた。

「〈星詠みの魔女〉殿が、なるべく穏便に済ませたいと仰《おつしや》っていましてね。なので、古代魔導具を取り上げて、ちょっと痛い目にあってもらうことにしました」

その上での「私刑《リンチ》しに行く」発言だったらしい。

〈穏便に、とは……〉

モニカの知っている穏便とは、だいぶ違う。

「なぁに、あの一発殴っただけでポックリ逝きそうなご老人に、手をあげるつもりはありません」

あぁ、良かった、この物騒な同期にも人の心はあったのだ。

密かにホッとするモニカに、ルイスは爽《さわ》やかな笑顔で言った。

「〈宝玉の魔術師〉殿は、あの森の別荘に、自作の魔導具をたっぷり溜《た》め込んでいるご様子……それを丁寧にぶち壊すだけですよ。あの人は、魔導具を取り上げられたら何もできない、無力なご老人ですからねぇ。はっはっは」

古代魔導具には劣るとはいえ、現代の魔導具も充分に高級品である。物によっては、王都に家が買えてしまう。それを全て壊すなんて……。

モニカが推定被害総額に震え上がっていると、ルイスは笑顔を引っ込めて言う。

「この作戦で重要なのは、くだんの古代魔導具〈偽王の笛ガラニス〉も、必ず破壊してから回収してください、ということです」

「……え？　古代魔導具を、破壊？」

古代魔導具は国宝同然。値段のつけられない代物だ。もし、〈偽王の笛ガラニス〉が使用可能な状態なら、無傷で回収しようと誰もが考えるところだろう。

「どうして、そんな貴重な物を、破壊なんて……」

「〈偽王の笛ガラニス〉を破壊したい理由は二つ。一つ目、古代魔導具は意思があるので、〈宝玉の魔術師〉のやらかしを七賢人以外の誰かに話してしまう可能性があるから。そうなったら、内密に解決どころではなくなるでしょう？」

モニカは以前目にした〈星紡ぎのミラ〉を思い出した。

若い女性の人格を持つあの古代魔導具は、言葉こそ通じるが、会話はあまり成立しない難儀な性格だった。

〈偽王の笛ガラニス〉は、一体どんな人格なのだろう。交渉はできないのだろうか？

「そして、理由の二つ目。〈偽王の笛ガラニス〉は戦禍を招く、極めて危険な古代魔導具なのです。誰が所有しても碌《ろく》なことにならない。だから見つけ次第、破壊して回収。……これは絶対です。良いですね？」

念を押すルイスの声は、私刑の誘いをする時とは比べものにならないほど、低く重かった。

＊　＊　＊

モニカとルイスがケリーリンデンの森のそばに着地したところで、空からパタパタと一羽のフクロウが降りてきた。フクロウは足に筒付きの足環《あしわ》をつけている。――〈星詠みの魔女〉メアリー・ハーヴェイの使い魔だ。

ルイスは己の腕にフクロウを留めると、足環についた筒から小さく折り畳んだ手紙を取り出した。

紙面を睨《にら》むルイスの細い眉《まゆ》が、ピクリと跳ね上がる。

「〈星詠みの魔女〉殿から、伝言です。この森に大型の獣が入っていくのを見た、との目撃証言あり。獣の背中には、白い服を着た人間らしきものがチラリと見えたとか」

白い服、と聞いて真っ先に思い浮かぶのは、セレンディア学園の制服だ。グレンとシリルが、行方不明になる直前に着ていたものである。

モニカはルイスを見上げて、早口で訊《たず》ねた。

「大型の獣は……獣に化けた精霊でしょうか？　その目撃証言、獣の背中にいた人に、意識はあるようだったとか、怪我《けが》をしてたとか、他に情報は……」

いつになく必死なモニカに、ルイスは淡々と応じる。

「そこまでは分からないようです。ただ、目撃時刻も一致しますし、行方不明になったグレン達で、ほぼ間違いないでしょう」

やはり、この森にグレンとシリルがいるのだ。モニカは密かに拳《こぶし》を握りしめる。

ルイスは手紙を複雑な形に折りたたみ、筒に戻していた。その場に筆記具が無くても、折り方で返事が伝わるようにしているのだ。あの折り方は、「把握、承知」といったところだろうか。

ルイスはフクロウを空に放ちながら呟く。

「グレン達が何故《なぜ》、精霊と行動を共にしているかは分かりませんが……これで、指針が固まりましたね」

ルイスはフクロウを見送ると、頑丈そうな革のグローブを嵌《は》め直し、モニカを見る。

「さて、作戦の最終確認です。我々がまずすべきことは、行方不明になったグレン・ダドリー、シリル・アシュリー、この二名の保護。古代魔導具の件が知られる前に、速やかに保護しましょう」

ルイスがグレンとシリルの保護を最優先事項としてくれたことに、モニカはこっそり胸《むね》を撫《な》で下《お》ろした。

ルイスなら、「私の弟子なら、自力でなんとかするでしょう」ぐらい言いそうだと、密かに思っていたのである。シリルが巻き込まれていなかったら、言っていたかもしれない。

「この二名を保護したら、次にすべきは、古代魔導具〈偽王の笛ガラニス〉及び、〈宝玉の魔術師〉が所有する全ての魔導具の破壊です」

片眼鏡の奥で鋭く目を細め、ルイスはケリーリンデンの森を睨む。

朝焼けに照らされる冬の森は殆《ほとん》ど葉が落ちているが、それでも奥まで見渡すことはできない。ちょっとした町ぐらいの広さがある上に、高低差がある森なのだ。

森全体を回るには、それなりに時間がかかるだろう。

「貴女の役割は陽動です。このケリーリンデンの森は〈宝玉の魔術師〉の庭。どんな罠《わな》があるか分かったものではありません」

〈宝玉の魔術師〉は魔導具作りの天才だ。森にも、〈螺炎《らえん》〉のような攻撃用魔導具を仕掛けている可能性が高い。

更に〈偽王の笛〉ガラニスの力を使えば、精霊を操り、森を見回りさせることもできる。

それなら、真正面から突っ込んでいくより、誰かが敵の意識を引きつけ、他の者が隙を突いて叩《たた》く方が確実だ。

「やり方は貴女に任せます。この辺りは人里も街道もないので、少しぐらいなら派手にやって構いません」

「……分かり、ました」

本当は、モニカもシリルとグレンを探しに行きたい。だが、モニカはあの二人に正体を知られるわけにはいかないのだ。

故に、〈結界の魔術師〉と〈砲弾の魔術師〉、〈深淵《しんえん》の呪術師〉と〈茨《いばら》の魔女〉が、それぞれ組んで森に入って、シリルとグレンを保護し、〈偽王の笛ガラニス〉を破壊する。

残りの七賢人の内、戦闘向きではない〈星詠みの魔女〉は、森の外で待機ということになっているらしい。

「文献によると、〈偽王の笛ガラニス〉は精霊を操る古代魔導具ですが、さすがに精霊王には干渉できないようです。必要なら、精霊王召喚を使っても構いません」

「あのぅ、精霊王への干渉は無理でも、その……」

歯切れの悪いモニカの言葉の続きを、ルイスはすぐに察したらしい。彼は心得顔で頷《うなず》いた。

「お察しの通り、上位精霊ぐらいなら操れるようです。おそらくリンは、敵の手中に落ちているでしょう。遭遇したら、問答無用で攻撃してくる可能性が高い」

モニカは緊張に顔を強張《こわば》らせた。

風の上位精霊であるリンは、人間のように詠唱をせずとも風を操れるし、圧倒的に魔力量が多い。七賢人と言えど、簡単に無力化できる相手ではない。

「もしアレが攻撃してきたら、徹底的にぶちのめして構いません。うっかり消滅しても不可抗力ですから、お構いなく」

ルイスの言葉は、実にあっさりしていた。

消滅したらそれまで。と言わんばかりの口調に、モニカは困惑しつつ、恐々《こわごわ》訊ねる。

「あの、でも、リンさんは、ルイスさんの契約精霊、ですし……」

「互いに利害が一致しているから組んでいるだけです。こういう事態では自己責任。リンが消滅しても、特に貴女を恨んだりはしません」

ここまで割り切られると、一体どういう経緯で契約するに至ったのか気になるところである。

困惑するモニカに、ルイスは真剣な顔で言った。

「〈宝玉の魔術師〉は、攻撃魔術の腕前は二流ですが、魔導具作りの才能は、間違いなく超一流です。近年は、クロックフォード公爵という出資者を得たことで、高度な攻撃魔術を付与した魔導具の製作にも成功している。……〈螺炎〉クラスの魔導具を複数所持していることも、想定しておいてください」

ルイスは〈宝玉の魔術師〉と不仲だが、魔導具職人としての才能は、高く評価しているらしい。

第二王子暗殺未遂事件でも使われた〈螺炎〉は、現代魔導具の中でおそらく最も高威力の代物だ。モニカの防御結界すらも貫通する。

それに匹敵する魔導具を複数所持しているのが、〈宝玉の魔術師〉エマニュエル・ダーウィンなのだ。〈宝玉の魔術師〉は、魔導具に対する魔力付与率が並外れているのである。

つい先日対峙したヒューバード・ディーも、炎の矢を放つ魔導具を自作していたが、七賢人が作った魔導具に比べれば、玩具《おもちゃ》も同然だ。連射性能は素晴らしいが、火力の差は比べるまでもない。

顔を強張らせるモニカに、ルイスが低い声で告げる。

「充分に、警戒を」

「……はい」

ここからは、モニカは別行動だ。ルイスは飛行魔術で移動して、〈砲弾の魔術師〉と合流する手《て》筈《はず》になっている。

ふと、まだ確認していなかったことを思い出し、モニカはルイスに訊ねた。

「あの、ルイスさん。私は陽動ですけど、もし、〈宝玉の魔術師〉様と遭遇した場合、身柄はどうすれば……」

「どうもしなくて結構です。捕まえたところで、どこかに突き出せるわけでもないですし、殴ったら死にそうですし」

「…………」

「ご自慢の魔導具を全部ぶち壊されて、惨めに逃げ出すところを、指さして爆笑してやりましょう」

「…………」

「いやぁ、次の七賢人会議にどの面下げてくるのか、見ものですね！　あっはっは！」

自分達はこれから、大罪を犯した同僚を止めにいくのである。

それなのに、モニカは自分の方こそ、大悪党の一員になってしまったような気分だった。

少なくとも、双方に正義も大義もない。絶対にない。

＊　＊　＊

枯れ草と枯れ葉に埋もれて眠るグレンの耳に、微《かす》かな歌声が届いた。

カサカサという枯れ葉の音にかき消されてしまいそうなほど、細く優しい歌声だ。

郷愁を誘うその声は、子ども達に聞かせるような柔らかさで、グレンの耳を擽《くすぐ》る。

「『今日も今日とて糸を手に、手繰って紡いであなたを想《おも》う。手繰って紡いであなたを想う……』」

グレンがうっすらと目を開けると、地面に座る人影と、その周囲でチカチカと瞬く光が見える。

光は歌声に合わせて、人影の周囲をクルクルと飛び回っており、子どもがはしゃぐ様に似ていた。

その光景をウトウトしながら見ていると、柔らかな歌を紡いでいた声が、耳に馴染《なじ》みのあるキンキン声で怒鳴る。

「グレン・ダドリー！　起きているなら、さっさと身支度をせんかっ！」

「あー、副会長ぉ……はよざいまーす……」

枯れ葉を撒《ま》き散《ち》らして起き上がったグレンは、目を擦《こす》りながら周囲を見回した。

朝日が差し込む洞窟《どうくつ》の中、シリルのそばに幼子の姿をした名も無き氷霊《ひょうれい》がちょこんと座り、その周囲を下位精霊達がフワフワと漂っている。

大きな狼《おおかみ》の姿をした地霊セズディオは、岩壁にもたれてじっとしていた。

「副会長……歌……」

グレンがムニャムニャしながら言うと、シリルは気まずそうに視線を地面に彷徨《さまよ》わせた。

「あ、あれは、その……ここにいる風霊達が朝食を探してくれたから、その礼に……」

シリルのそばには、大きな葉っぱが数枚並べてあり、その葉を皿に木の実がのせられている。

それらは全て、周囲にフワフワ漂っている下位精霊達が集めたものらしい。

シリルは己の手の甲に留まった小さな光を見つめ、眉を下げた。

「この季節に、これだけの物を集めるのは大変だっただろう。ありがとう」

律儀な人だなぁ、とグレンは思う。

そもそも自分達は無理やり攫《さら》われて、協力することを強要されている身である。

それなのにこの人は、木の実を集めてきた下位精霊にきちんと礼を言い、ささやかなお礼に歌を贈るのだ。

風の精霊は歌を供物として好むという。シリルの歌は、供物として精霊達をおおいに喜ばせたらしい。幼子の姿をした氷霊が、ニコニコしながらグレンを見た。

「おはようです、グレン」

「はよーっす。氷霊さん。どこかで水飲めないっすかね？」

「はいです。汲《く》んできましたです」

氷霊の横には、氷でできたタライがあり、そこに綺麗《きれい》な水が溜《た》めてあった。氷のタライは、この氷霊が作った物らしい。タライのそばには、大きめの木の実を半分に割って作った、簡素な椀《わん》が二つある。グレンはそれで水をすくって飲んだ。

氷のタライで冷やされた水は、真冬の早朝に飲むには些《いささ》か冷たすぎるが、それでも渇いた喉《のど》を心地よく潤してくれる。

「オレも、水のお礼した方が良いっすかね？　えーっと、氷霊って、何を供物にするんだっけ……」

グレンがそう言うと、氷霊は困り顔で首を横に振った。

「わたしは、供物を受け取れないです。それより、この子達にもっと歌ってあげてほしいです。久しぶりのお歌で、みんな喜んでいるです」

小さな光の粒達が、氷霊の言葉に同意するように瞬いたので、グレンは氷霊の横に移動し、膝《ひざ》を抱えて座った。完全に聴く側の体勢である。

シリルはそんなグレンに、ピクリとこめかみを引きつらせたが、氷霊の期待の目に負けたのか、渋々といった様子で歌い始めた。

「鳥よ、鳥よ
シェルグリアが、葉を運ぶ頃
秋の名残を隠しておくれ、ハリエニシダの奥の奥
黄色い花が咲く日まで、私はそれを愛《め》でるから

鳥よ、鳥よ
オルテリアの鐘、響く日は
秋の名残を教えておくれ、ハリエニシダの奥の奥
音の届かぬ雪の中、私はそれを抱《いだ》くから

鳥よ、鳥よ
ロマリアが目をつむるまで
秋の名残を届けておくれ、ハリエニシダの奥の奥
春が目覚めるその日まで、私はそれを歌うから」

いつもの怒鳴り声が嘘《うそ》のように、その歌声は穏やかで優しかった。
高音が掠《かす》れることなく伸び、しっとりと情緒を揺さぶる。

シリルのそばで下位精霊達が瞬き、銀の髪がその光を反射してキラキラと輝いた。

歌詞の中に登場した、シェルグリア、オルテリア、ロマリアは、リディル王国の冬を代表する精霊だ。その名は暦でも使われている。

冬を招くシェルグリア。鐘を鳴らすオルテリア。吹雪を子守唄《こもりうた》にするロマリア。

それぞれが様々な逸話を残している精霊達で、以前グレンが鳴らした冬精霊の氷鐘《オルテリア・チャイム》の由来になっていたりもする。

シリルの歌を聞きながら、グレンは横目で氷霊を見た。ふわふわした淡い金髪の幼子は、どこかぼうっとしたアイスブルーの目で、シリルを見ている。

「氷霊」

シリルの歌が終わると同時に低い声を発したのは、岩壁にもたれていた狼、地霊セズディオだ。

セズディオは夕焼けに似たオレンジ色の目で、鋭く氷霊を睨《にら》んだ。

「お前は供物を要求せぬのか」

「セズ、わたし達は、助けを求める側です」

氷霊の声には、窘《たしな》めるような響きがあった。

精霊は見た目の年齢と実年齢が一致しない生き物だ。この氷霊は、一体何歳なのだろう。案外、あの偉そうな狼より年上なのかもしれない。

「わたしは、供物を要求できる身ではないです」

氷霊が穏やかだが、キッパリとした口調で言う。

そのやりとりを聞いていたシリルが、地面に散らばる枯れ葉に目を向けた。

「私達が凍えぬよう、枯れ葉や草を集めてくれたのは、お前だろう？」

「はいです。わたしには、人間さんを温める力はないので……」

「おかげで凍えずに済んだ。ありがとう。私に何か礼ができるのなら、言ってくれ」

風霊に礼をしたのなら、この氷霊にも礼をするのが当然だと言わんばかりの口調だった。

繰り返すが、シリルもグレンも攫われてきた身である。

（さすが、副会長。精霊相手にも真面目だなぁ……）

どこまでも真《ま》っ直《す》ぐなシリルの態度に、氷霊は困惑したように俯《うつむ》いていた。ただ、手足を隠すマントがソワソワ揺れている。

やがて氷霊は、ポツリと言った。

「……お花」

「花が欲しいのか？」

シリルの言葉に、氷霊はコクリと小さく頷く。

「お花を見つけたら、凍らせて、わたしにくださいです。それが、氷霊の供物です」

「そうか、分かった。森の中で見つけたら、用意しよう」

氷霊はやっぱりどこか困ったような顔で、「ありがとうです」と呟《つぶや》く。

そのやりとりを見ていたセズディオが、急《せ》かすように太い前足で地面を叩《たた》いた。

「お喋《しゃべ》りはもういい。さっさと食事を済ませて、笛吹き男をどうにかしろ、人間」

威圧的な態度の地霊に、シリルは気難しい顔で応じる。

「無論、そうするつもりだが、……今はまだ駄目だ」

「ほぅ？　時間を稼ぐつもりか？　もしや貴様は、あの笛吹き男の仲間なのか？」

「セズ！」

悪意を隠さぬセズディオに、氷霊が声をあげる。

だが、シリルは気を悪くした様子もなく、当然とばかりに言い切った。

「今は早朝。突然訪問するのは、笛吹き男殿に失礼だろう。訪問時間は選ぶべきだ」

氷霊と地霊が、揃《そろ》って黙り込む。

グレンは込み上げてくる笑いを噛《か》み殺《ころ》した。

（やっぱ副会長って、すごいなぁ）

セレンディア学園一、真面目で頑固で堅物なこの副会長は、騒動の元凶である笛吹き男にも礼を尽くすつもりなのだ。

「よーし、なんか元気出てきた。全部ちゃちゃっと解決して、学園に戻って……」

そこまで口にして、グレンは口をつぐんだ。自分達がこの森にやってくる直前の出来事を思い出したのだ。

「……そういやオレ達、魔法戦に負けたんすよね」

モニカの身を賭《か》けたヒュバード・ディーとの魔法戦に、グレン達は敗北している。

シリルが気難しい顔で頷《うなず》いた。

「ノートン会計が心配だ。問題を解決したら、急いで帰るぞ」

「はいっす！」

十一章　通りすがりの男達

夜の名残の群青が消え、気持ちの良い水色の空が広がる朝、モニカは徒歩でケリーリンデンの森の手前に到着した。

日が昇っても朝の空気はまだ冷たく、足下で霜がサクサクと音を立てる。

モニカはかじかんだ指先を軽く開閉した。先月、呪竜騒動で受けた呪いの後遺症は、だいぶ薄くなったが、まだ左手に痺《しび》れが残っている。あまり動かさない方が良いだろう。

〈作戦の目的は、〈宝玉の魔術師〉様が所有する魔導具、及び古代魔導具〈偽王《ぎおう》の笛ガラニス〉の完全破壊。わたしの役割は陽動……だけど、陽動って、どんなことをすればいいんだろう〉

モニカはグルリと周囲を見回した。侵入者対策の魔導具の罠《わな》を仕掛けてある場所は、大体察しがつく。〈宝玉の魔術師〉は魔導具作りの天才だが、狩りの才能はないのだろう。土を掘り返した痕《こん》跡《せき》がそこかしこに残っているのだ。

それらを吹き飛ばすために、少し派手な火炎魔術を使ってみようか。だが、もし枯れ木に燃え移ったら一大事である。この森は、魔法戦のように、周囲を保護する結界が張られているわけではないのだ。

どうしたものかと腕を組み、思案していると、森の中から微《かす》かに悲鳴が聞こえた。若い男の声だ。

〈シリル様、グレンさん……!?〉

焦るモニカの目に映るのは、必死の形相でこちらに向かって走ってくる、黒髪にバンダナを巻いた、作業服の男――シリルでもグレンでもない。

「ば、バルトロメウスさん⁉」

「その声は、チビか⁉　なんでこんなとこに……いやそれより、逃げろ！　やばいのが来る！」

森の奥から、ガシャガシャと金属が擦《こす》れる音がする。木の陰から姿を見せたのは全身鎧《よろい》だ。その手には長剣を握りしめている。

全身鎧は、人間一人分よりも更に重い代物だ。それなのに、まるで布の服を着ているような俊敏さで、バルトロメウスを追いかけていた。

全身鎧が走りながら、剣を振り上げる。まだ、剣の間合いには遠いはずだ。だが次の瞬間、振り上げた腕が不自然に伸びた。

鎧の胴体と右腕の接続部分、丁度肩の辺りに金属糸を束ねた物が見える。一本一本が親指ほどの太さの金属糸を、撚《よ》り合わせた物だ。

（鎧の中に、金属糸？　人間は入っていない？）

金属糸に繋《つな》がる籠手《こて》が、バルトロメウスに長剣を振り下ろす。その刃《やいば》がバルトロメウスを切り裂くより早く、モニカは防御結界を展開した。

「チビ、あいつは人間じゃねぇ！　……魔導具だ！」

兜《かぶと》のバイザーの下に、人の顔らしきものはない。よくよく目を凝らすと、兜の下にも太い金属糸の束が見える。

俄《にわ》かに信じがたいが、あの金属糸が鎧を中から動かしているのだ。

なんにせよ、中に人がいないのなら、モニカに手加減をする理由はない。

(陽動は、派手な方がいいし……)

モニカは意識を集中し、右手を鎧の方にかざす。

「七賢人が一人、〈沈黙の魔女〉モニカ・エヴァレットの名の下に、開け、門」

前に差し伸べた手の先に、緑色の光の粒子でできた門が現れる。

その門がゆっくりと開き、煌《きら》めく風を呼んだ。強い風に、モニカのローブとヴェールがバサバサと揺れる。

「静寂の縁より現れ出《い》でよ、風の精霊王シェフィールド！」

開いた門から吹く風は、不可視の刃となって、全身鎧と地面に埋め込まれた設置型魔導具をまとめて切り裂いた。

魔導具は原形を留《とど》めぬ残骸《ざんがい》になり、全身鎧は首と、両肩、両足の付け根を正確に切断され、ガシャガシャと音を立てて地面に転がる。

全身鎧の切断面からは金属糸が飛び出していて、鎧の胴体に詰め込まれた部分だけ、まだ微かに動いていた。

(つまり、胴体の方に仕掛けが？)

モニカが鎧を観察していると、バルトロメウスが鎧に近づき、首の辺りから飛び出している金属糸の束を、ムンズと掴《つか》んで引っぱった。

木の根のようにズルズルと引きずり出された金属糸の先端には、オレンジ色の宝石をあしらったブローチのような物がからみついている。

親指と人差し指で輪を作ったぐらいの大きさの宝石は、内側からボンヤリと淡く輝いていた。

「あのぅ、その宝石が、魔導具の本体、ですか？」

「……あぁ」

宝石の輝きは徐々に弱くなっていき、やがて蝋燭《ろうそく》の火が燃えつきるように、音もなく消える。

輝きを失った宝石を見た瞬間、モニカの背筋に悪寒が走った。

「今の光って、ま、まさか……」

現代魔導具に付与できる魔力量には、限界がある。

金属糸で鎧を操る魔術ともなると、膨大な魔力が必要だ。少なくとも、モニカの知る技術では不可能である。

だが、膨大な魔力を持つ魔法生物を、魔導具に組み込むことができたら？

「この魔導具の、動力源って……」

震える声で問うモニカに、バルトロメウスは嫌悪の滲《にじ》む声で吐き捨てる。

「……精霊だよ。この森の」

モニカは己の予想が正しかったことを確信した。

宝石の中で消えていった光は、力を使い果たした精霊の成れの果てだったのだ。

モニカは冷たい汗の滲む手で、胸元をギュッと押さえ、呼吸を整える。

まずは、情報を整理しなくては。

「あの、バルトロメウスさんは、どうして、この森に？」

偶然モニカの正体を知ってしまったバルトロメウスとは、彼が恋しているリンと引き合わせることを条件に、協力関係を結んでいる。

彼にはセレンディア学園外での調べごとを依頼していたのに、何故《なぜ》こんなところにいるのだろう。

モニカの疑問に、バルトロメウスは苦い顔で、バンダナ越しに頭をかく。

「どこから話したもんかなぁ。……話すと長くなるんだが、俺ぁ、この国に来たばかりの頃、〈宝玉の魔術師〉の工房で働いてたんだよ」

「えっ」

魔導具職人である〈宝玉の魔術師〉は、国内に工房を持っているし、弟子も大勢抱えている。

技術者であるバルトロメウスが一時的に身を寄せていたとしても、不自然ではない。

「〈宝玉の魔術師〉は自分の個人研究のために、本業の魔導具作りは、弟子や俺みたいな雇われ職人に丸投げしてたんだ」

多忙な有名職人が、弟子に魔導具作りを任せるのは、よくある話だ。

だが、バルトロメウスの話には続きがあった。

「しかも、あのジイさんは、弟子や雇われ職人が作った魔導具に自分のサインを入れて、高く売り《う》捌《さば》いてたんだよ。これは〈宝玉の魔術師〉が作った魔導具だ！　ってな。だから、俺は嫌気がさして、工房を飛び出したってわけだ」

モニカは硬直した。そんな馬鹿なことが、と言うには心当たりがありすぎたのだ。

（そうだ、シリル様のブローチも……）

シリルのブローチは、〈宝玉の魔術師〉の銘が入っていたにもかかわらず、保護術式がかけられていない欠陥品だった。あのブローチも、〈宝玉の魔術師〉が弟子達に作らせた物だったのかもしれない。

（あのブローチの欠陥のせいで、シリル様は、苦しい思いをしたのに……）

沈黙するモニカの前で、バルトロメウスは小さく肩を竦《すく》める。

いつも陽気な顔に、今は微かな嫌悪が滲んでいた。

「〈宝玉の魔術師〉は魔導具作りを俺達に丸投げして、何をしてたと思う？」

「え？　えっと、個人研究、ですよね？　……あっ」

察したモニカにバルトロメウスは一つ頷き、手のひらに残る宝石の残骸に視線を落とす。

「その個人研究ってぇのが、この森の精霊を、魔導具の動力源にする研究ってわけだ。俺は偶然、〈宝玉の魔術師〉の研究記録を見ちまったから、その内容を知ってるんだ……本当に偶然だからな？　盗み見て一儲《ひともう》けとか思ってねぇからな？」

偶然をしつこく強調するバルトロメウスの声を聞きつつ、モニカは思案する。

竜の鱗《うろこ》や牙《きば》など、魔法生物は魔導具作りの良質な素材として重宝されているが、精霊を丸ごと動力源にというのは前代未聞の話だ。普通はそんな恐ろしいこと、考えたりはしない。そもそも、精霊を捕まえること自体が困難である。

だが、精霊を操る〈偽王の笛ガラニス〉があれば、それも不可能ではない。

「勿論《もちろん》、賢い俺は、そんなヤバい案件に首を突っ込む気はなかったんだがな、空を見上げてリンちゃんに想《おも》いを馳《は》せてたら、リンちゃんがこっちの方角に飛んでいくのを見たんだよ」

バルトロメウスは、ルイスの契約精霊リィンズベルフィードが精霊と知りつつ、恋している。

そして、バルトロメウスはケリーリンデンの森で、精霊を動力源とする研究が行われていることを知っていた。

「だから、こいつぁリンちゃんが危ねぇと思って、俺はこの森に入ったわけだ。分かったか？」

事情は分かったが、これは少しばかり厄介なことになっている気がする。

モニカは恐々《こわごわ》、バルトロメウスに訊《たず》ねた。

「バルトロメウスさんは、精霊を動力源にする方法について、どこまで知ってます、か？」

「正直、設計図を見てもサッパリだな。そもそも、どうやって精霊を捕まえて魔導具に組み込むんだよ。精霊なんて、簡単に捕まえられるようなもんじゃねぇだろ」

やはり、バルトロメウスは古代魔導具〈偽王の笛ガラニス〉の存在を知らないのだ。

リンを助ける気満々のバルトロメウスに、引き返せと説得するのは難しいだろう。

なによりモニカは、バルトロメウスとリンとの仲を取り持つ約束をしているのだ。一方的にバルトロメウスが言い出したことだが。

ならば細かい事情は伏せて、バルトロメウスに協力してもらおう、とモニカは腹を括《くく》る。

「わ、わたしも、リンさんを助け、たくて……その、〈宝玉の魔術師〉様を説得しに、来たんです！」

私刑《リンチ》云々《うんぬん》の部分はあまりにも物騒すぎるので、咄嗟《とっさ》に伏せた。

モニカの言葉に、バルトロメウスは目をキラリと輝かせる。

「そういうことなら、目的は一緒だな。行くぞ、チビ！　悪い魔術師の魔の手からリンちゃんを救いに！」

「は、はひっ！」

バルトロメウスの言葉に頷きつつ、これはなかなか大変なことになってしまったぞ、とモニカは内心頭を抱えた。

　とりあえず、陽動という意味では活躍しそうである。バルトロメウスの声はやたらと大きくて、よく響くのだ。

＊　＊　＊

　ウィルディアヌに留守を任せたフェリクスは、制服の装飾マントだけを外し、その上から地味な外套《がいとう》を羽織った。外套の中に制服を着ているのは、万が一、学園の敷地内で人と遭遇した時に、制服姿でないと不審に思われるからだ。

　そうして学園を抜け出したフェリクスは、馴染《なじ》みの商人に頼んで馬を借り、ケリーリンデンの森を目指した。

　夜通しでの移動になったが、夜ふかしには慣れている。

（今日から二日間、学園は休みになる。その間に、片を付けなくては）

　早朝、森の付近に到着したフェリクスが森の様子を窺《うかが》っていると、彼がいる位置よりやや北の方、森の西の端辺りで光り輝く門が見えた。あれは、風の精霊王シェフィールド召喚の門だ。

　風の精霊王召喚の使い手は、国内でもそう多くない。おそらく、〈沈黙の魔女〉か〈結界の魔術師〉のどちらかだ。

（ウィルの情報から推測するに、〈宝玉の魔術師〉は古代魔導具を所持している可能性が高い……となると、他の七賢人達が隠蔽《いんぺい》と回収に動いていると見ていいだろう）

フェリクスは馬を隠して木に繋ぎ、森に入った。

ケリーリンデンの森は、魔力濃度の濃い土地だ。魔力量の少ない人間だったら、半日もいられないだろう。

(シリルもダドリー君も、魔力量が多いから、そう簡単には魔力中毒にならないはず)

あの二人が魔法戦で魔力を消耗していたのは、幸運だったかもしれない。魔力濃度の高い森は、人体に有害だが、同時に魔力の回復を早めてくれる。

フェリクスは足音を殺し、耳を澄ませて森を進んだ。

グレンとシリルが連れて行かれた洞窟《どうくつ》の場所は、ウィルディアヌから聞いている。あの二人が森の奥にある〈宝玉の魔術師〉の小屋を目指すことも聞いていたので、見つけるのにさほど時間はかからなかった。

(……いた。シリルとダドリー君だ)

木々の奥に、白い制服姿のシリルとグレンの姿が見える。それと、見覚えのない少年と、猪《いのしし》のように大きな狼《おおかみ》も。おそらく、あれがシリル達を攫《さら》った精霊だ。

ウィルディアヌの話では、あの二人は精霊に力を貸すと約束したらしい。

(まったく、自分を攫った精霊に絆《ほだ》されるなんて……)

呆《あき》れのため息を噛《か》み殺《ころ》し、フェリクスは思案する。

自分がこの森に来ていることは、誰にも知られるわけにはいかない。シリルとグレンにも、だ。

その上で、あの二人を保護するにはどうしたら良いか?

フェリクスはシリル達から少し離れ、周囲を探る。

（……見つけた）

フェリクスは、羽織っていた外套を脱いだ。外套の下に着ているのは、セレンディア学園の白い制服──森の中では目立つから、誘導には最適だ。

（彼らに、シリル達を保護してもらおう）

＊＊＊

精霊達に迷惑をかけている笛吹き男なる人物を説得するべく、シリルとグレンは氷霊《ひょうれい》の案内で森の奥を目指していた。

氷霊が言うには、笛吹き男は泉の畔《ほとり》にある小さな家に寝泊まりしているらしい。魔導具作りの作業も、そこでしているのだとか。

「本当は近道もあるですけど、遠回りして、なるべく見つかりづらい道で行くです」

そう言って氷霊は、木々が疎《まば》らな方角は避けて進む。

くだんの笛吹き男は、氷霊とセズディオも配下に加えるべく、操った精霊達に森の見回りをさせているのだという。

狼の姿のセズディオが、周囲を警戒するように耳をピクピクさせながら、低く呻《うめ》いた。

「特に上位精霊には警戒しろ。炎霊レルヴァ、地霊ベスティオン、それと、名前は知らんが通りすがりの風霊。この三体が、敵に回った人型の上位精霊だ」

精霊は魔法生物という括りにある、膨大な魔力を持つ生き物だ。

基本的に魔力濃度の濃い土地でしか生きられず、魔力濃度の薄い土地で長時間活動するには、人間との契約が必要になる。

魔力濃度の濃い土地が減少している現代では、精霊の数も減りつつある、と言われていた。

(精霊は、詠唱無しで膨大な魔力を操る。まともに戦ったら、人間が敵《かな》う相手ではない)

話し合いで解決できれば一番だが、操られているとなると、それも難しいだろう。

ここにいる氷霊は上位精霊だが、殆《ほとん》ど力が残っていないというし、地霊セズディオは中位精霊。上位には劣る。ともなれば、極力戦闘は回避するしかない。

シリルが気を引き締め直していると、横を歩くグレンがボソリと呟《つぶや》いた。

「通りすがりの風霊……」

「心当たりがあるのか？」

シリルの問いに、グレンは腕組みをし、眉根《まゆね》を寄せて唸《うな》る。

「うーん、オレの考えすぎかもしれないし……ただ、風の上位精霊が敵に回ったんなら、絶対厄介っすよー。めちゃくちゃ移動が速いし、攻撃見えないし………あっ」

グレンが何かに気づいたような声をあげ、シリルの右手側にある茂みを見た。シリルも咄嗟に目を向ける。

二人から十数歩ほど離れた茂みから、ヒョッコリ姿を見せたのは赤茶の毛並みの狐《きつね》だ。

グレンが残念そうに肩を落とす。

「なーんだ、狐かぁ……」

ウサギか鹿が良かった、などと気の抜けることを言うグレンの横で、シリルは早口で詠唱をした。

「凍れっ！」

地面から伸びた氷の壁が、狐を閉じ込めるように周囲をグルリと囲う。

グレンが困惑の声をあげた。

「副会長、狐の肉は、あんまり美味《おい》しくないっすよ？」

「試験範囲に、魔法生物学に関する項目があっただろうがっ！」

「へ？」

狐を囲う氷の壁が赤く輝き、内側から爆《は》ぜる。シリルが作った氷の壁は、火の粉を撒《ま》き散《ち》らしてバラバラに砕け散った。

炎を撒き散らす狐は、鋭い目でこちらを見ている。野生の狐にはありえない、真紅の目で。

「魔法生物は何に化けても、目の色だけは変わらんのだ！」

狐の姿が赤い輝きに包まれ、膨れ上がる。その光から現れたのは、薄絹のドレスを着た赤毛に赤い目の女だ。見た目だけなら、年齢は二〇代半ばぐらいだろうか。少し目つきが鋭いが、美しい顔立ちをしている。

幼子の姿をした氷霊が、悲鳴じみた声をあげた。

「あれは、炎霊レルヴァです！」

若い女に化けた精霊は、無言で右手を一振りする。それだけで、シリル達の周囲を紅蓮《ぐれん》の炎が包み込んだ。シリルの身の丈の倍はある、高い炎の壁だ。

冬の森は枯れ木が多く、下手をしたら森ごと火事になりそうなところだが、炎霊は上手《うま》く調節しているのか、炎が必要以上に燃え広がることはない。

ただ静かに、確実に、シリル達だけを焼くべく、炎の囲いが狭まっていく。

これは結界に守られた、魔法戦じゃない。あの炎は明確な殺意をもって、シリル達を焼き殺そうとしているのだ。

冷たい汗が、シリルの背中を濡《ぬ》らした。

(落ち着け、落ち着け……)

自分に言い聞かせ、周囲を見回す。上位精霊とまともに戦っても勝機はない。

シリルは、巨大な狼の姿をした地霊セズディオに早口で問う。

「セズディオ、私達を乗せて走れるか?」

狼は不満げに鼻を鳴らし、早く乗れとばかりに体を伏せた。

「ダドリー、逃げるぞ。一点突破だ!」

「はいっす!」

シリルは氷霊を己の前に抱えるようにして、狼の体に跨《また》がる。グレンも詠唱をしながら、シリルの後ろに跨った。

シリルが指で攻撃方向を指示する。グレンがその方向に向かって、特大の火球を放った。

「いっけぇー!」

グレンの火球が炎の壁とぶつかり、爆ぜる。シリル達の道を塞《ふさ》ぐ炎の壁に、大きな穴が空いた。

「ここだ! ——凍れっ!」

グレンの火球で空いた穴を埋めるように、炎霊の炎が広がる。それをせき止めるべく、シリルは氷の壁を展開した。

炎霊の炎と、シリルの氷がぶつかりあう。威力は圧倒的に炎霊の方が上だが、シリルの氷は時間を稼ぐことに成功した。

その僅《わず》か数秒の間に、セズディオがシリル達を乗せて走りだす。

異形の狼は、シリル、グレン、氷霊の三人を乗せているとは思えない速さで炎の壁を突破し、そのまま森の奥に逃げこもうとした。

だが、炎の壁を抜けて数歩走ったところで、セズディオが右の前足から崩れ落ちるように、突然地面に倒れる。

セズディオに乗っていたシリル達は、一斉に地面に投げ出された。

「ぐっ、うっ……なんだ、何が起こった？」

シリルは呻きながら地面から身を起こし、目を見開いた。セズディオの前足に、炎の矢が刺さっている。

精霊の体は血が流れたりしないが、血の代わりに光の粒がポロポロと零《こぼ》れ落《お》ちていた。

赤毛の女の姿をした炎霊レルヴァは、ゆっくりとシリル達に近づいてくる。

彼女の周囲には、握りこぶしほどの火球が幾つも浮いていた。その数は優に二〇を超えている。

防がねば、とシリルは詠唱を口にした。だが、シリルの詠唱が終わるより早く、火球が雨のように降り注ぐ。

（間に合わない！）

炎の雨とは、かくも明るいものなのか。

目が眩《くら》むような炎が降り注ぎ、シリル達を焼き尽くそうとした。

だが、炎の輝きは一瞬で何かに遮られる。炎を遮ったのは、植物の蔓《つる》だ。一本一本がシリルの腕より太い強靭《きょうじん》な蔓が、無数の蛇のようにシリル達の前に広がっている。

（これは、薔薇《ばら》？）

薔薇の蔓は絡まり、重なり、壁となって炎の雨からシリル達を守る。

上位精霊が操る強力な炎の雨は、蔓の表面こそ焦がしたが、完全に焼き尽くすことはできない。

レルヴァが身を翻そうとしたその時、ボコボコと地面が隆起し、鋭い棘《とげ》を持つ茨《いばら》の枝が伸びてきた。

蔓薔薇よりも強靭な枝が、レルヴァの全身を串刺《くしざ》しにする。

全身が魔力の塊である精霊は、痛みを感じることも、血を流すこともない。ただ、串刺しにされた箇所から、ハラハラと魔力の光が零れ落ちていく。

レルヴァは、茨の枝に全身を貫かれたまま己の身に炎を纏《まと》わせた。人ならざる者が纏う炎の衣が、茨の枝を焼き尽くす。

だが、茨が完全に燃え尽きるより速く、地面から伸びた薔薇の蔓がレルヴァの全身に巻き付いた。

蔓の方は、水分をたっぷりと含んでいるらしい。枝と比べて、焼け焦げるのに時間がかかる。

レルヴァが蔓を焼き尽くすより速く、薔薇の蔓は数を増し、大蛇の群れのようにレルヴァの全身を締めつけ、その動きを拘束した。

レルヴァはすかさず、その姿を狐に変え、蔓の隙間から抜け出して、森の奥に逃げていく。

周囲に飛び交っていた炎の残滓《ざんし》も、空気に溶けるように消えていった。残ったのは、焦げた薔薇の蔓だけだ。

（助かった……のか？）

ふとシリルの頭に、昔読んだ本の一節がよぎった。

『茨の牢獄《ろうごく》は、敵軍の兵を次々と串刺しにし、大地を真紅に染めあげたのです』

それはリディル王国史で最も有名な、残酷で残忍な魔女。初代〈茨の魔女〉レベッカ・ローズバーグの物語だ。

「やぁ、大丈夫かい、君達！」

場違いに明るい声が、冬の森に響く。

シリルが振り向いた先に佇《たたず》んでいるのは、野良着を着た真紅の巻き毛の男と、フード付きの黒いローブを着た紫の髪の男だった。

それぞれ別方向に派手な容姿は、一度見たら、そうそう忘れられない。

真紅の巻き毛の男は、五代目〈茨の魔女〉ラウル・ローズバーグ。

紫の髪の男は、三代目〈深淵《しんえん》の呪術師〉レイ・オルブライト。

何故、七賢人がこの場にいるのか。絶句するシリルの前で、紫の髪の男——レイが、シリルとグレンを交互に見て、嫌そうに顔をしかめた。

「目に痛いキラキラ白制服が見えたから、追いかけてみたら……俺の純情を弄《もてあそ》んだ顔面詐欺師……なんで俺が、こいつらを保護しなくちゃいけないんだ……最悪だ。呪われろ……」

七賢人の純情を弄んだ顔面詐欺師とは、誰のことだろう？

シリルが疑問に思っていると、尻餅《しりもち》をついていたグレンが声をあげた。

「レーンブルグにいた、えーっと、七賢人の紫の人！」

グレンの大声に、レイはますます嫌そうに半眼で歯茎を剥《む》き出《だ》し、陰気な空気を撒き散らす。

流石《さすが》に七賢人相手に「紫の人」は失礼すぎる。シリルはグレンを横目に睨《にら》み、ラウルとレイに丁重な態度で一礼をした。

「〈茨の魔女〉殿、〈深淵の呪術師〉殿、我々の命を救っていただいたこと、心より感謝いたします」

礼儀正しく頭を下げるシリルに、ラウルは快活に笑いながら、パタパタと片手を振る。

「そんな畏《かしこ》まらないでくれよ。今日のオレ達は、公式任務中ってわけじゃないからさ」

「公式任務ではない……？」

シリルは眉をひそめた。言われてみれば、二人とも私服だ。七賢人の杖《つえ》も持っていない。

だが、公式任務ではないのなら、何故、この森に七賢人がいるのだろう？

シリルの疑問に答えるように、ラウルはパチンとウィンクをして言った。

「オレ達は休暇中で、たまたまピクニックに来たんだ！　だから今日のオレは、七賢人じゃなくて通りすがりの庭師みたいなものさ！」

唖然《あぜん》としているのは、シリルだけじゃない。グレンも、氷霊とセズディオもだ。

シリルが返す言葉に困っていると、レイが忌々しげに吐き捨てる。

「男二人が、真冬の森でピクニック？　……なんだその悪夢のような設定は」

「なぁ、レイ。これって友達になるチャンスだよな？　みんなでピクニックって、すごく友達っぽい！」

「花もない、女の子もいない……俺は帰りたい……」

「花があればいいのかい？　薔薇なら、いくらでも咲かせられるけど。いる？」

「くそぅ、くそぅ！　どうしてここに、俺を愛してくれる女の子がいないんだ……！」

七賢人二人のやりとりを眺めながら、シリルは半ば現実逃避のように、思考に没頭した。

（おそらく、何らかの事情があって、公に動いていると悟られたくないのだろう。しかし、七賢人が非公式でこの森に来た理由とはなんだ？）

仮に、行方不明になったシリルとグレンを探しにきたのだとしても、たったそれだけのために七賢人が二人も動くのは、あまりに不自然だ。

（もしかして、精霊達が言っていた笛吹き男というのは、危険な人物なのか？　今回の件、私が想像する以上に大事なのでは……）

密《ひそ》かに思案していると、ラウルがズンズンと近づいてシリルの前に立つ。

相手は七賢人だ。失礼があってはいけない。シリルが気を引き締めて背筋を伸ばすと、ラウルはニカッと白い歯を見せて笑った。

「本当はさ、麦わら帽子を被《かぶ》った方が庭師っぽいかなーって思ったんだけど、真冬の麦わら帽子は変だって君に言われたから、置いてきたんだぜ。どうかな？　庭師っぽい？」

庭師っぽさとはなんだろう。

生真面目なシリルが真剣に考えていると、制服の土を払っていたグレンが、レイを見て訊《たず》ねた。

「その場合、紫の人は、通りすがりの何になるんすか？」

話を振られたレイは、ギョッとしたようにピンク色の目を見開く。

「お、俺は……俺は……」

真っ黒なローブ姿の陰気な呪術師は、左右の人差し指をツンツンさせていたが、やがて恥ずかしそうにポソリと一言。

「………詩人」

「ってわけで、通りすがりの庭師と詩人だぜ！　よろしくな！」

通りすがりの庭師と詩人を名乗る七賢人相手に、何をどうよろしくしろと言うのか。

快活なラウルの言葉に、シリルは頷《うなず》くことも突っ込むこともできぬまま、立ち尽くした。


ラウルがシリルやグレンにニコニコと話しかけているのを横目に、レイはローブの中に隠していた使い魔のコウモリを、こっそり飛ばした。

コウモリには「行方不明者を保護」という伝言を託してある。

とりあえず、作戦の第一段階は完了した。あとはレイとラウルが、一般人を保護して森の外に連れ出している間に、武闘派のオッサン達が〈宝玉の魔術師〉を私刑《リンチ》して、一件落着だ。

さっさと帰って、温かいミルクティーを飲みながら、趣味の詩を綴《つづ》ろう。そうしよう。

レイが寒さにかじかむ手を擦《さす》っていると、ラウルがレイの肩をバシバシ叩《たた》く。

「レイ、ピクニックって言ったら、外でご飯だよな！　オレ、野菜をいっぱい持ってきたから、みんなで食べようぜ！」

こいつは作戦のことを覚えているんだろうか、とレイは心底不安になった。

＊＊＊

間に合ったか、と声に出さず呟《つぶや》き、フェリクスは白い制服の上から外套《がいとう》を羽織り直す。

グレンとシリルは無事、七賢人と引き合わせた。これで、あの二人は保護してもらえるだろう。

（あとはしばらく潜伏して、様子を見るか）

フェリクスは木々の陰を移動しつつ、先ほど精霊王召喚の門が見えた方角をチラリと見る。

（あれが〈沈黙の魔女〉の魔術だとしたら……あぁ、もっと近くで彼女の活躍を見たかった……）

そのことを密かに残念に思い、フェリクスは切ないため息を零した。

エピローグ　立《た》ち塞《ふさ》がる風

小さな七賢人〈沈黙の魔女〉モニカ・エヴァレットは、バラバラになった全身鎧《よろい》の前にしゃがみ込み、その構造を観察していた。

いくら七賢人と言えど、ただ現物を見ただけで理解するのは無理だろう。バルトロメウスは眉《まゆ》をひそめた。

全身鎧の中には、金属糸の束が詰め込まれており、この金属糸が鎧に接続して、動かしている。注目すべきは、鎧よりも金属糸である。親指の太さほどの金属糸にはびっしりと魔術式が記されているのだ。その量が尋常じゃない。

無表情で金属糸を観察していたモニカが、口を開く。

「これは……魔術式の書き換えは、難しそうですね」

そりゃ無理だろ、というのがバルトロメウスの率直な意見であった。

魔術式の書き換えなど、そうそう簡単にできることではないのだ。

「まぁ、破壊するっきゃねぇだろうなぁ」

バルトロメウスはモニカの横にしゃがみ、鎧の腹の辺りを拳《こぶし》でゴツゴツ叩いた。

「この動く鎧は、魔導甲冑《かっちゅう》兵って言うらしいんだけどな。核となる宝石部分は、大体腹の辺りにある。当然に、胴体部分は装甲が厚めになってるから、生半可な攻撃じゃ破壊できねぇ」

説明しながら、改めて、とんでもない魔導具だ、とバルトロメウスは密《ひそ》かに戦慄《せんりつ》した。

人間より頑丈かつ俊敏な、動く鎧。

量産化に成功したら、人間の代わりに戦場に送り込むこともできるだろう。

モニカは瞬《まばた》き一つせず金属糸を見つめ、呟いた。

「動力源にされた精霊を、鎧から切り離すのは、どうでしょうか？」

「魔導甲冑兵の一部にされちまったようなもんだからな。切り離すのは無理だろ」

金属糸を使って鎧を人間のように動かすのは、口で言うほど簡単なことじゃない。魔導具は物を動かすだけでも、相当な魔力量がいるのだ。

まして、人間のように精密な動きともなると、指示が難しすぎる。魔術式だけでどうにかするのは、まず不可能だ。

バルトロメウスは、昔盗み見た設計図の内容を思い返した。

「確か、精霊と魔導甲冑兵を同調させてんだ。つまり、金属糸も鎧も精霊の一部ってわけだな」

「そう、ですか」

モニカは金属糸の根本にある装飾枠と、そこに嵌《は》め込まれているオレンジ色の宝石を摘《つま》み上げて、観察を始めた。

バラバラの鎧に、内臓を思わせる金属糸の束。破壊された魔導甲冑兵には、人間の死体を思わせる不気味さがあった。だが、モニカが怯《おび》える様子はない。淡々と魔導甲冑兵を観察する姿は、腑分《ふわ》けをする医師に似ている。

幼く頼りなげに見えても、彼女は魔術師の頂点に立つ七賢人なのだ。

モニカは金属糸を鎧から次々と引きずり出し、足元に広げた。

「この魔導甲冑兵はおおまかに、鎧、金属糸、装飾枠、宝石の四つに分けることができます」

（ほぉ？）

バルトロメウスは少し驚いた。バルトロメウスは魔導甲冑兵の設計図を盗み見ているから、多少の知識はあるが、モニカは現物を目にしたばかりなのだ。

モニカは金属糸をより分け、観察を続ける。

「それぞれのパーツを繋《つな》ぐ、接続術式が分かれば……精霊を傷つけず、鎧から切り離せる、かも」

鎧の中にみっちりと詰まっている金属糸。そこに記された魔術式は、膨大な量だ。

これらを全て読み取り、接続術式を見つけ出すのは、簡単なことではない。まして、動いて襲ってくる魔導甲冑兵の、内部に隠された接続術式だけを攻撃するなど、至難の業もいいところだ。

バルトロメウスが指摘しようとしたその時、ガシャンガシャンと金属鎧の音が森の奥から聞こえた。目を凝らせば、木々の合間からこちらに向かってくる魔導甲冑兵の姿が見える。

——それが、よりにもよって五体も。

「おい、チビ！　やばいぞ、増援だ！」

バルトロメウスが叫ぶと、モニカはゆっくりと顔を上げる。その幼い顔には、動揺も恐怖もない。

モニカはスイッと右手を動かした。すると、こちらに迫ってくる魔導甲冑兵達の下半身が、たちまち凍りつく。無詠唱魔術だ。

だが、足を止められようとも、魔導甲冑兵は金属糸を伸ばして攻撃ができるのだ。

バルトロメウスの懸念通り、魔導甲冑兵の右肩の辺りから金属糸が伸びて、剣を握る右腕が鞭《むち》のようにしなった。

「……左鎖骨相当部分」

モニカが詠唱の代わりにポツリと呟く。

次の瞬間、小枝のように細い雷の矢が五本、魔導甲冑兵五体の右側から放たれた。

右腕部分が伸びたことで、鎧の胸当てと右肩の間に隙間が生じている。雷の矢はその隙間から、甲冑の中に入り込んだ。

(まさか……)

雷の矢が刺さったのは、おそらくモニカが口にした部位。人間で言う、左の鎖骨にあたる部分だ。

五体の魔導甲冑兵は、人間が痙攣《けいれん》するかのように大きく全身を震わせ、動きを止めた。

モニカが氷の魔術を解除すると、砕けた氷と一緒に、魔導甲冑兵も地面に転がる。

バルトロメウスはゴクリと唾《つば》を飲み、モニカに訊ねた。

「……今、何したんだ?」

モニカはポテポテと鈍臭い足取りで、地面に倒れる魔導甲冑兵の一体に駆け寄る。

そして、右肩から伸びた金属糸の束と、胴体部分の間にある鎧の空洞を指差した。

「右腕の金属糸を、めいっぱい伸ばすと、ここに隙間ができます。なので、この隙間から雷の矢を通しました」

モニカは魔導甲冑兵の兜《かぶと》を外し、鎧の中にある金属糸を引っ張り出す。金属糸は、一部分だけが黒く焼け焦げていた。ちょうど、鎧の中の左鎖骨相当部分に詰め込まれていた金属糸だ。

「もしかして、この焦げた部分は……接続術式、か?」

「はい。ここを攻撃すると、鎧、金属糸、装飾枠、宝石の連携が途切れて……閉じ込められた精霊と、鎧を切り離すことができます」

接続が切れたら、精霊の魔力が吸われることもなくなるし、動力源を失った魔導甲冑兵を無力化できる。

更にモニカは、金属糸の奥にある装飾枠と宝石を手にとると、目を伏せた。

宝石が強い輝きを放ち、モニカのローブにいくつもの光の筋を作る。

「できました」

モニカの小さな手の上で、装飾枠から宝石がポロリと外れた。驚くほど呆気《あっけ》なく。

バルトロメウスは、モニカの手の中の宝石を凝視した。さきほどまでオレンジ色に輝いていた宝石は輝きを失い、どこかくすんだ茶色に見える。

そして、そのくすんだ宝石の周囲を、白い鎖のような模様がグルリと一周していた。

「そいつぁ……封印術式か？」

「はい。ちゃんと解放できるまで、一時的な封印処置を……」

そう言って、モニカは二体目の甲冑に向かい、金属糸と宝石を引っ張りだして、次々と精霊を鎧から切り離し、封印していく。

（いや、いや、いや……）

バルトロメウスは引きつり笑いを浮かべながら、その全身に冷や汗を滲《にじ》ませた。

あの短時間で、〈沈黙の魔女〉は魔導甲冑兵の構造を見抜き、接続術式の位置を把握。

その上で、なるべく鎧や金属糸を傷つけないよう、最小限のダメージで無力化したのだ。

魔導甲冑兵の下半身を凍らせて足止めをしたのは、そうすれば、魔導甲冑兵が腕を伸ばして攻撃すると読んでいたのだろう。

そうして、鎧の隙間から雷の矢を放ち、左鎖骨相当部分にある金属糸の接続術式だけを攻撃した。

（とんでもねぇだろ、七賢人……〈宝玉の魔術師〉の技術もすごかったが、こっちもこっちで凄《すさ》まじいな。七賢人ってやつは、みんなこうなのか？）

バルトロメウスが「無理だ」と諦《あきら》めたことを、この小さな魔女はあっさりと成し遂げたのだ。

畏怖《いふ》の目で見ていると、最後の封印処置を終えたモニカが、精霊を封じた宝石をポケットにしまい、バタバタとこちらに駆け寄ってくる。

「バルトロメウスさん、終わり、ました……びゃぁっ⁉」

凄まじい才能を発揮した七賢人は、魔導甲冑兵の残骸《ざんがい》につまずき、ベシャリと顔から地面に倒れた。

ひぃん、と洟《はな》をすする姿は、どこから見ても子どもである。

（アンバランスっつーか、危なっかしいっつーか……）

〈沈黙の魔女〉モニカ・エヴァレットは間違いなく大天才だ。超一流の魔術師だ。

それなのに、どこか抜けているし、自分の身に無頓着《むとんちゃく》に思えてならない——そういうところが、故郷の妹を思い出させて、バルトロメウスはバンダナの上から黒髪をかいた。

魔導甲冑兵の残骸につまずき転んだモニカは立ち上がり、精霊達を封印した宝石がポケットから転がり落ちていないかを確認した。

幸い宝石は全て傷一つなく、モニカのポケットに収まっている。

（早く、ルイスさん達と合流して、精霊を魔導具の動力源にする技術のことを伝えないと……）

宝石に閉じ込められた精霊達を解放せず、封印処置に留《とど》めたのは、解放した精霊達が再び〈偽王《ぎおう》の笛ガラニス〉に操られる危険性があるためだ。

とりあえず封印さえしておけば、宝石の中の精霊が消耗し、消滅することは避けられる。

モニカが思案していると、バルトロメウスが工具袋のベルトを調整しつつ、モニカを見た。

「そういや、今日はアレクサンダーの兄貴はいないのか？」

「あ、はい、ちょっと……お、お休みで……」

バーソロミュー・アレクサンダーは、ネロが人に化けた時の偽名である。

冬眠中ですとも言えず、モニョモニョと口ごもっていると、バルトロメウスは赤くかじかんだモニカの手を見た。

「呪竜の呪いで左手痛めてただろ。もう動かして大丈夫なのか？」

「あ、はい、まだちょっと痺《しび》れるけど……だいぶ、マシになりました」

モニカがぎこちなく左手を開閉してみせると、バルトロメウスは眉間《みけん》に皺《しわ》を寄せる。

「やっぱ、危なっかしいんだよなぁ……」

「……へっ？」

「片手怪我《けが》したガキが、一人で来るようなとこじゃねぇだろ。七賢人ってのは、いつもそんな感じなのか？」

「はぁ」

モニカは七賢人になってからずっと、山小屋に引きこもって、魔術式研究と計算の仕事に明け暮れていた身である。

だから、他の七賢人の仕事ぶりを知らないのだが、多分そんな感じなんだろうなぁ、と思っている。七賢人は、力を合わせて何かに取り組む、ということがあまりないのだ。

モニカのボンヤリした返事に、バルトロメウスは何故《なぜ》かため息をついた。

「まぁ、いいや。行くぞ。……待ってろよ、リンちゃん。俺の女神様」

ズンズンと進んでいくバルトロメウスの後ろをモニカは歩く。

バルトロメウスは少し歩いたところで足を止め、小走りになっているモニカを見ると、歩幅を狭めてくれた。良い人だ。

モニカが木の根に足を取られぬよう慎重に歩いていると、バルトロメウスがふと思い出したような口調で言う。

「あ、そうだそうだ。お前さんに頼まれた調べごと、終わったぞ」

「え」

「それを伝えるために、業者の振りして学園の敷地に入るタイミング見計らってたんだわ。いやぁ、リンちゃんの危機で、すっかり忘れてたぜ」

バルトロメウスの言葉に、モニカは顔を強張《こわば》らせる。

モニカがバルトロメウスに頼んだ調べごと。それは、先月の呪竜騒動で遭遇した呪術師ピーター・サムズ。本名バリー・オーツに関する調査だ。

ピーターは死の間際に、モニカの父の名を口にした。彼が、モニカの父の死に関係していることを仄《ほの》めかす発言も。

「ピーターじいさんな、レーンブルグ公爵んところに来る前は、クロックフォード公爵に雇われてたらしい。ただ、従僕って感じじゃねーんだよな。ピーターじいさんがクロックフォード公爵の屋敷に出入りしてたのは確かなんだが、何の仕事をしてたか知ってる奴《やつ》は誰もいねーんだ」

クロックフォード公爵。第二王子フェリクス・アーク・リディルの祖父であり、この国でも有数の権力者──新年の夜に、モニカに取引を持ちかけた男だ。

〈深淵《しんえん》の呪術師〉レイ・オルブライトは言っていた。裏切りの呪術師について調べていたが、クロックフォード公爵の介入があって、上手《うま》く調査できなかった、と。

やはり、裏で糸を引いているのは、クロックフォード公爵なのだ。

モニカはコクリと唾を飲み、訊《たず》ねた。

「ピーター・サムズが、クロックフォード公爵に雇われたのは、いつ、ですか」

「今から八年ぐらい前だとよ」

モニカは震える手を握り、動揺を押し殺した。

（……お父さんが処刑される、少し前だ）

モニカの父が処刑されたのが七年前。その少し前から、クロックフォード公爵のもとに出入りしていたピーター・サムズ。

情報が集まるほどに、予感は確信へと変わっていく。

（クロックフォード公爵は、お父さんの死に、関係している可能性が高い）

そして、その孫であるフェリクスもまた、同様に。

恐ろしい予感に、臓腑《ぞうふ》がヒヤリと冷たくなる。まるで、全身の血が氷水になったみたいだ。

（でも、どうして……お父さんが殺されなくちゃいけなかったの？）

モニカの父ヴェネディクト・レインは、政治とは無縁の学者だ。クロックフォード公爵と接点があったとは思えない。

モニカの父と、クロックフォード公爵の間にいるのが、ピーター・サムズだ。そして、ピーターはモニカの父の研究内容を知っていた。

（お父さんの研究が、誰かにとって不都合だった？　ポーターさんの伝言の「黒い聖杯」が関係している？）

これ以上は、ただの憶測になってしまう。まだ、情報が足りない。

モニカは小さく深呼吸をし、これから向かう先にいる人物のことを考えた。

第二王子派で、クロックフォード公爵と懇意にしている〈宝玉の魔術師〉エマニュエル・ダーウィン。

彼がモニカの父の死に関わっているとは思えないけれど、味方に引き込めば、クロックフォード公爵に関する情報を引き出せるだろうか。交渉の下手な自分に、〈宝玉の魔術師〉を説得できるだろうか——とそこまで考えたところで、モニカは木の根につまずいた。

「ひぎゃっ⁉」

「——っと、危ねぇ！」

前のめりに倒れたモニカの腕を、バルトロメウスが咄嗟《とっさ》に掴《つか》む。

「気をつけろよ、チビ」

「は、はひ」

今日はなんだか転んでばかりだ。ペコペコと頭を下げたモニカは、ふと思い出す。

そうだ、バルトロメウスに情報収集の報酬を渡さなくては。

ピーター・サムズの過去は、〈深淵の呪術師〉でも調べきれなかった情報だ。調べるのは、決して簡単なことではなかっただろう。

「あの、バルトロメウスさん。情報収集の、報酬ですが……」

今回の事件が片付いたら、お支払いします。とモニカが言うより早く、バルトロメウスがボソリと言った。

「報酬な、いらねぇわ」

「へ？　えっ、だ、だって……」

「まぁ、そりゃ確かに最初の内は、七賢人に雇われて報酬いっぱいでついてるぜー、って思ってたけどよぉ」

バルトロメウスは顎髭《あごひげ》の辺りをボリボリかくと、横目でモニカを見る。

「俺ぁ、妹がいるから、お前さんぐらいのガキに甘いんだよ」

「あの、でも、報酬……」

「ガキは大人を頼っていいんだよ。だから、お前さんが俺に言うべきは、『雇われてください』じゃなくて、『力を貸してください』だ」

まだミネルヴァに通っていた頃、モニカはバーニーによく助けを求めていた。だが、七賢人になった時から、「他人を頼る」ということを、あまり意識したことがない。

なにせ一〇歳年上の同期が、モニカを黒竜討伐に引きずっていくような人である。

だから、バルトロメウスに協力を請う時も、モニカは「わたしに雇われてください」と頼んだ。

それが当然だと思ったからだ。

それなのにバルトロメウスは、七賢人であるモニカを子ども扱いし、大人を頼っていいのだという。

モニカがヴェールの下で唇をムズムズさせていると、バルトロメウスはモニカの前髪をグシャグシャと撫《な》でた。

「ほれ、甘えとけ、甘えとけ」

「あ、ありがとう、ございい、ます」

モニカの拙い礼に、バルトロメウスは気を良くしたように笑う。やっぱり、良い人だ。

むず痒《がゆ》さにモニカが指をこねていると、バルトロメウスはハッと思い出したような顔をした。

「あ、報酬はいらねぇけど、リンちゃんとの仲を取り持つのは、手伝って貰《もら》うからな！　そこは絶対だからな！」

「は、はぁ……」

「俺も、お前さんと王子が上手くいくように、応援してやるからよ！」

モニカとフェリクスが上手くいくように——つまりは、護衛が上手くいくように手伝ってくれるということだろう。

なんて良い人なのだろう。と感動するモニカに、バルトロメウスが詰め寄る。割と必死の形相だった。

「だから、いいか、リンちゃんに俺を紹介する時は、『バルトロメウスさんって、優しくて格好良くて、とっても素敵～』とだな……」

その時、強い風がバルトロメウスの言葉を遮った。

寒さに身震いしたモニカは、はたと気づく。これは北風じゃない。上空から、地上の生き物を押《お》し潰《つぶ》そうとする、敵意に満ちた風だ。

モニカは咄嗟に無詠唱で防御結界を展開した。

モニカとバルトロメウスを覆う半球体の結界に、不可視の風の刃《やいば》が振り下ろされる。

周囲の枯れ葉がハラハラと舞い上がる中、モニカは見た。正面にある木の天辺に、金髪の美しいメイドがつま先を揃《そろ》えて佇《たたず》んでいるのを。

「リン、さん」

呟《つぶや》くモニカに、風霊リィンズベルフィードはいつもと変わらぬ無表情で、風の刃を叩《たた》き込《こ》む。

上位精霊の操る凶悪な風が、明確な殺意をもってモニカ達に降り注いだ。

【シークレット・エピソード】

星詠みと星《せい》槍《そう》

Starseer & Starry Spear

ケリーリンデンの森の奥、泉の畔《ほとり》にある家の中、〈宝玉の魔術師〉エマニュエル・ダーウィンは椅子に腰掛け、炎霊レルヴァの報告を聞いていた。

薄いドレスを着た赤毛の女の姿をした炎霊レルヴァは、真紅の目でエマニュエルを見据え、ポツリ、ポツリと己が見たものを口にする。

「紫の髪の男。赤い髪の男。植物による攻撃」

〈偽王の笛ガラニス〉に支配された精霊は、意思疎通がやや難しくなるのが難点だ。それでも、この報告を聞けば、何が起こったかは容易に想像できる。

「〈深淵の呪術師〉と〈茨《いばら》の魔女〉が来ている」

更に、別の精霊の報告によると、森の西の方では風の精霊王召喚が行使されたらしい。精霊王召喚は厄介だ。いくら古代魔導具〈偽王の笛ガラニス〉と言えど、精霊王を操ることはできない。

「風の精霊王召喚によって、侵入者対策の罠《わな》型魔導具と、魔導甲冑《かっちゅう》兵が複数破壊されている。風の精霊王召喚ということは、〈結界の魔術師〉か、〈沈黙の魔女〉か……」

思考をあえて口にしたのは、首から下げた〈偽王の笛ガラニス〉に聞かせるためだ。

忠臣気取りの〈偽王の笛ガラニス〉は、ここぞとばかりに声を張り上げる。

『何も問題ありません、主様！　七賢人が何人来ようと、今の貴方《あなた》様には敵《かな》いますまい！』

〈偽王の笛ガラニス〉の言葉は、エマニュエルの胸に心地良く響く。

ここに向かっているのは、バケモノのような才能を持つ魔術師達だ。過去の自分だったら、とてもではないが生きた心地がしなかっただろう。

だが、今の自分には〈偽王の笛ガラニス〉がついている。傀儡《かいらい》にした精霊、魔導甲冑兵、そして、とびきりの秘密兵器も。

エマニュエルは〈偽王の笛ガラニス〉を一吹きし、炎霊レルヴァの支配を強め、命じた。

「この森に侵入した者は、なるべく生かしたまま捕えろ。ただし、〈結界の魔術師〉は殺して構わん」

古代魔導具の圧倒的な力を見せつけ、他の七賢人達を従わせる自信が、今のエマニュエルにはある。

……だが、〈結界の魔術師〉だけは、きっと死んでも自分に従わないだろう。

〈〈結界の魔術師〉を殺せば、あの方もお喜びになるだろう。なにより、開戦を望むあの方なら、きっと私のこの軍団を評価してくださる〉

エマニュエルは輝かしい己の未来に想《おも》いを馳《は》せ、うっとりと微笑《ほほえ》んだ。

——己の首元で囀《さえず》る古代魔導具の、恐ろしい野望も知らないで。

＊　＊　＊

ケリーリンデンの森を見下ろす小高い丘の上に、一人の女が佇んでいた。

銀の髪をサラサラと背中に流した、美しいその女の名は、七賢人が一人〈星詠みの魔女〉メアリー・ハーヴェイ。

今は七賢人のローブではなく、毛皮のコートを羽織り、手には杖《つえ》ではなく美しい宝石箱を抱えている。

「とうとう、一線を越えてしまったのね、〈宝玉の魔術師《エマニュエルちゃん》〉……」

銀の睫毛《まつげ》が悲しげに伏せられ、淡い水色の目に影を落とす。

古代魔導具〈偽王の笛ガラニス〉は戦禍を呼ぶ笛。放置すれば、大いなる災いをこの国にもたらすだろう。

なんとしても、ここで破壊しなくてはならない。

憂いの吐息を零《こぼ》す彼女の背後から、別の女が歩み寄ってくる。

煉瓦色《れんがいろ》の髪を首の後ろで適当に括《くく》った、三〇歳ぐらいの女だ。化粧っ気がなく、長年使い込まれていそうな、擦り切れた旅装を身につけている。

女はメアリーの横に並ぶと、気負わぬ口調で話しかけた。

「状況は把握した。穏便に済ませるのは、ちょいと難しそうだねぃ」

「ええ、困ったわねぇ……流石《さすが》のあたくしも、森全体を幻術で包むようなことはできないし」

メアリーは幻術の心得があるが、それでも森全域に幻を展開できるほどのものではない。夜空を星で覆うのとは、わけが違うのだ。

「〈茨の魔女《ラウルちゃん》〉が本気を出したら、〈宝玉の魔術師《エマニュエルちゃん》〉が確実に殺されちゃうし……〈深淵の呪術師《レイちゃん》〉が本気を出したら、森全部が枯れちゃうし……悩ましいわぁ」

七賢人はそれぞれが突出した才能の持ち主だが、特定の分野に特化した者が多い。殊に、〈沈黙の魔女〉と〈深淵《しんえん》の呪術師〉は使いどころが限られがちなのだ。

メアリーは細い指先で、己の手の中にある宝石箱をスルリと撫でる。

宝石箱の中からは、微《かす》かに声がした。恋に身を焦がし、情念に燃える女の、甘く切ない声だ。

『あぁ、あぁ、分かります。分かります。おそばにいるのですね、愛《いと》しいお方！　愛しています、愛しています、さぁ、わたくしと共にいきましょう、愛しいお方！』

旅装の女は、「情熱的だねぇ」と苦笑し、ケリーリンデンの森に目を向けた。

女は短縮詠唱を繰り返し、二つの魔術を展開する。遠視の魔術、感知の魔術、その二つを維持しながら、更に紙巻き煙草《たばこ》を取り出し、短縮詠唱で火をつけた。

一般的に、魔術師が維持できる魔術は、二つまでと言われている。だが女は、なんてことないような顔で三つの魔術を同時に維持した。

女は美味《おい》しそうに煙草を吸い、ポツリと呟く。

「こういう事態に強いのはルイスだけど、昨日から飛行魔術を使いっぱなしで、ろくに魔力も残っちゃいないだろう。リンも、まずいことになってるみたいだし」

女の言う通りだ。今回の事態に気づいたルイスは、各方面への連絡のため、殆《ほとん》ど休みなしで飛び回っている。

七賢人の中でも特に実戦に強いのがルイスだが、今回は苦戦を強いられるだろう。

「そういや、モニカちゃんも現場に来てるんだっけか」

「貴女《あなた》にとって、モニカちゃんは……」

「ラザフォード師匠の研究室で、何度か会ってる。可愛《かわい》い後輩さね」

女は左手で煙草をつまみ持ち、手持《ても》ち無沙汰《ぶさた》な右手で、首の後ろを撫でる。そうしている間も、遠視と感知の魔術は維持したままだ。

メアリーは知っている。こうして魔術を維持しながら、彼女の頭は凄《すさ》まじい速さで、複数のことを思案しているのだ。

やがて女は遠視と感知の魔術を解除し、メアリーを見た。

「なんでもかんでも首を突っ込むのは、うちの流儀じゃないんだけど、弟弟子と後輩のピンチだ。ちょいとばかし、助けてやろうじゃないか」

化粧っ気のない素朴な顔に、悪戯《いたずら》な猫の笑みが浮かぶ。

「……ってわけで、勝手に手伝うけどいいかい、メアリー様？」

「ええ、力を貸してちょうだい」

頷《うなず》き、メアリーは女の名を口にする。

〈結界の魔術師〉ルイス・ミラーの姉弟子にして、一度に七つの魔術を維持する大天才。

「元七賢人〈星槍《せいそう》の魔女〉カーラ・マクスウェル」

星槍の魔女
カーラ・マクスウェル

To be continued in the Silent Witch VII.

ここまでの登場人物

Characters of the Silent Witch

Characters
Secrets of the Silent Witch

モニカ・エヴァレット

七賢人が一人〈沈黙の魔女〉。新年の一週間が終わった後、七賢人の杖とローブは、城にある〈沈黙の魔女〉の執務室（という名のゴミ部屋）に置いてきた。

ルイス・ミラー

七賢人が一人〈結界の魔術師〉。新年早々に弟子が失踪し、契約精霊を奪われ、大変なことになっている可哀想な人。第一王子ライオネルとは、ミネルヴァ時代の学友。

ネロ

モニカの使い魔。黒猫や人間の青年は仮の姿。その正体はかつてウォーガン山脈に現れた、一級危険種の黒竜。現在は冬眠中。肉料理食べ放題の幸せな夢を見ている。

リィンズベルフィード

ルイスと契約している風の上位精霊。ルイスに〈宝玉の魔術師〉の調査を命じられていた。現在は〈偽王の笛ガラニス〉の支配下にある。

メアリー・ハーヴェイ

七賢人が一人〈星詠みの魔女〉。毎晩、星詠みをしているが、語るのはその一部だけ。語ることで運命が変わることを知っている魔女の、言葉の重みを知る者は少ない。

ブラッドフォード・ファイアストン

七賢人が一人〈砲弾の魔術師〉。ヒューバードの叔父。いつも自分に魔法戦を挑んできた甥っ子が、最近は〈沈黙の魔女〉にお熱で、ちょっぴり寂しい。

レイ・オルブライト

七賢人が一人〈深淵の呪術師〉。自称、通りすがりの詩人。綴られる詩は美しく繊細だが、口から漏れる言葉は大体、僻みか呪詛。今は、声のでかい男三人に囲まれて死にそう。

ラウル・ローズバーグ

七賢人が一人〈茨の魔女〉。植物への魔力付与を得意としており、特に薔薇の花と相性が良い。保有魔力量は国内トップで、先祖譲りの強力な術を操る若き天才。友達募集中。

Characters

Secrets of the Silent Witch

エマニュエル・ダーウィン

七賢人が一人〈宝玉の魔術師〉。魔導具職人で、国内最高峰の腕前の持ち主。七賢人になったのは、クロックフォード公爵の強い推薦があったからと言われている。第二王子派。

フェリクス・アーク・リディル

セレンディア学園生徒会長。リディル王国の第二王子。左手を負傷した〈沈黙の魔女〉が学園にいると知り、捜索中。冬休みに添削してもらった論文は、毎晩読み返している。

カーラ・マクスウェル

元七賢人〈星槍の魔女〉。〈紫煙の魔術師〉の弟子で、ルイスの姉弟子。モニカとも面識がある。現在は魔法地理学会に所属し、国内の魔力濃度調査の旅をしている。

シリル・アシュリー

セレンディア学園生徒会副会長。ハイオーン侯爵令息（養子）。氷属性だけど寒さに強いわけではない。自分の冷気で凍えているが、周りはもっと寒いだろうと我慢している。

エリオット・ハワード

セレンディア学園生徒会書記。ダーズヴィー伯爵令息。子リスがシリルの上着に潜り込んだ光景は、面白かったので、いつか誰かをからかう時のネタにしようと考えている。

ニール・クレイ・メイウッド

セレンディア学園生徒会庶務。メイウッド男爵令息。冬休み明けのグレンの不調に気づき、さりげなくフォローをしていた、誰よりも気が利く男。

ブリジット・グレイアム

セレンディア学園生徒会書記。シェイルベリー侯爵令嬢。探偵にモニカの身辺調査を依頼した。決闘騒動の間も静かに周囲の動向を見守っていた彼女は、動くべき時を待っている。

ラナ・コレット

セレンディア学園高等科二年生。モニカのクラスメイト。最近血色が良くなってきたモニカが、今回の決闘騒動でまた痩せたので、太らせなくては、と密かに画策している。

Characters

Secrets of the Silent Witch

イザベル・ノートン

セレンディア学園高等科一年生。ケルベック伯爵令嬢。社交界では力のある年上女性に可愛がられており、任務の協力を依頼したルイスが想定している以上に、人脈を持っている。

クローディア・アシュリー

セレンディア学園高等科二年生。シリルの義妹。学園内で兄の大声がした時は、他人の振りをしたいけど、兄の近くには同じ生徒会役員のニールがいる可能性が高いから悩ましい。

グレン・ダドリー

セレンディア学園高等科二年生。〈結界の魔術師〉の弟子。ミネルヴァ時代、魔力暴走事件を起こし、退学になった。モニカが入学したのはその直後で、在学期間が被っていない。

ベンジャミン・モールディング

セレンディア学園高等科三年生。今回の決闘騒動を人伝に聞き、一人の女性を賭けた男達の決闘というシチュエーションに心躍らせ、曲を作った。エリオットが頭を抱えた。

エリアーヌ・ハイアット

セレンディア学園高等科一年生。レーンブルグ公爵令嬢。グレンの好きなものなどをこっそり調べているが、直接聞くのははしたないからと遠回りしているせいで、成果はいまいち。

ヒューバード・ディー

ミネルヴァ時代のモニカの先輩。〈砲弾の魔術師〉の甥。ドMで享楽主義の父と、ドSで合理主義な母の両方の気質を兼ね備えた最悪のハイブリッド。ミネルヴァで二年留年している。

Characters Secrets of the Silent Witch

バーニー・ジョーンズ

アンバード伯爵令息。モニカの元同級生。現在、実家で跡継ぎになるための勉強中。ヒューバードには何回か魔法戦を挑まれ、酷い目に遭っているので、顔も見たくない。

バルトロメウス・バール

帝国出身の技術者。リディル王国に来たばかりの頃、〈宝玉の魔術師〉の工房で働いていた。リンの正体が精霊と知ってもなお恋をしている面食い。

ウィリアム・マクレガン

セレンディア学園の基礎魔術学教師。通称〈水咬の魔術師〉。セレンディア学園に〈沈黙の魔女〉がいることに気づいていたが、黙っていた。

ダライアス・ナイトレイ

クロックフォード公爵。フェリクスの母方の祖父で、第二王子派筆頭。帝国との開戦を目論んでいる。

Other Characters その他の登場人物紹介
Secrets of the Silent Witch

アガサ
イザベル付きの侍女兼護衛。悪役令嬢にニコニコ付き合うお茶目なお姉さんだが、棒状の武器を持たせると滅法強い。

◆◆◆◆◆

ウィルディアヌ
フェリクスと契約している水の上位精霊。戦闘や感知は得意ではないが、己の存在を隠すことに長けている。

◆◆◆◆◆

ヴェネディクト・レイン
モニカの父。禁術使用罪で処刑された学者。穏やかな人格者で、人にものを教えるのが上手だった。

◆◆◆◆◆

アルバート・フラウ・ロベリア・リディル
リディル王国の第三王子。フェリクスに対抗心を燃やしており、グレンとモニカを味方に引き込もうとする。

パトリック・アンドリュース
アルバートの従者。食いしん坊でのんびりした少年。アルバート用の菓子は、半分ぐらいパトリックの胃に消える。

◆◆◆◆◆

ロベルト・ヴィンケル
ランドール王国のヴィンケル男爵の五男。チェス大会でモニカに敗北し、チェスを前提にした婚約を申し込んだ。騎士志望で成績優秀。

◆◆◆◆◆

バイロン・ギャレット
セレンディア学園高等科三年生。魔法戦クラブのクラブ長。炎の魔術を得意としており、シリルとは良き好敵手。

◆◆◆◆◆

リンジー・ペイル
社交ダンスの教師。モニカのクラスの担任。頑張る生徒を心から応援している。

あとがき

「サイレント・ウィッチ」六巻をお手にとっていただき、誠にありがとうございます。

今巻は、一巻から存在が言及されていた、七賢人が勢揃《せいぞろ》いの巻となりました。

五巻のあとがきで「六巻ではまた、元気な学友達の姿をお届けできればと思います」と書いておきながら、学友達が大変な目に遭うこの展開は、我ながら人の心がないのでは……と密《ひそ》かに頭を抱えております。実にすみません。

まぁまぁ大変なことになってしまった彼らの、次巻での活躍にご期待ください。モニカもたくさん頑張ります。


今後の刊行予定ですが、本編の七巻は次の冬頃になります。

……が、その前に〈結界の魔術師〉ルイス・ミラーが主人公の番外編（上下巻構成の上巻）を予定しております。

こちらの番外編、上巻はルイスが魔術師養成機関ミネルヴァの生徒だった頃のエピソードが中心となっております。

まだ若造だったルイス少年、とてもフレッシュです。

ピチピチというか、陸に打ち上げられてビチビチビチィッ！　と跳ねながら網に噛《か》みつき、銛《もり》を尾で弾《はじ》き飛ばす、獰猛《どうもう》な鮫《さめ》みたいなフレッシュさです。活《い》きが良いですね。

本編の人々も、ちらほら登場予定です。

そんな「サイレント・ウィッチ」の前日譚《たん》、〈結界の魔術師〉ルイス・ミラーの番外編も、どうぞよろしくお願いいたします。


藤実《ふじみ》なんな先生、いつも美しいイラストをありがとうございます。

今巻は新規キャラも多く、キャラクターデザインが大変だったと思います。

「サイレント・ウィッチ」の世界を膨らませてくださる素敵なデザインに、いつも感動しております。

私はキャラクターデザインを説明する際、饅頭《まんじゅう》のようなイメージ画を提出しているのですが、その中でも〈宝玉の魔術師〉エマニュエル・ダーウィンは、我ながら会心の出来の、小悪党オーラ漂う饅頭だと思っていました。

ただ、私の饅頭では卑屈さと神経質さが表現できていません。絵で神経質さを表現するとは、なんと難しいことか——藤実先生はそれを、完璧《かんぺき》に再現してくださりました。

藤実先生、どのキャラクターも、魅力的に仕上げていただき、本当にありがとうございます。


桟《たな》とび先生、いつも丁寧なコミカライズをありがとうございます。

本作は動きが多いシーンと、動きの無いシーンが極端なのですが、どちらのシーンも魅力的に、活き活きと描いていただいて、とても嬉《うれ》しいです。

コミカライズは最新刊の三巻が発売中。三巻のカバーは、モニカと殿下が目印です。

コミカライズでは、書籍版の挿絵で登場していない人々も見ることができます。

特に、チェス教師のボイド先生が、厳《いか》ついのに高貴さと品があり、とても素晴らしいです。

ボイド先生のビジュアルが見られるコミカライズ三巻も、どうぞよろしくお願いいたします。ムキムキです。


最後になりましたが、本巻を手に取ってくださった読者の皆様に、厚く御礼申し上げます。ファンレターもとても嬉しいです。

好きなシーンや、キャラクターについて綴《つづ》ってくださった熱い感想も、便箋《びんせん》や封蝋《ふうろう》も、手紙に添えられた素敵なシールやスタンプ、カードやイラストも、「好き」をいっぱい詰めてくださったんだなぁ、と嬉しくなります。

とても励みになっております。本当に本当にありがとうございます。

応援のお言葉に応えるべく、これからも精一杯書かせていただきますので、また次巻でお会いできれば幸いです。

依空《いそら》まつり

カドカワBOOKS

サイレント・ウィッチ Ⅵ
沈黙《ちんもく》の魔女《まじょ》の隠《かく》しごと

2023年8月10日　初版発行

著者／依空《いそら》 まつり

発行者／山下直久

発行／株式会社KADOKAWA

〒102-8177
東京都千代田区富士見2-13-3
電話／0570-002-301（ナビダイヤル）

編集／カドカワBOOKS編集部

印刷所／大日本印刷

製本所／大日本印刷

Printed in Japan
ISBN 978-4-04-075090-3 C0093